沂水县安全小小说

——大赛获奖作品集——

YI SHUI XIAN AN QUAN XIAO XIAO SHUO
DA SAI HUO JIANG ZUO PIN JI

主编 | 刘国华 薛兆平

一部国民安全素质教育的百科全书式的文学读本

了解安全知识，得到安全警示
收获安全经验，增强安全意识

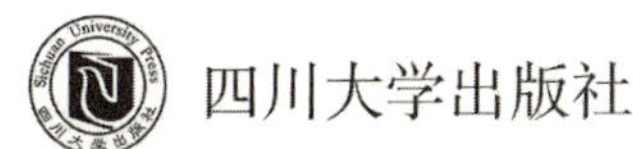

责任编辑:孙滨蓉
责任校对:黎伟军
封面设计:现当代文化
责任印制:王　炜

图书在版编目(CIP)数据

沂水县安全小小说大赛获奖作品集 / 刘国华，薛兆平主编. —成都：四川大学出版社，2018.7
ISBN 978-7-5690-2072-4

Ⅰ.①沂…　Ⅱ.①刘…　②薛　Ⅲ.①小小说-小说集-中国-当代　Ⅳ.①I247.82

中国版本图书馆 CIP 数据核字（2018）第 156648 号

书名　沂水县安全小小说大赛获奖作品集

主　　编　刘国华　薛兆平
出　　版　四川大学出版社
地　　址　成都市一环路南一段 24 号 (610065)
发　　行　四川大学出版社
书　　号　ISBN 978-7-5690-2072-4
印　　刷　成都市天金浩印务有限公司
成品尺寸　145 mm×210 mm
印　　张　8.625
字　　数　252 千字
版　　次　2018 年 10 月第 1 版
印　　次　2018 年 10 月第 1 次印刷
定　　价　45.00 元

◆读者邮购本书,请与本社发行科联系。
电话:(028)85408408/(028)85401670/
(028)85408023　邮政编码:610065
◆本社图书如有印装质量问题,请寄回出版社调换。
◆网址:http://press.scu.edu.cn

丁师傅的“安全日记”

徐景春

丁师傅，今年61岁，本名胜友，由于全公司干部职工出于对丁胜友师傅的敬重，直呼其名的似乎没有，只除了有外地企业负责人前来“取经”时，总经理张海必定会郑重其事地向他们介绍说——“下面请我公司的安全总监丁胜友同志介绍经验……”话音刚落，全场已响起雷鸣般的掌声，所有听课的人无不对这位其貌不扬的丁师傅刮目相看——丁师傅何以有如此大的“气场”呢？这一切还得从丁师傅的“安全日记”说起……

丁师傅原是某重点国有企业的安全主管，退休返聘进了一家民营机械厂。这家民营企业由于此前没有专职安全总监，管理混乱，安全事故接连不断，有的员工手挤伤了，有的员工腿轧伤了，有的员工鼻子烧伤了……各种意想不到的安全事故时有发生，一时间人人自危，外界称这家民营企业是专吃“人肉”的“老虎厂”。此话虽说有些夸大其词，但伤残事故不断却是一个明摆着的事实。总经理张海听说丁师傅从国有企业退休了，便亲自到丁师傅家请他“出山”。

实际上，丁师傅的儿子很争气，是一位很有名气的成功人士，早就劝老人不要工作了，想让他安享晚年呢。在总经理张海到家请老人“出山”的当晚，已订好了去海南三亚度假的飞机票，老人的儿子此前已在海南为他备好了海景别墅……总经理张海事先根本不知道丁师傅即将外出度假的事，只是一个劲儿劝说：“丁师傅，请您老为俺公司坐镇指挥，出谋划策吧！俺会给您开全公司最高的工资呢！”丁师傅并不询问最高工资是多少，只是一直略有所思，沉默不语……张海心想请丁师傅“出山”无望了，不禁长叹一声：“最近公司安全事故不断，损失不小，搞好企业安全生产真难呀！”谁知这个时候，丁师傅却说：“你公司的安全总监我干了，我就不信治不了这个难题！至于工资嘛，那是小事情！你也许不知道——我根本不缺这个养老钱呀！”

令人意外的是，走马上任的丁师傅并不像前任的管理人员那样一个劲儿说道“安全”，大会讲了，小会还讲，只讲一些“纸上谈兵”的大道理，让人摸不着头脑。而丁师傅倒是很特别，正式上班了，却像没事人一样在车间里来回走动，东看看，西望望；一会儿抬头凝视机器，一会儿侧耳倾听，一会儿低头沉思，一会儿在机床边、电焊机旁、折弯机前和工人们聊天……丁师傅左手拿着大本子，右手执着笔，站在轰鸣的机器声中，一刻不停地在本子上写写画画。总经理张海和工人们谁也不知道丁师傅的真正意图——“葫芦里卖的是什么药”呢？毕竟，丁师傅的“安全新政”还没有出台呢？但丁师傅的本子上已写满了密密麻麻的文字、标记和图线。

接下来，丁师傅便翻开本子找工人谈天了，“王民，你用的车床性能不稳定，车出来的零件废品率高……”“徐英，你用的电焊机焊钳有些毛病，立焊起来操作难度大……”“郭平，你用的铣床，铣刀早就该换了，你看那个刀口，多钝呀……”“孔涛，你用的模具内壁有毛刺，影响成品件的光洁度”……丁师傅如同一名老中医采用“望、闻、问、切”一般说出了“病人”的症结所在，而这个“病人”便是陈旧不堪，且维护不及时的设备。丁师傅话一出口，所有操作机器的工人都心悦诚服了！“丁师傅，您没有干呀！怎么知道得这么准呀？”有一位女工好奇地问。“小姑娘，这样的活儿，我二十年前已干过啦！车、铣、刨、磨、焊，我样样都做过的！做工人，把好安全关的关键一环，是维护好设备，常言说：‘工欲善其事，必先利其器’嘛！工具不好，操作起来费事不说，还很容易出安全事故！一定要在维护设备上下功夫才能减少安全事故，保证产品质量呀！”不几天，一个维护机器设备的方案出台了，与之相匹配的安全措施科学、具体、详细，工人看过后都交口称赞起来：“丁师傅制订的安全方案真接地气，不是那些让人死记硬背的空话，而是真正实用的经验和教训，是实实在在的心里话呀！”

丁师傅的记事本很特殊，不是精致的本子，而是用废旧的图纸从背面剪开、装订起来的大本子。一天，丁师傅在车间里来回巡查时，有好奇的工人问丁师傅：“您手里的本子是什么资料呀？怎么有这么多的东西，您讲了好长时间都讲不重样呢？”丁师傅一听乐了：“这个本子是我的‘安全日记’呢，也就是咱们车间的安全问题记录，相应的解决方案，还有一些涉及员工的小秘密呢……”话一出口，工人们来了兴趣，几个性格活泼的女青年围过来争相看“安全日记”，左看右看，却一时间看不明白。映入眼帘的净是一些图案和批注，比如：在一架车床的草图旁，写下的文字不说车床的工作性能如何，却“评价”起操作工人来了，只见文字上写道：“小王聪明伶俐，只是身体较单薄，精力不济，操作这个庞然大物确实不容易，是否考虑调动一下她的岗位？”在另一页上电焊机的草图旁，又出现这样的文字：“小张电焊技术不错，只是左撇子，在某些较小的空间还要考虑到操作的方便性和安全性，这个细节要注意到！”在另一个剪板机的草图旁，又标注出一个很大的感叹号“！”同时注明：“小孔的操作技术蛮好的，只是人性格有些浮躁，并且有时候好激动，在不冷静的情况下工作是很容易出事故的！一定要做好他的思想工作——工作时切记保持沉着、冷静！”……女青年一边看一边笑，“您的‘安全日记’像小说一样有趣，也说到俺们的心里去了！俺们都会听您的！您老放心好了！”一位工人情不自禁地说。

丁师傅没有开一个所谓的动员大会，只是这样在车间里没黑没白地转悠了几个月，写下了三万多字的“安全日记”，开了多场与工人的“交心会”，丁师傅督管企业安全的成效果然立竿见影了，一直为安全难管而愁眉不展的总经理张海笑逐颜开了！

丁师傅常说：“‘安全日记’讲安全，安全责任重如山，劝君莫要松脑弦，点滴小事记心间，不忘初心方始终，你行我行他也行，为了我们的中国梦！”一个意想不到的“作品”爆红了，网络上贴出了“丁师傅的‘安全日记’”，由于内容丰富，说理通俗易懂，语言诙谐幽默，图文并茂，刚刚在网上挂了一周，点击率就突破10万人次，“粉丝”们发热帖子推送不断，丁师傅竟然意外地走红了……

【作家简介】

徐景春，山东商报社驻济宁记者站责任编辑，济宁市作家协会会员，发表诗、散文、报告文学以及新闻类作品共计2500余（首）篇，累计300余万字，作品多次获国家、省和市级文学奖。

提前交付的订单

胡湘云

曹厂长开始发动工厂的加班动员了："时间就是金钱，效率就是生命！加油干、鼓劲干，干好这一个月这一订单，争取压缩三分之一的交货期限，提前完成生产！我想看到本月中旬结束尾单，开启我们的庆祝宴！"

自从公司接到了三讯公司的订单业务后，整个工厂的上上下下显得既高兴又紧张，因为三讯是跨国知名企业，能够有合作机会，那当然是格外重视和珍惜。正因为这样，为了给客户公司留下更好的印象，便于后续可能的往来合作，曹厂长和公司管理层不遗余力地调动一切人员、物料、设备等资源，延长了员工平日里的工作时长，暂时取消周末的休息，将生产工艺简化，争取提前完成生产打包出货。

就这样，在曹厂长的动员下，在新调整的目标驱动下，大家激情满怀，纷纷走向各自岗位，一幅热闹的工作景象顿然呈现，工厂彻夜灯火通明，工人一片忙碌。果不其然，在 18 日那天全部结束了生产任务，加上两天的物流调度，这样，工厂在 20 日就将产品交付三讯公司，比客户合同上载明的交货时间足足缩短了 10 天！

全厂无不感到欣慰，几乎都要报备关于各部门在这次生产过程中各项表彰计划了。然而，就在此时，业务处 21 日接到了三讯公司发来的商务函件，大意是说他们对此次订单交货十分质疑，将要派出 SQE（供应商管理工程师）刘工前往工厂现场审核厂务和运作情况。在供求双方看来，这种由客户派出工程师来审查，就好比某个学生犯了错误，老师要登门家访了解情况一样，对方认为你在哪个地方出了不好的状况，产生了不好的印象。看到这封信函，大家都倍感意外和迷惑。这次合作居然得到不是三讯公司的肯定，还造成了负面评价，这究竟是为什么呢?

第二天，在陪同刘工审核完后，当他宣讲审核总结报告时，曹厂长和大家都恍然明白了。

原来，此次刘工是按照工厂审核文件EHS（环境、职业健康安全管理体系）条款进行审查的，该文件其中重要一项内容是生产安全保障和风险约束。对照条款，就会发现工厂在这次“积极主动、操之过急”的生产过程中，存在很多潜在的安全问题。比如让员工超时长超负荷地工作，容易造成人的身心疲劳、操作失误；比如为了灵便生产，很多员工除去了护目镜、口罩等劳保用具，一不小心就可能对身体造成伤害；比如工厂在生产车间为了便捷，部分机器设备的防护罩被摘下，正常的检修也被省略了，这样，就有可能会出现“机咬人”或机器运转中产生故障和失控；更为严重的是，车间和仓库瞬间堆满了物料、半成品和产品，为了节约空间，把手提式干粉灭火器和手推式灭火器全部转移到了固有的有效使用范围，这使得整个工厂的员工人身、财产安全全部置于一种高危状态中……

刘工说：“三讯公司前期就对工厂的各项生产条件，包括员工数量、机器种类、厂区空间有了全面的了解和计算，综合评估下，才将这次订单的交货期限确定在月底。但工厂实际的交货竟然比预定时间提前了将近一半，这在正常生产进度中，是不可能达到的。经过今天的实地调查，也证实的确存在急于求成的生产心态，付出了安全保障的代价，只顾眼前一时的订单交货期限提前，忽略工厂整体和长期的安全，推高了工厂风险，这样是不可取的。如果说能否完成生产交货关乎工厂的盈利得失，那么，能否维持生产安全环境更是关乎着工厂存亡与发展。所以，希望以后的工厂管理与生产活动中，要以安全为首要考虑的因素，只有在稳固该基础之上，才有稳定长期合作的可能。”

最后三讯公司给予工厂为期七天的整改时间，恢复和加强安全设施，规划好空间布局，设置安全通道，向全员宣导安全教育，实施全厂的安全培训等。在落实这些行动后，再签受该批订单，开展后续的合作。

随即曹厂长召集了工厂全体员工，又开始了动员讲话："经过这次教训，我们务必要打起十分的精神，提起十二分的谨慎，先保证安全再进行生产，生产再忙安全不忘，人命关天安全优先，安全是大家的幸福，也是工厂的前途，我们要开启为期七天乃至永久的安全整改活动……"

【作家简介】

胡湘云，中山大学本科毕业，现供职3M集团中国有限公司。知识面广，敏于时事，文理兼长，尤爱哲学、文学，对文辞的美感和文脉的逻辑有较多关注；擅于短篇散文、小说、演讲稿等的写作。自2002年起，陆续在期刊、报纸发表小说、散文、诗歌；为企业单位、社会组织撰写推广软文、论文、主题词等。

老魏·小魏

曹春雷

采煤二班分来一个新职工，姓魏，二十岁出头，脸盘黝黑，身体敦实。

新工人和老工人结师徒对子，小魏的师傅是班长老吕。一见面，老吕就喜欢上了这个徒弟，这年轻人看来能吃苦，是块干活的料。

第一次下井，小魏既紧张又好奇，紧紧跟在老吕身后。刚到工作面上，迎面过来个穿红衣服的，老吕叫住说："老包，来，认识一下，来了个新职工，你的本家，也姓魏。"

老包是负责盯这个工作面的安监员，并不姓包，其实姓魏，因脸长得黑，罚起款来毫不留情，大伙送他外号：老包，包拯也。老魏十八岁下井，在一线一直待了几十年，再有两个月，他就要退休了。

老魏扫了小魏一眼，说："老吕，井下的事，新工人啥都不懂，你可要带好了，记住，别给我惹麻烦。违了章，我罚他，还要连带你。"老吕笑，说："放心吧，老包，我带的新工人个个都是安全人。"

说到这里，老吕盯着老魏的脸看，又转过来，看小魏，惊奇地说："哎，奇了，你们俩不仅都姓魏，长得还蛮像哩。小魏，你干脆认他干爹算啦。"小魏有些腼腆，听了这话，本来就黑的脸，现在透红了。

老魏习惯性地嘿嘿一笑，说："老吕啊，你别套近乎，干好你的活，让我逮着违章了，照样罚。"

小魏很能干，也很好学。一个多月过去了，工作面上的各项活路，小魏都拿得起，放得下。老吕对这个徒弟很满意，工友们也都很喜欢。

却说这天，小魏干攉煤工。面上打完了炮眼，光等着放炮了。小魏在躲避所里休息，养足精神，等放完炮后开始攉煤。

坐着坐着，小魏上下眼皮打架，不知不觉睡着了。就在这时，老魏转悠过来了，一看小魏迷迷瞪瞪，一脚就踢上了。小魏啊的一声，立马就跳了起来。老魏的矿灯照在他脸上，晃得他睁不开眼。“白天干吗去了？居然在井下睡觉！你以为这是哪里，这是你家的席梦思吗？”老魏冲着小魏吼。

几个工友过来劝老魏，算了，小魏年轻，新工人，不懂的。“不行”，老魏气咻咻地从怀里掏出小本本来。

老吕赶过来了，嚷道：“你真罚啊。”“真罚，罚他五十，带你二十”，老魏掏笔。小魏一听，气呼呼地冲到老魏跟前，鼻尖对着鼻尖，喊道：“你敢！”老吕赶紧把小魏拉开了，说：“算了，算了，让他罚去，你不知道这老包，天王老子来了他也照罚不误。”

自此以后，小魏见了老魏就横鼻子竖眼。老魏呢，该咋样还是咋样，像没看见似的。

有一天，小魏的班中餐——一包饭，一不小心掉到溜子上，不一会儿就进了煤仓。小魏急得直跺脚。老吕和工友们劝慰他说，别着急，一人匀出一点来就够你吃了。老魏过来了，从怀里掏出一包饭，递给小魏说：“我这里有一包，剩下的。”小魏不接，老魏就放在一边，走了。众人惊奇得很，这老魏，也有可爱的时候啊。

那次丢饭事件以后，小魏和老魏的关系缓和了，火药味不那么浓了。

日子波澜不惊地流去。转眼老魏到了退休年龄。上完最后一个班升井以后，老吕全班为老魏开欢送会。

会上的气氛很温情。大伙都忘了老魏罚自己款时的气恼，这会儿想起来的，全都是老魏的好。最后，老吕请老魏说几句，老魏清了清嗓子，说：“今天我要告诉大家一件事，那就是，小魏是我儿子，我是他亲爹！”

屋内一下子静了下来。听的人，眼都瞪得溜溜圆。老吕醒悟过来后，捶了老魏一拳：“老包啊，你的保密工作做得真好”，回头又扭了下小魏的耳朵，说：“你小子，不诚实。”小魏不好意思地搔搔头：“我爸不让我说。”

老吕突然想起老魏罚小魏钱的事，说：“老包啊老包，亲儿子你也罚。”老魏一梗脖子，说：“亲儿子怎么了，该罚就得罚，不罚不长记性。”大伙笑道，不愧是老包。

老吕说：“老包，你知道吗，小魏这个月被评为我们工区的最佳职工了。”老包自豪地笑：“老子英雄儿好汉嘛，是不是？”

小魏走过去，亲昵地搂住老魏的肩膀，两张同样黑的脸上，同样不大的眼睛，都笑得眯成了一条缝。

【作家简介】

曹春雷，新泰人，泰安市作家协会会员，《语文报》签约作家。2009年开始创作，先后在《山东文学》《四川文学》《广西文学》《佛山文艺》《人民日报》《扬子晚报》《羊城晚报》等报刊发表作品50余万字。有数篇作品入选省、市中考试题。曾获第32届湖北省报纸副刊作品年赛金奖、江苏省第23届散文类副刊好作品一等奖。

“我”的消防日记

吴东平

10 月 9 日　　晴

离本年度全县消防安全年检日已不足半月时间了。为保证今年再拿个“县优”，实现三连冠的宏伟目标，老总特意召开了一个小型的消防安全恳谈会，慷慨激昂地表示如果今年再拿个县消防安全先进单位的荣誉，就安排大家去三亚旅游三天，公费的。听得与会大小干部群情激奋，心花怒放。

会后，作为厂消防专员的“我”将第二分厂第一车间电路老化、消防器材破损残缺、杂物太多等情况汇报给老总，请示其及早批示处理。未等老总发话，一旁分管生产和安全的胡副总却哂笑道：“多大个事啊，还来麻烦我们日理万机的董事长。这样吧老吴，你近期先拿出个具体解决方案，待我们协商后再行处理。至于其他的，还是按照老规矩办吧。”

“我”唯唯应诺。心里却在无声叹息：又是老规矩。

10 月 11 日　　晴

经过两天通宵达旦，“我”终于将消防安全预防和整治方案起草完毕。今天一大早便来到胡副总办公室。谁知秘书艳艳后来却告诉“我”，胡副总昨天已去省里参加安全生产座谈会和相关培训，让“我”再等一个星期。

看着手里“垂头丧气”的方案和墙上“消防安全，重若泰山”八个苍劲的毛笔字，“我”无奈地摇了摇头：“我”可以等，可隐患也可以等吗?

10 月 18 日　　多云

上午，听说胡副总已回厂子，去其办公室找，扑了个空。

下午，再去。被告知其正与外商商讨新项目开发事宜，大概晚上八点钟后有空。

晚上九点，终于在其家里见到烂醉如泥、不省人事的他。无奈之下，将方案交给一脸不悦的胡夫人，悻悻离开了。

10 月 23 日　　晴

胡副总今天突然找到了“我”，出人意料的高度评价了“我”的方案，并表示要将方案广泛散发至各分厂、各车间学习，令“我”受宠若惊。可正应了那句老话：无故献殷勤，非奸即盗。在一番寒暄之后，胡副总直奔主题地要“我”在明后两天内做好接受上级消防安全年度检查的准备工作，因为大后天检查团就要来了。正当“我”表示压力大之际，胡副总意味深长地含笑道：“老吴，你干这行也不是一天两天了，里面的道道你应该比我还要清楚吧。只要你在检查期间做足了样子，上头是发现不了什么的。我们也知道你的难处，还是按老规矩办吧。放心，办好了，组织是不会亏待你的。”

又是“老规矩”，“我”有些愠火，但又不敢发作。其实他说的也没错，现在有几个人不做表面文章？“我”一个小小的消防专员，又有什么资格来装清高。还是按“老规矩”——一藏、二瞒、三借、四调来应付事儿吧。

“我”最终还是无力地点了头。

10 月 25 日　　阴

县里检查团如期而至。当然，在胡副总如铁桶般缜密安排下，一切都是那么的完美。来的人很满意，老总很满意，胡副总也很满意，大家都很满意，除了“我”。

11 月 6 日　　大雨

检查结果终于在千呼万唤之中出来了（尽管我们事先已经知晓结果）。胡副总兴高采烈地找到了“我”，代表厂其他领导来感谢“我”那几日的辛劳。“我”勉强挤出一丝笑，但很苍白与无力。胡副总告诉我，领导体谅“我”的辛苦，一致同意“我”代表厂子在 11 月 9 日全国消防日那天参加县表彰大会，此外还额外给我一千块作为奖金。

可听到这个“好消息”，“我”却压根高兴不起来。“我”本想趁机劝胡副总尽快把消防隐患给排查处理好，免得出事了后悔莫及。可看到他那兴奋的劲儿，“我”终究还是选择了默默地走开。可“我”的心却开始不安起来，仿佛有什么事要发生一样。

11 月 8 日　　阴

下午三点多，突然接到二分厂急电：第一生产车间突起大火，火势很大，两人被烧伤已被送往医院。已通知县消防队和厂领导，职工正在奋力灭火。

听到这个电话，本应心急如焚的“我”却有种释怀的感觉：该来的终究还是来了。

（注：大火在消防官兵到来后很快被扑灭。据查，火灾系因老化的电路受潮短路引起车间堆积如山的杂物起火所致。而过于老化且数量不足的消防器材给灭火增添了不小困难。）

11 月 9 日　　大雨

因为这场突如其来的大火烧得“太不是时候”了，县里的表彰会变成了“批评自省会”。自省者不知几何，但被批评者有且只有一个：那个曾两年荣获县消防安检先进单位，今年差一点就三连冠的厂子，而“我”便是这个厂子的消防专员，也是会场实实在在唯一的受批者（厂领导今天“有事”，没有出席大会）。看着其他厂子消防专员气定神闲却难掩幸灾乐祸的表情，早已面红耳赤的“我”真恨不得立马找个地缝钻进去。与此同时，“我”的脑海里不由地闪现出一个字：该！

先进变成了落后，表彰变成了批评，不得不说老天跟“我”开了个极大的玩笑！

11 月 12 日　　阴

全场职工大会上，老总痛心疾首地总结了这次火灾带来的重大损失和刻骨铭心的教训，严厉批评了“相关部门”和“相关人员”的不称职，要求大家以此为戒，深刻反省并认真学习胡副总编写的消防安全预防与整治方案。说完还向旁边的胡副总微微地点了一下头，后者虽正襟危坐，眼睛却始终盯着“我”所在的方向，仿佛在笑。而“我”，报以其的只能是微微一笑，苦笑。

会后，在“我”向老总上交一年前便准备好的辞职报告时，“我”的心情却如释重负般格外得轻松起来——这是“我”自从担任厂消防专员以来，第一次真正地轻松起来。不远处，胡副总依旧目不转睛地看着“我”，眼神在传递着“善意”的微笑。而“我”，报以其的依旧是微微一笑，甜笑。

“我”终究还是离开了……

从今天起，“我”再也不用提心吊胆地写日记啦。而现在这篇日记，应该是“我”最后一篇消防日记吧！

【作家简介】

吴东平，男，吉林人，现供职于湖南省湘潭市人民政府，善杂文、诗赋、时评、小说等多种文体。自高中伊始，已有上百篇文章获奖或见诸报端。其两篇文章被选入中央纪委举办的《以爱之名——100 封优秀廉洁书信》，所写《凤凰赋》获“中华情怀 · 旅游故事”全国首届旅游美文征文大赛一等奖，《抗战胜利赋》获全国抗战胜利 70 周年征文优秀奖等。

特别安全奖

余清平

老吴盯着机台上的钢板，心情比钢板还沉重。早上吃早餐时，老吴还是乐呵呵的。他计算了一下，这个月工资应该有近七千多元，除去自己留下三百元的生活费用外，其余的都寄给在老家里的老婆淑莲。前几天，淑莲来电话提起过，妈妈今年七十岁，人生七十古来稀，得好好办个寿诞，庆祝一下。

老吴想这么多年，一心放在两个孩子身上，忽略了老人，岳母今年七十大寿，是得好好庆祝一下，让老人家高兴高兴。

老吴是轧钢车间主管，但也亲自操作机台。这工作不复杂，但是得小心谨慎，每天上班前调好机器，将一块块钢板按研发部门设计出的图纸砸出几个圆孔。工序虽简单，可是责任很大，如果机器调置得有些微偏差，那这块钢板就报废了，现在的钢材价格像山洪一样看涨；还有机器螺丝要拧紧，不然会危及操作工的人身安全。不过，十几年来，老吴的工作失误率是零。

老吴刚进公司的时候是安全管理工。那时，他近一米八的个头，复员军人，在部队是消防兵，消防经验与他的身材一样令人钦佩。老吴家在农村，复员时没有工作，结婚生孩子，守着几亩薄田薄山过日子。可是，孩子大了，困难就来了，日子捉襟见肘。老吴想起自己的班长在南方一家大公司做保安队长，就南下了。

老吴来到这家公司，可是，班长却因事回老家。老吴懵了，看着一排排工厂，想不出其他办法，急得在烈日下来来回回地走。

“老乡，咋啦?”

老吴抬头一看，问话的是个穿着蓝色工作服的人。老吴擦了擦眼睛说了自己的情况。

“我公司缺个安全员，你既然是消防兵，愿意来我公司吗？”

“愿意。”老吴满口答应。

他掏出一张名片递过来说：“拿着去找人事部经理。”老吴接过名片一看，原来是斜对面的一家机械公司的总经理。

第二天面试，总经理亲自坐镇，对于消防知识，老吴一条一条地如数家珍。但进车间考核现场消防管理测试时，老吴在车间门口，看着总经理说：“请您回去换鞋。”

“我？”总经理脸色有些发窘，继而霜凝结在脸上。

“安全管理条例规定，任何人不得不戴安全帽和穿拖鞋进车间。”

“噢，我喜欢穿拖鞋，随意，这没什么不妥。”

“总经理，我是安全员，您必须听我的，我按安全条例执行。”

“噢，县官不如现管。”总经理笑着说。

老吴的安检工作做得很好。一次，轧钢车间出事故，总经理找到老吴，说调他去做车间主管。总经理还嘱咐，轧钢车间工作繁重，但是，“一样的需要安全生产，不过，我相信你。”

老吴说：“总经理放心，我保证零事故。”

尽管是车间主管，老吴坚持操作一台机器。他说，模范工作要做好，其他员工才会更努力。

可是，今天淑莲发来的一条信息打乱了老吴的节奏，岳母得了急性脑出血，需要大笔钱住院。老吴三魂去了两魂。

下午上班前，总经理突然出现在轧钢车间，搞安全生产检查。老吴是模范，安全生产示范由他操作。老吴打起精神，从工具箱里拿出几把扳手，说：“别看机器工作程序简单，但是，操作很重要，这不是一天一个月或者一年的事，这是关系到人身安全、车间安全，还有公司安全的问题，公司零事故，才能令公司的声誉、效益和质量都有好的口碑……”

下晚班的时候，总经理将老吴叫到办公室。看着总经理严肃的表情，老吴心里“砰”的一声像钢板跌在水泥地上。

“安全生产，容不得带上情绪，家里有困难可以找公司。”总经理的话像是从钢板里蹦出来的，又冷又硬。

一会儿后，总经理将办公桌上一个大信封推到老吴面前，缓和了语气说：“你还记得不？你刚进厂面试时，我穿拖鞋去车间是有意试探你的。我也没看走眼，十几年来，你兢兢业业，工作负责，今天中午，有员工反映说你岳母病了，需要钱治疗，你像丢失魂魄似的，下午的检查，是我对你的提醒，这里是十万元和你回家的火车票，你拿去，还有，公司批你一个月假期。”

那个晚上，公司很多员工听到总经理办公室里传出老吴狼一样的哭声。月底公司大会上，总经理宣布，公司设立特殊安全奖。

【作家简介】

余清平，笔名砌步者。广东省作家协会会员。广东省小小说学会理事。在《小说选刊》《百花园》《微型小说选刊》《芒种》《羊城晚报》《短篇小说》《北方作家》《小小说选刊》《辽河》等百家刊物发表作品，获得紫荆花开·世界华文微小说征文二等奖、善德武陵杯精品全国微小说征文一等奖。出版小小说集《自由行走》。

王大壮的最后请求

代应坤

王大壮昨夜几乎没睡，一大早起来眼睛红红的，走起路来一点精神都没有。

他担心的事情终于还是来了：派出所要辞退他。吴所长昨天下午找他谈话，他闷头一个劲地抽烟，没有提出任何要求。他知道县公安局局长只能干到六十岁，而他已经六十六岁啦。

他是一名合同工，以前叫临时工，有趣的是，他这名临时工居然在国家机关待了几十年，比有些正式工待的时间都长。

太阳刚从东方爬出地平线，王大壮就在院子里背着手转悠，这里的一草一木、一砖一瓦，是如此的亲切，又是那么的遥远。

28 岁那年，他从部队退伍回到农村，昔日的警卫连班长一下子没有了奋斗的方向。正当他苦闷的时候，镇上工商所招聘协管员，他毫无悬念地被录用了，所里只有三个人：所长，副所长，他。他是这里的顶梁柱，动力气活、得罪人的事大多由他出面，那时候执法不规范，不存在临时工无权执法的事，他也就大大咧咧，天不怕地不怕地执法。一次，本镇一家最红火的食品厂用霉变的面粉生产月饼，一时间引起许多人食物中毒，群众跑到镇政府反映，没人搭理，于是跑到工商所投诉，所长、副所长哼哼唧唧也不表态，任群众在所里大喊大叫，王大壮头脑一热跑到这家食品厂，弄来样品，送检，检验结论是霉变食品。于是封存了所有月饼，并要求所长予以经济处罚。

这下可戳了马蜂窝，食品厂老总跑到县政府喊冤叫屈，要求解除合作协议，返回老家浙江。

县政府与食品厂的合作协议未解除，王大壮却被解雇了，理由是执法不当。

王大壮是含着微笑离开工商所的，心里想：当官不为民做主，不如回家卖红薯，大不了继续种我的二亩地！

镇上派出所的姜所长当初跟王大壮是一个部队的，虽说不是一期兵，但脸不热心热，他知道王大壮有过硬的擒拿技术，于是招聘他为治安员，协助干警抓捕犯人，巡逻放哨。这期间，王大壮多次负伤，多次被评为优秀治安员，但是他转正的事，却一次次搁浅。姜所长抚摸着王大壮伤痕累累的头部，眼泪湿湿地说："弟弟呀，眼看你就到40岁了，这年龄几乎没有转正的可能了，一月几百块钱工资只能糊口不能养家，回去吧，所里补助你一万块钱，你在镇上做点小生意，比在这儿强。"

王大壮的脸突然红了，说："姜所长嫌我年龄大了，想撵我走？如果是这样，我现在就走，所里的补助费我分文不要。"

姜所长说："好，好，算我多嘴，你继续战斗！"

谁知这年冬天，王大壮遇上那个事呢。

那天晚上，派出所抓来十多个吸毒人员，人多，手铐不够用，有几个人就没有被严格控制着，一个嚷着小便的年轻人，走近院墙时突然一个跃身逃了出去，王大壮随后也翻过墙头，追赶过程中王大壮被逃犯捡起的石头袭击，下颌骨粉碎性骨折，他忍着剧痛生擒了逃犯，乖乖，原来是毒枭！

姜所长调走，马所长继任。姜所长离开所里的那天晚上，跟王大壮结结实实地喝了一次酒，两人都醉了，两个大男人抱在一起哭得稀里哗啦。

王大壮50岁那年冬天，马所长单独请王大壮喝了一顿酒，喝酒回来，马所长说："由于年龄问题，县局决定让您离开治安岗位，您在所里食堂忙忙，活轻，也没有危险。"

王大壮转过身，说："所长，别说了，我要喝酒！拿酒！"

马所长一把拉住他的手："哥，我的亲哥，你不同意可以，酒就别喝了。"

王大壮用手在脸上抹了一把，眼睛亮晶晶的，半晌才说："我是军人出身，服从命令，明天我就到食堂去！"

谁能知道呢，那个晚上王大壮关着灯，坐在床沿上抽了一夜的烟，烟屁股扔得满地都是。

有人说王大壮是官迷子，祖宗八代没见过官，治安员这个角色算什么？还恋恋不舍；有人说王大壮头脑搭错线了，跟他一起退伍的农村兵在街上摆一个摊点，也挣了几十万元，他倒好，一万元存款都没有；还有人说，王大壮不抓人身上发痒，你看，他到了食堂以后还多管闲事，几次追赶已经逃脱的犯罪嫌疑人……

暂且放下别人对王大壮的评价，让我们把目光转向王大壮吧。此时，在派出所院子转了几个小时的王大壮，身穿警服，迈着坚定的步子走进吴所长办公室，说："所长，你昨天找我谈话，问我有啥要求，我现在请求：让我穿旧式警服戴旧式警帽，站在咱们派出所门前照一张相，我百年之后，照片陪我……"

吴所长眼睛湿润了，"啪"的一个立正，右手敬了一个最标准的军礼。

【作家简介】

代应坤，安徽省作家协会会员，中国寓言文学研究会闪小说专委会理事，安徽省闪小说委员会副会长，在《小说选刊》《四川文学》《微型小说月报》等报刊发表作品70余万字，有文稿入编48本公开出版发行的文学丛书，获省级以上文学奖项30余次，已出版《寻找阿依古丽》等3本文学书籍。

聘　金

李世营

安监局赵局长就要退休了，却遇到一件棘手事。前两天，赵局长带队巡回安检，发现县里新引进的食品厂安全措施不到位，就下发了限期整改通知书，可食品厂迟迟不见整改。

这个食品厂，是县领导引进的重点招商项目，最近就要启动生产。在这节骨眼上，因为安全措施整改不到位，耽误了项目上马，对上对下都不好交代。

安监局压力挺大。有人劝赵局长睁只眼闭只眼了事。赵局长干了一辈子安监，偏就是个倔脾气，眼里揉不进沙子。何况食品厂关系民生安全。赵局长给上门说情的一律回了个闭门羹。

看赵局长牛脾气上来了，老伴就私下里劝："老头子，咱马上就要退休了，咋还恁认死理得罪人!"

赵局长黑着脸，一言不发。

几年前，赵局长的儿子刚子大学毕业，随女友去了南方，在女友老爸的公司做了高管。半年前，老伴就曾给儿子打过电话，说现在很多领导到龄时都易患上退休躁动综合征，老头子本就是个闲不住的人，担心赵局长退休后不适应，就想让儿子在公司谋个差事，让老头子消遣退休的时光。但赵局长对儿子经商那一套，根本不热乎。

食品厂见赵局长坚持己见，厂方就派人上门做赵局长的工作，央求赵局长在安全监管上高抬贵手，退休后可以高薪聘请到厂里做高管。厂方找赵局长谈了几次，每次赵局长都气得脸色铁青，说，这是变相行贿。最后一次，赵局长突然变了脸，变得和颜悦色，细心地听了厂方的介绍，还主动说，聘别的职务不干，就干安监主管，安监的事，得他说了算。年薪10万元，还要提前到账，欠一个钢镚儿也不行。

没过几天，厂方回了话，赵局长的这个荒唐提议上报公司总部，竟然被公司董事会破天荒地通过了。

赵局长这边退休手续一下来，就径直到食品厂上任了。

赵局长做安监主管，还真不是白拿聘金，他先在厂区来了个安全大排查，配置了全套的消防安全器材，3万元。列出了食品安全防护清单，新置了消毒柜、保洁柜、紫外线消毒灯、防蝇灯、二次更衣间……4万元。制订了员工食品安全培训计划，培训费3万元。

这些钱，赵局长全部从厂方预付的年薪里直接进行了开支。

赵局长的行为，惹得老伴发了火："老头子，干了个安全主管，没捞着半分钱好处，反倒把年薪贴了个精光！你干的什么事！"

不久，儿子儿媳探亲回家，老伴向儿子倒出一肚子怨愤。

儿子笑而不语。在厨房里，儿媳悄声告诉赵局长的老伴，刚子一年前已接替岳父做了公司董事长，上次县领导到南方招商，刚子有意在家乡依托粮食优势建食品厂，就谈妥了这个项目，食品厂那个安全主管的位置，是专门为赵局长留下的。不变着法子逼老头子激起牛脾气，老头子怎会……这个事，刚子曾一再嘱托县领导保密。

老伴转而眉开眼笑，儿子在外闯荡几年，没想到鬼点子用起来还一套一套的！

客厅里，赵局长笑得更甜：龟儿子，算计到亲爹头上了！你偷偷回来办食品厂的事，半年前，老子就从县领导那里摸清楚了！

【作家简介】

李世营，河南省作家协会会员，漯河市作协理事。小小说散见于《奔流》《金山》《小小说大世界》《小小说月刊》《精短小说》《微型小说选刊》和《羊城晚报》《检察日报》等文学报刊，有多篇小小说入选2016年、2017年全国小小说年选本和高中语文试卷。现任职于河南省漯河市交通运输局。

他叫“王安全”

张　杰

“王安全”真名叫王宝栓，而在他所上班的镇家具厂，从工人到老板，都叫他“王安全”，叫的时间长了，一致都忘了他的真名。

“王安全”今年45岁，他出生时五行缺木，又是独苗，他的父亲同一先生商量了半天，就给他起了个王宝栓，一是添了木，二是有拴住独苗的意思。

王宝栓虽很聪慧，但属于忠厚型的那种人。大学没考上，高中毕业就跟着做木匠的父亲学做木匠。父亲规矩紧，既教他手艺，更提醒他注意使好斧子、锯子、刨子，别碰了手脚，还要注意烟火，不能有火灾。一次炕木料，王宝栓一不留神把木料给烧着了，亏得隔离好，救得及时，没有形成大祸。王安全被父亲狠狠地训斥了一顿，还饿了一天的肚子。这对王安全来说，是刻骨铭心的。打那以后，他做木工活是时刻注意安全，晚上收工时，都要检查再三，收拾停当。

进入新世纪，农民富裕了，人们习惯购买成品家具，宝栓父子的木工活逐渐少了。

为了生计，王宝栓到镇上的家具厂上班。

家具厂生产的家具，不用开隼、不用矫枂，讲究的是打磨，看光度、看款式，全是机械化操作，王宝栓做得得心应手，功效比一般人都高。

王宝栓工作时注意安全的习惯没有变，不仅不让机器碰着手脚，下班后，还要收拾停当，以防意外。不久一次，下班后，他发现整个2000多平方米的大车间空无一人，而每台机器上都还有电，这是隐患啊，他立即到配电室拉下了车间的总闸刀。

打那以后，王宝栓形成了习惯，就是每天晚上最晚走，拉下车间总闸刀再走；每天提前来，送上闸刀上班。长年累月天天如此。

一天上午，王宝栓正在车间里打磨木料。门卫匆忙跑来找他，说他的父亲骑电瓶车赶集，被一辆货车撞上，当场身亡。

王宝栓赶去处理，一路嘀咕：“爸爸啊、爸爸，你怎么这么粗心大意，上个月你食物中毒，今天怎么出了这么大的事呢？……”

当天，王宝栓直到晚间10点多，才把父亲的尸体运回家。

看着浑身缠扎着白布的父亲尸体，王宝栓无不伤悲。忽然，他想到家具厂车间的总闸刀可能还没有拉下。就立马打电话给在厂里住宿的小张，小张说：“我睡了，你安心尽孝吧。”他又打电话给门卫，请门卫帮忙拉闸刀，门卫说：“我管不着这事，不会有事的，你安心尽孝吧。”

听了他们的话，王宝栓心里更难安静。他立即骑上摩托车到家具厂，拉下了车间的总闸刀。

在厂门口，王宝栓遇见在外边应酬回来的老板。老板问：“你不在家尽孝，来厂里干吗?”

门卫说出原委，老板听了，激动不已。

在当年的年终大会上，老板说起此事，还特地为王宝栓颁发了“安全模范奖”，发给1万元奖金。老板说：“安全是最大生产力，最大的效益，厂里有了王宝栓，我们的厂才安全，我们应该叫他‘王安全’。”

于是，“王安全”就这样叫开了。

【作家简介】

张杰，男，1963年4月生，本科文化，中共党员。1985年6月至今，长期从事乡镇新闻报道工作，发表新闻（包括图片）稿件5000余篇，100余篇获奖。同时，积极从事文学创作和理论调研工作，发表诗歌、散文、小说及调研文章近百篇。

安全奖

郑玉超

县里两年一度的“食品企业安全奖”评选活动开始了。这对隋总来说，可不是好消息。他感到很憋屈，这两年县里组织的检查让绿A饮料公司很受伤，不是卫生不合格，就是原料不过关。不参评吧，别人会说他的公司没底气，这不是他的性格；参评吧，很可能凶多吉少。

这天，隋总正坐在办公室叹气。突然传来敲门声，隋总有气无力说了声“进来”，后勤处长安民拎着包推门而入。安民是公司里众所周知的“赛诸葛”，他利用自己的智慧摆平了很多难事。自己怎么没想到他呢？隋总眼睛一亮。

还没等隋总开口，安民就问：“隋总，听说您正运筹帷幄，谋划安全奖事宜。不瞒您说，这两天我也在琢磨这事，真是彻夜难眠——公司也是我家啊！”

隋总心里一热。可想到目前处境，隋总蹙起了眉头：“唉！听说这次请的评委主席是老专家、教授呢，针都插不进。”

“我也听说了，评委会主席是十年前退休的孔乾。”安民说到这，拉开了包，从里面摸出瓶饮料来——安民拎包只是为了带饮料方便，可他从不喝绿A公司生产的饮料。

安民咕咚咕咚喝了半瓶，笑笑说：“从他的姓看，既然有孔，还带个‘乾’——钱，咱就有机会钻。到头来，在玛尼面前，还不乖乖缴械，败如流水。”一边指了指手中的饮料，然后，衔着瓶嘴，一仰脖子，又咕咚咕咚喝开了。

隋总没整明白，还以为安民说脏话：“一码归一码，咱们公司得讲规矩讲文明，别妈的妈的乱嚷嚷。”

安民就弯了腰笑，“我的隋总，我说的是钱，玛尼玛尼，鹦哥历史——英语啊。”

隋总听到钱，眼球在眼眶里咕噜噜乱转，不断调整黑白比例，由原来的五五开变为三七开，白眼球占据了绝对优势。

“你说多少妈……你刚说妈什么来着？”隋总问。

安民又笑，震得隋总耳朵生疼，“玛尼玛尼。”

“对对对，玛尼，玛尼。”隋总咀嚼着，似乎还在回味这来自大洋彼岸的鸟语。不过，他显然受到了强烈感染，心情大好，身子向前俯了俯，问：“明明骂人的脏话，却和钱挂钩了。对了，你说说看到底需要多少玛尼，就可以把孔乾整成流水？”

说完，隋总为自己的幽默感到骄傲，鸭子般嘎嘎大笑。

安民也仰起脖子，学着隋总的声音嘎嘎笑着伴奏。

突然，隋总止住笑，安民忙急刹车想止住笑声，结果一急，倒抽气差点噎住。愣了一下，说：“一万。”

只一万？隋总眼球再次调整比例，黑眼球重新夺回了曾失去的阵地。

他拉开办公桌抽屉，从中取出扎好的一万元，直接扔了过去。

“这事就交给你去办，一定要办好，办得如流水。完了重重赏你，两百元。”

老教授孔乾已退休十年了，大家都说他是业界权威。可没想到他这样身份的人，竟住在城乡接合部，隐身于一排有了年代的黑砖老瓦房中。在安民眼里，这里无异于“贫民窟”。

见有人找，驼背的老教授透过厚厚的镜片，狐疑地打量着安民，就像是经验老到的警察在审视着嫌犯。

安民忽心虚起来，本想拉包取饮料喝，竟一下子忘了，说话也结结巴巴：“孔老您好！我是绿A饮料公司的后勤处长安民，久仰久仰。”

“绿A饮料公司？”老专家犯了迷糊，“你该不会找错人了吧？”

“没错，我找的就是您老。”安民抹了抹脸上的虚汗，放低了音量，说，“我来向您汇报公司工作的。”

逼仄的房间内，只有他俩，安民还是很小心，声音低得像蚊鸣。

孔乾脸上漾满了笑。安民见他笑，就知道自己成功了一半。

安民想，再老奸巨猾的狐狸也逃不过经验老到的猎手猎捕。安民想到这样深刻的比喻，突然下意识地大笑，嘎嘎，嘎嘎。

孔乾不解地望着他。安民忽觉失态忙闭了口，说，自己能见到您老尊容真是乐开了怀。

安民知道该撒鹰了，于是，他从裤兜里掏出一万元的红包，推到了孔乾面前。

孔乾笑了。

喜不自禁的安民见到隋总，胸脯拍得咚咚响，说：“再硬的铁我也能让它化成水。”安民说着，又从包里摸出了饮料。

他俩做梦也没有想到，此时此刻孔老正在慷慨陈词。

换句话说，安民和隋总都蒙在鼓里，孔乾早已将那一万元钱交给了有关部门。在评选会上，老教授挺直了驼了很久的脊背，说：

“那个公司早已名声在外。如果这样的企业也能进入先进行列，那我还有何面目面对世人?”

孔乾的话掷地有声，评奖事小，可评的是人心。

【作家简介】

郑玉超，江苏省作家协会会员，常用笔名闲敲棋子。小小说、散文等文章散见于《四川文学》《天池小小说》《小说月刊》《青春》《时代文学》《骏马》《百花园》等数百家报刊。多篇入选《中国优秀短小说（江苏卷)》《2017 年中国微型小说精选微型小说选刊》《微型小说选刊》等多种年刊或获奖。

断指·秀发

孟宪歧

断　指

在公司，郝德寿大名鼎鼎。

郝德寿不是经理，也不是副经理，他只是一个安全员。

走出公司大门，郝德寿嘻嘻哈哈，跟大家称兄道弟，随和极了。

走进公司大门，郝德寿一脸严肃，双目似电，让人如芒在背。

郝德寿左手终日套着手套，那手套白白的晃人眼。

新来的青工都纳闷：莫非郝师傅的左手有残疾？

有老工人就告诉他们："郝师傅是断指！"

如何断的指？却没人晓得。

郝德寿走在各个车间里，车间里就回荡着他那爽朗的声音。

"小白，你为什么没戴绝缘手套？"

"张明，你赶紧回宿舍穿上绝缘鞋！"

"王大康，你的裤脚没扎上，立即扎上！"

"刘小乔，你的安全帽呢？给，先戴上我的！"

郝德寿就站在车间的空地上，等着这几个人回来。

他们不回来，他就不会走。他必须亲眼看见他们安全上岗才离开。

那天，公司新招了一批青工。上班第一天，就是郝德寿的安全培训。

郝德寿把印好的培训内容发给大家，说："给你们3天时间，背不下来的立即走人！"

有的人听话，就拼命去背。有的人不听话，不以为然。

结果，只有一个人没有背下来，这个人叫程元才。

郝德寿说："你走吧，这个公司不需要你！"

程元才呵呵一笑："郝师傅，你叫我走？这个公司不需要我？这事你能做主吗？你说了算吗？"

郝德寿嘿嘿冷笑："我能做主！我说了算！"

程元才转身离去。

程元才去找总经理程明。

程元才问："叔，郝德寿敢撵我？谁给他的权利？"

程明答："我给他的权利！"

程元才又问："为什么？"

程明拍拍右腿答："就凭这！"

程元才知道，叔的右腿有点跛。程元才却不知道为啥跛。

程明站起来，跛着右腿，在屋里踱了几步说："当年，我违章作业，让卷扬机把右腿卷进去了，要不是郝德寿拼死把我救出来，我还能有今天？"

程元才说："咱程家的公司，不能让外人做主！"

程明骂一句："混账！谁是外人？为公司安全着想的人是外人？"

程元才气呼呼离开了公司。

有一回，公司电工小白先把电闸关了，然后就准备去作业。

这时候恰巧郝德寿来到这里，一把拉住小白喊："没有检查是否有电，不能作业！"

小白不以为然："师傅，电源已经断开，没电了！"郝德寿脸子一沉："没检查，怎么知道没电？"郝德寿说完，拿过试电笔一试，试电笔立即红了。

小白伸了一下舌头，嘟囔说："真没想到，拉闸了还有电，好危险啊！"

郝德寿缓慢地摘去了右手的手套，露出了残缺不全的 3 个手指头。

他说："安全大于天啊！当年，要不是我违章操作，我的手指不至于断了几节啊！那回师傅让我检修机器，本来我已经把电闸拉断，可没有检测，就开始作业，结果触电了。原来有漏电的地方！”

大家都望着郝德寿那残缺的右手默默无语。

秀 发

柳小翠曾经有一头瀑布一样的黑发，一直拖到屁股上，让许多男人想入非非。

后来，柳小翠到纺织厂工作，黑发依旧。

不过，大家看到的柳小翠，基本上都是头发缠绕着，被工帽严严实实遮起来。

人都说，纺纱厂的女工爱臭美，人人都留长发，披肩的。

柳小翠对这些姐妹很头疼。

工作期间，这些好美的姑娘时不时会摘下工帽，擦把汗，那飘逸的长发便瀑布般散开来。

她们会自豪地把头发一甩，那姿势，很潇洒，也很迷人。

这时候，柳小翠立即走过去，把姑娘推向一边，让她们远离轰鸣的机器。

这天，杨秀丽去卫生间，把帽子摘下来，放在墙钩上，出来时居然忘了戴工帽，正操作间，拢在头上的长发突然垂下来。

正在车间巡查的柳小翠猛地冲向杨秀丽，把杨秀丽推向一边，大家长出了一口气：好危险啊！

杨秀丽的长发差一点就卷进机器里。

后果不堪设想。

柳小翠立即召开了车间全体女工会议。

她缓缓地摘下帽子，露出了满头秀发，随后，她把秀发又一摘，大家惊讶地张大了嘴巴合不拢：柳小翠是秃头！而且头上疤痕很显眼！

大家怎么也无法把眼前秃头的柳小翠和刚才满头秀发的柳小翠连在一起。

柳小翠低沉地说：“我知道，大家谁也不想和我一样。想当年，我也和你们一样爱美，可是，有一次，我和杨秀丽一样把头发甩了一下，就这一甩，我的头发就进了机器里，虽然机器转动很慢，可越卷越紧，我的头部被卷进机器，头严重受伤，头发也被耗光。”

泪水从柳小翠眼里流出来。

大家悄悄把头发塞进工帽里，塞的很仔细，一根头发都露不出来。

【作家简介】

孟宪歧，河北承德人，河北省作家协会会员。在《小说选刊》《延河》《作品》《飞天》《鸭绿江》《青海湖》《小说林》《四川文学》《天津文学》《满族文学》《安徽文学》《小说月刊》《山东文学》《时代文学》《小小说选刊》《小小说月刊》《微型小说选刊》等50多种报刊发表中篇小说、短篇小说、小小说、故事等300余万字。有近百篇作品入选各类年选本或获奖。出版微型小说自选集《那山·那人·那狗》。

守护城市的良心

王世虎

小城突降暴雨，不过几个小时的时间，就变成了一片“汪洋大海”。

下午五点，一个男人像往常一样骑着电动车匆匆赶回家，他要接放学的女儿去少年宫补习功课。年久失修，加上雨水冲刷，回家路上的一个下水道井盖被冲走。男人没注意到，电动车前轱辘“咚”的卡了进去，摔了个人仰车翻，额头被撞伤了，小腿也擦破了皮，鲜血直流。

男人忍着钻心的疼痛站了起来，回过头，这才看清身后的“黑洞”。紧跟着开来了一辆小轿车，司机看见下水道口后一脚紧急刹车，差点和后面的公交车追尾，满车厢的乘客都吓得胆战心惊。远处，无数个若隐若现的焦急回家的灯光正在渐渐靠近……男人的眉头一皱，先费力地把电动车扶起来，挡在下水道口，打开车灯投射在地上，然后掏出手机拨打了交警和市政的电话，并站在原地等待。

雨依旧下个不停，但因为有男人用电动车临时设置的醒目“路障”，后来的行人、电动车和机动车都提前减速，安全地绕开了这里。

半个小时后，工作人员赶到现场，问道：“刚才是你打的电话？”

男人点点头：“对，这个下水道的井盖不见了，得赶紧修理好。”

工作人员走上前，看了看情况，继而抬头看到了男人满身的泥水和额头的血渍，惊讶道：“哎呀，你受伤了，得赶紧去医院包扎。我们接到电话就会派人来处理的，你不用一直守在这里啊！”

“不行！现在正值下班高峰期，下雨天视线又模糊，这个缺失的井口就是个安全隐患，太危险了，想到后面的人，我就必须守护在这里!”男人如释重负地松了一口气:“现在你们来了,我也就放心了!”说完,推着电动车走了。

工作人员的心猛地被触动了一下,忍不住掏出手机,对着下水道和男人的背影拍了一张照片,发给了报社的朋友。

那天晚上,这件事经媒体报道后,在小城老百姓的朋友圈里被疯狂转发,众人在为男人的行为点赞和感动的同时,也多了一些反思。一个陌生人,在受伤之际,没有只顾着自己,而是懂得为他人着想,毅然肩负起了社会责任,这份善良、担当和无私奉献的精神,让初冬的小城弥漫着一丝沁人心脾的温情和暖意。

也是从那天起,小城渐渐发生了一些微妙的变化,城市的大街小巷,突然涌现了很多愿意“守护”的人:过马路时,有热心的人“守护”在老人身边,搀扶着老人行走;学校路口,很多私家车安静的“守护”在斑马线前,让孩子们安全通过;敬老院里,多了很多“守护”的儿女,老人不再寂寞;孤儿院里,多了很多“守护”的父母,充满欢歌笑语……一股浓浓的“爱”的情愫,萦绕在小城的上空,因为一个人,温暖了一座城!

“想到后面的人,我就必须守护在这里。”——男人当初守护的,不仅是一个缺失的下水道井盖,更守护着一座城市的温度和良心!

【作家简介】

王世虎,男,汉族,“80后”,出生于湖北武当山下,现居西安。先后从事编辑、记者、策划等工作。《华商报》副刊首届签约专栏作家,《格言》《文苑》《小小说传媒》等杂志签约作家,已公开发表各类文章百余万字。

永远的英雄

徐树建

老刘是个退休老头，本来一直安安静静地打发着晚年，谁知最近老刘儿子刘东发现有点不对劲：爸也太安静了，经常久久坐着一动也不动，并且说话越来越模糊不清。紧接着刘东越发惊恐起来，因为爸开始不认识人了，甚至连家人都不认识了，再往后就更加严重，竟连生活都不太能自理了。刘东情知不好，忙带爸去医院检查，结果让大家大吃一惊：爸患上了阿尔茨海默症，也就是老年痴呆症！医生说目前尚无好的治疗方法。

要知道打小时候起爸就是刘东心目中的英雄，可万万想不到曾经那么生龙活虎、精力无穷的人如今竟是这副模样。说句残忍的话，爸已彻彻底底是个废人了，这么一想刘东的心都碎了，可这也是没办法的事，于是只有小心伺候爸，一步也不敢离开。可是这一天，爸让刘东大大吃了一惊。

这天黄昏时候，空气特别好，刘东扶着爸在小区里散步，病魔折磨得爸昔日笔直的腰都弓了，连走路都有点费力。爷儿俩正慢慢走着，前面忽然响起孩子的尖叫声，刘东抬头一看，不好，小区喷泉下的水池子内有个小孩掉了进去，那水池有成人大半人高，小孩在水里一沉一浮，十分危险！

刘东扶着爸不敢撒手，一旦撒手爸会重重跌下的，只有向别人求救，谁知正要开口，爸突然一把甩掉他的手，竟大步跑了起来，这下可把刘东吓得，忙追上去，谁知就在这时意外发生了：爸“扑通”一声跳进水池，一把拉起了小孩！

小孩大人赶来了，对老刘千恩万谢的，邻居们也围了过来，个个对老刘赞不绝口，可是意外再次出现了：老刘只是嘿嘿笑着，一副木然的样子，好像救起孩子根本不关他事。刘东吃惊地看着，心里又是自豪又是酸楚：爸都这样了还晓得救人！

爸的病情越来越重，医生说得多活动。又是一个凉爽的黄昏，刘东搀着爸来到街上散步，现在的老刘自然是毫无意识，只是眼神呆滞地拉着刘东的手，现在儿子的手就是他的依靠，就像刘东小时候牵着爸的大手一样。正机械地一小步一小步地挪着，突然间，爸无缘无故地停了下来。

刘东忙轻拉他一把，谁知拉不动，再一看，爸原本茫然的目光竟有了焦点，并且浑身的肌肉紧绷起来，这是怎么回事？顺着爸的目光再一看，啊，有小偷！

只见前面有个路边摊，有个女人正弯下腰问着菜价，浑然不觉身后有个身形猥琐的男人正把一把长长的镊子伸进她的口袋！

刘东心说不好，爸又要管闲事，这可不行，现在的小偷都凶狠得很，十有八九身上揣着凶器。正要强行搀爸离开，就在这时那男人已夹出了手机，拔腿就要开溜，说时迟那时快，刘东的耳边忽然一声炸响："抓小偷！"

这三个字相当清晰、中气十足，竟然是爸喊的！在刘东的瞠目结舌中，爸如同一只凶猛的豹子猛扑上去，一下子扑倒了小偷！

年轻力壮的小偷自然不甘心束手就擒，于是两人拼命厮打起来，爸老了，又有病，很快落了下风，可他还是愤怒地吼着、打着，就在这时刘东上前了，围观的众人也出手了，警察随后赶了过来。

当铐起小偷后，在大伙的掌声里，警察对老刘说："老同志，谢谢您……"

然后警察一起惊叫起来："这不是老刘吗？您不是得了……不是身体不太好吗？"

老刘嘿嘿笑着，一无所知。警察默默对了一下眼神，然后"啪"的一声，一起向老刘敬礼，庄重无比！

再看老刘，奇迹再次出现：他竟挺起胸膛举起右手，标标准准地还了个礼！

一旁的刘东早已泪流满面，爸啊爸，您都这样了，还不忘记自己曾是个警察！

爸，您永远是我心目中的英雄！

【作家简介】

徐树建，男，1970 年 11 月生，江苏省作家协会会员，江苏省民间文艺家协会会员。先后在全国各报刊发表文字 300 余万字，出版专集 8 部，上百次获奖。

公园里的妇人

周海亮

那婴儿一直在哭。他捏紧小拳，扭曲着脸，挣扎着，使出浑身气力。终于，男人和女人一起站起来，女人抱着婴儿，男人推着空婴儿车。他们试图穿过公园里一条狭窄的甬道，妇人小跑上前，拦下他们。

妇人冲他们示好地笑，“男孩女孩?”

“男孩。”女人说。

“虎头虎脑真可爱。”

“吃起来没个够。能不胖?”

“来公园玩?”

“想让他晒晒太阳。”

“好像哭很久了吧?”

“总这样。哭急了谁都哄不好……”

“哄不好?”

“应该是饿了。出门时忘记带奶瓶……”

“我来试试?”

“不用了。我和我先生先回家。”

女人对妇人似乎有些反感了。她想从妇人身边挤过去，却被妇人再一次拦住。虽然身材娇小，但此时的妇人就像一座铁塔般将两个人堵了个结结实实。

“我抱抱，或许孩子就不闹了。”妇人坚持着，“我哄孩子很有一套。”

“可是他饿了！这里没有奶粉和奶瓶……”

“他叫什么名字?”

“豆豆。”女人看看男人，露出求救的眼神。男人走过来，抱歉地对妇人说，假如连她都不能让孩子停止哭闹，谁都不能。又说他们得早点回去，早点喂饱孩子，然后哄孩子睡觉，并且他也有点急事需要处理。

“我送你们回去吧。”妇人说，我帮你们推着婴儿车，你们轮流抱孩子……

“我们能行。”男人有点不耐烦了。

“别跟我客气。”妇人抢过男人手里的婴儿车，慢悠悠走在前面。“你们家住哪里？”她回头问女人。

对妇人，女人已经从反感上升到厌恶了。“过了火车站就是。”她敷衍着，“你能不能走快点？”

妇人却停下来。“芙蓉小区？”

“怎么了？”

“可是听你们口音，不像本地人。”

“乡音未改嘛！”男人插嘴道，“我们在这里住很多年了。”

“这孩子长得像谁？”

“什么？”

“既不像你，也不像他妈妈。”

“四五个月的孩子，长得不都差不多一个模样？”男人哭笑不得。他看看手表，上前，说：“把婴儿车给我吧，我们真赶时间。”

妇人似乎受到惊吓，一把将男人推开。“芙蓉小区是吧？我走快点就是。”却一边走，一边回头逗着孩子，“豆豆你看妈妈。妈妈在哪里？你看妈妈啊豆豆。豆豆你告诉我妈妈在哪里？豆豆别哭……”

孩子却一直在哭。他哭得越来越凶，嗓音开始沙哑。声嘶力竭的号啕终让他满头是汗，起风了，女人寻一顶帽子，给他戴上。

男人开始失去耐心。他大步上前，一把推开妇人。“我们真得回家了！”他抢过婴儿车，回头对女人说，“你快一点！”

妇人踉踉跄跄，却未跌倒。她追上来，再一次顽强地堵到女人面前。“你确定这是你的孩子？”

女人愣住了。妇人之前所有的不正常，霎时有了理由。

“你什么意思?”

“这孩子为什么哭个不停?”

“你在怀疑什么?”

“出门怎么不带奶瓶?这么冷的天，开始怎么不给他戴顶帽子?”

“请你让开!”

“他真叫豆豆?”

“神经病!”女人声音高起来。她迈开脚步。

“放下那个孩子!”妇人大吼一声，“我怀疑他根本就不是你们的孩子!”

“如果你再不让开，我就要报警了!”男人来到妇人面前，声色俱厉。啼闹不止的孩子和神经兮兮的妇人终让男人彻底失去耐心，其实刚才他本想说“我就要动手了”。

用不着他报警，警察已经赶来。男人见到警察，说遇上个精神病。警察笑笑，说：“现在没事了，是误会。”

男人的家归属于警察那片辖区。他们是多年的朋友。

警察匆匆跟妇人解释一番，说：“这次你又搞错了。”

妇人说声“对不起”，转身离去。她走得很快，似乎生怕男人或者女人追上来，对她不依不饶。

警察长叹一声，对男人说：“她刚才报警，说有一男一女很可疑……虽然有时觉得她挺烦，但想到她的经历，又挺同情她……自她的孩子被人偷走，她就经常报警。我怀疑她每天都在做着同样的事情——寻找可疑的人，然后，报警。”

他说得一点没错。两个小时以后，女人出现在火车站广场的角落。她一边啃着冷面包，一边紧张地注视着一个抱着孩子的女人……

【作家简介】

周海亮，出版有长篇小说《浅婚》、中短篇小说集《天上人间》

等30余部。小说作品散见于《小说选刊》《小说月报》《中篇小说月报》《中篇小说选刊》《作品与争鸣》《青年文学》《长江文艺》《大家》《山花》《百花园》等。多篇小小说作品被翻译成英文、日文、蒙古文等，多篇小小说作品荣登中国年度小小说排行榜和微型小说排行榜，获小小说“金麻雀”奖。国内多家报刊开有个人专栏。现居山东威海，职业作家。

团圆年里的另一个声音

夏妙录

寒假，我来到爸妈打工的城市，一家人团聚甭说有多开心了！虽然爸妈白天不能陪我，但那是短暂的离别，只要夜幕降临，全家就能在一起。晚饭后，爸妈有时牵着我的手逛大街、逛公园，虽然他们没钱给我买零食和玩具，我已经觉得自己超幸福了。

明天是大年三十，爸爸说他白班加晚班，老板给他翻倍的工钱。妈妈也加班到夜里十二点，也是工钱翻倍。虽然我不知道爸妈的“工钱翻倍”是多少，但我真心为他们高兴，因为他们说过只要挣够我上大学的钱就回老家，然后每个年就能全家老少团聚着过了。

妈妈上班前，给我做好够吃一天的饭菜，只要放煤气灶上热一下就可以美美地享受。她昨天刚刚教会我开、关煤气灶给饭菜加热，妈妈夸我聪明一学就会。也就在昨天晚上我们一家人出去逛街，爸爸给我买了两本童话书，是我渴望很久的《一千零一夜》和《安徒生童话选》，那么厚的两本书才要二十块钱，爸爸觉得很划算就一次性给我买下了。“够你看几天了！”爸爸把书塞我怀里的时候，幸福地看着我。当然，最幸福的还是我，还没到家我就迫不及待地翻了起来，可惜路灯不够亮看不爽气。

回到那个小小的出租屋，妈妈要我把开、关煤气灶的动作操练几遍后，我们才开始洗漱睡觉。我和妈妈睡床上，爸爸打地铺。因为一个房间被隔成煮饭、吃饭、睡觉三大块，就没有多余的空间，爸爸的“床铺”只能横在我们的床尾。

大年三十早上，我还在梦里爸爸已经出门，妈妈叫醒我后也急匆匆上班去了。关上房门之前，妈妈一再交代：你已经是二年级的人了，在家要好好照顾自己，千万别看起书来就忘记了吃饭……我一听就高兴得蹦起来，连忙说："不会的，妈妈再见再见！"

差点忘记昨天买的新书！

我一边吃早餐一边看书，不知道自己吃了多久，总之吃了半碗面条，就已经冰冷冰冷了。打开煤气，我把面条重新倒进锅里，耳边响起老师的话：浪费粮食是可耻的……不知过了多久，我闻到了焦味，锅里的面条已经变成黑黄色的一团，锅底变成红色，我赶紧把锅端走浸到一个装满水的脸盆里，锅底的颜色立刻变了回来，我又把它放回煤气灶上，奇怪的是，我把锅一放回去，煤气就自动灭了。在手忙脚乱的过程中，我把自己身上的新衣服也弄脏了，于是干脆脱掉，把自己藏进暖暖的被窝里去，与书做伴……

我在美丽的童话故事里沉沉睡去，也不知睡了多久。爸爸妈妈已经下班了，爷爷奶奶也来了，我感到前所未有的高兴，因为很多年没这样大团圆着过年了！同时又感到一丝不安，出租屋这么小爷爷奶奶住得下吗？不知过了多久，舅舅外公外婆也来了。大家都嚷嚷要立马带我回老家，爸妈却哭着抗议，他们要留我在城里。

呀，警察叔叔也来了！这时我貌似明白了，为解决我"留在城里"还是"回老家"的问题，爷爷奶奶外公外婆舅舅他们一个阵营，和爸爸妈妈成为对立阵营，肯定是他们争执不下惊动了警察叔叔。

一个警察叔叔在我身上翻来看去，跟另外一个拿笔的说："死因煤气中毒。"他们要离开的时候对我爸妈说："你们可以带孩子回老家了。"我一听就急了，想拦住他们："我不回老家，我要留城里跟爸妈永远在一起……"

可惜我的声音轻飘飘的，不仅警察叔叔没听见，我的亲人也没一个听见。

【作家简介】

夏妙录，笔名白沙，浙江省作家协会会员，泰顺县作家协会常务副主席。现供职于泰顺县图书馆。著有小小说集《借你一点自信》《见证善良》和散文集《给生活一张漂亮的脸》等。

鸡鸭巷的影子

余显斌

他那时好酒，每天，兜中都装着花生米，还有一瓶酒，不时地，会拿了酒瓶，拧开盖子，咕嘟一声，嘬上一口。然后，拈一颗花生米扔进嘴里，咯吱咯吱的，佐酒。

因此，他也常醉，踉踉跄跄的。

他操心自己家的小子，每天打牌赌博，跟着一群坏小子胡混，什么事都做，就是不做人事。他这是借酒浇愁啊。

那天，从酒馆回来晚了，他走在那条逼仄的小巷里，一边嘬着酒，就着花生米，一边歪斜着走着。天很黑，落着细细的雨。小巷那边，突然传来救命的声音。

他摇摇头，眨巴了一下眼睛。

巷子很偏僻，没有人。

那边，随之传来一声惨叫，一切都停止了。

接着，一个黑影咚咚咚地跑过来，戴着头套。

他虽然醉了，可心里明白，顿时咯咚一声，知道出了什么事，忙躲在暗影里。等到戴头套的跑到跟前，他一下扑过去，准备抱住那人，却没抱住，被那人伸手一推，踉踉跄跄的，一个屁墩坐在地上。兜里的酒瓶碰在地上，“啪”一声碎了。

黑影一闪身隐入雨里。

第二天，一个消息传遍小城。昨晚，在鸡鸭巷里，一个旗袍女子撞着一个色狼，不从被杀。一时，整个小城的人都谈虎色变。尤其女孩，一个个都不敢穿超短裙出门，旗袍更不用说了，高跟鞋也扔到一边，都清一色地穿着牛仔裤，球鞋。干吗？遇见色狼便于逃跑啊。

警察找上门来，向他询问情况，他摇着头，满嘴酒气，只记得对方戴着头套，其余什么也说不清。

警察无奈，一声长叹，转身走了。

这个案子，成为一个悬案。

那个色狼，也逍遥法外。

他的心里十分难受，酒瘾更大了，每天箍着一个酒瓶，咕嘟一口酒，然后朝嘴里扔颗花生米。醉了，就叹气，喃喃地道："都怪我，没抓住那个禽兽啊。"

妻子劝："别喝啦，身体要紧。"

他摇着头，仍大口大口地喝酒。经常的，他会拿了酒瓶，一边喝着，一边在小巷里乱窜。大家看了，都纷纷让路道："这人，喝迷糊了，咋的乱跑啊，小心摔倒啊。"

他不说话，嘬一口酒，摇摇晃晃地走着。

两年下来，一直如此，他把小城的巷子，几乎踏遍。

那晚，又是醉后，又是一个细雨天，他拿着大半瓶酒，磕磕绊绊地走着。鸡鸭巷深深，十分僻静。前面，隐隐有两个人影在晃动着，最前面的显然是一个女子，细细的身影，麻花一般。

后面，一个黑影，脚步轻盈如猫。

到了巷子拐弯处，后面的人影几步冲上前，抓住女子。

女子刚喊了一声救命，脖子一凉，是一把匕首架着。眼前站着的，是一个戴着头套的人。她呜咽着道："饶……饶了我吧。"

戴头套的嘿嘿一笑，眼睛放着绿光。

他踉踉跄跄地走过去，骂一声："禽兽。"

戴头套的一愣，回过头，看到他，转身准备逃走。他挡住出路，戴头套的伸手来推，以为他如过去一般，应声而倒。他没有，身子一闪，躲开了。而且，手里的酒瓶，划了一道圆弧，"啪"的一声重重砸在他的脑袋上，雪花粉碎。

酒香，也随着四溢开。

两年来，他从没喝醉，一直都在装醉。他走街串巷，就是为了找到戴头套的。

他这一瓶，显然出乎戴头套的意料之外。脑袋再结实，毕竟没有一个酒瓶，外加大半瓶酒结实。戴头套的晃晃身子，指着他说："你……你……"说完，稀泥一样瘫了下去。

那女子见了，在旁边喊道："大叔，快绑着他。"

他一动不动地站在那儿。那个女子借着隐隐的灯光，看见他泪流满面，忙问："你怎么啦，大叔?"见他不应，她忙拨打了电话，报了警。

不一会儿，警察来了，扯掉那人的头套，罪犯不是别人，赫然是他的儿子。

两年前的雨夜，隐隐约约的，他就感到那人好像是自己的儿子，可又不敢肯定。事后，他一直对自己说，你怀疑错了，应当找出证据，为儿子洗清嫌疑。于是，他假装喝醉，走遍大街小巷，终于找到了证据，可也失望了。戴头套的在倒下前，指着他说的那句："你……你……"暴露了一切。

雨还在下着，他转身踉踉跄跄地走了，一直走入细雨里。

以后，他经常出现在鸡鸭巷一带。这儿，再也没有出现什么事。他说，这样，自己心里才会好过一些。说时，一脸的泪。

那时，他的儿子已经被执行了死刑。

【作家简介】

余显斌，《读者》《意林》《格言》等签约作家，至今出版文集12本，在几百种报纸杂志发表两千余篇文章，《父亲和老黄》等两百余篇文章在各级征文中获奖，《知音》等七十余篇文章被各种高考、会考、中考以及其他考试选做考题。

我是交通安全员

潘飞玉

庞三一阵有些郁闷。他在镇口开了一家汽车用品店，兼代维修。毕竟现在私家车多了，有些小毛病、小饰品不一定要去4S店，市场还是可以的。但是天不如人愿，生意几乎无人问津。他就起了邪念，晚上跑五六百米往路上撒钉子。镇上打扫马路不及时，想着先从补胎开始，先把人气轰上来。然而几天过去，虽然每晚都去撒，却像中了邪一样，愣是没有一桩生意上门。

肯定有人捣蛋。于是他想了一个绝的，晚上扛把镐头，把路挖了个沟，然后躲在一边窥探。果不其然，约莫一小时，一个身影出现了，头上戴着矿灯，看到路面，嘟囔了几句，拿出小铲，挖路边土填坑。

好啊，真有人和自己对着干。难道不知道吗，断人财路，如杀人父母，是要结大仇的。他压住火，悄悄走上前去，这才看清楚是镇里的老董头。

说到老董头，是市里运输公司退休的职工，小儿子在镇上工作，他才回来养老，时间还不长，周围人都不熟悉他。只是知道他自称是镇上的义务交通安全员，每天放学时间在学校门口挡着汽车、摩托车，让学生过马路，还自己买油漆，刷街道的交通标志线和斑马线。大家就管他叫董安全，他也不反对，算是把这个绰号应承下来了。

“好你个老董，咱们没仇吧，你干吗和我过不去？”庞三一下跳到老董对面，质问道。

“哦，是庞老板啊，你来得正好，我正要去找你呢。”老董愣了一下，说道。

“你还敢找我？有话就说，有屁就放。”庞三没好气。

“庞老板啊，前几天你往路上偷偷撒钉子就算了，只是缺德。可是今天把路破坏了，就是大事了，要追究法律责任的。走，我们到派出所说去。”老董毫不退让。

派出所是要铐人的，罚款，还丢人。庞三有些怕了，没了声，慢慢向后退去。这一退可就退回了店里，老董也跟来了。

等坐下，老董问：“知道我为什么是交通安全员吗?”

庞三不知。老董就娓娓道来。

原来二十多年前，老董就是地区运输公司的一个货车司机，整天给邻省送货。有一次，家里有事着急，就连夜赶路回来。他路况熟悉，到了一个小县城边也没有减速。猛觉得车子一颠，方向一偏，脚弹起还没找到刹车，就听轰的一声，把路边一个汽车旅社的房子撞倒一大半！老董头被撞得不轻，好半晌缓不过劲来。等周围的人赶来，把他们送去医院，才知道旅社的老板腿被压断了。

汽车旅社经常招呼过往司机吃饭、加水，也招呼走夜路的司机休息。那个时候才搞活不久，司机爱省事，加之饭菜可口，旅社生意还可以。但是人心不足啊，老板和庞三一样，起了歪念，撒钉子、玻璃没少干，但都是在离旅社一些距离。那天晚上，老板喝了些酒，就在家门口把路面挖了大坑，还把县里装的路灯卸了下来。没想到酿成了大事故。经过警察调查，旅社老板有错在先，加上汽车眼看报废。那时间车多值钱啊，就判他们各自负担各自的损失，旅社老板被教育了一顿，也不追究刑事责任了。

老董回到公司，背了个处分，车是开不成了，再说他也怕了。可他手艺还在，就在公司当了个安全检查员，定期检修外出的车辆，一直干到退休。只是修车花了大钱，公司照顾，要他承担一半，就这在他工资里一扣就是十年。他吃过亏，对交通安全的重视就从来没松过弦，退休以后也是如此。

“那个旅社老板你以后还见过吗?”庞三听得直冒冷汗。

老董说：“事后，我还去看过几次，给了他一些钱。他的腿瘸了，也再没有人上门，生意关了。后来没办法，和老婆一起卖早点，还凑合。怎么样，现在知道害怕了，等出事就晚了。”

“我也没有办法，家里一大家子，还有两个念书的半大小子哩，就指望我挣钱养家。”

“我给你出个主意。按说你开店思路还是对的，现在主要是没有影响，首先得把人气拉上来。你就打车辆免费安全检修这张牌，现在司机都学得少，只会驾驶，没人懂检修。这样做就是费些功夫，再说真要换零件，谁还好意思不给钱?”老董支招道。

“这个似乎可以。”庞三迟疑。

“绝对可以。这样，我免费给你打工，有活了，你就给我打电话，随叫随到。这总行了吧。”老董说，“还有，以后可不能干那些昧良心的事了。”

“一定。”庞三答应。

说干就干。没几天，店外就立起一个大型的广告牌：“车辆安全免费检修”。慢慢地，庞三的生意越来越好，四里八乡名气大了，扩了门面招了员工，真成了老板了。镇上的交通也越来越好，受到了上级表彰。老董乐呵呵从县长手里领回了一个大红的聘书：“交通安全监督员”，这下义务变成真的了。

【作家简介】

潘飞玉，男，1972年生，陕西华县人。中国绝句小说学会副会长，中国青年诗人协会会员，《西北文学》副主编。陆续在《阅读与写作》《澳华文学》《现代作家文学》《西部文学》《华商报》《天山》等报纸杂志发表作品500余篇首，获各类文学赛事奖项40余项。小说《阿秀的早晨》获陕西省教育工委征文二等奖。出版诗集《蒹葭的河流》。

雨夜交班

孙守仁

雨，像炒豆子似的，稀里哗啦，下了三天三夜。

石头推开会议室窗户，连风带雨扑了进来。他打了个寒战，缩了缩脖子。

石头嘴里嘀咕："老班长怕是来不了。退休手续都办完了，再说这么大的雨，又是跑通勤。"不知为何，他有些伤感，好像他不来，采不了煤似的。

实际上，他这么说，不是没有道理。老班长是采煤大把，一辈子没离开采场，历经七灾八难，过断层、绕压头、破碎带，还有高压裂隙水，非但没死人，而且还创高产。

未开班前会之前，调度来电：采场顶板破碎，格外当心。再说，老班长曾对石头说："我若交班，就在井下交，绝不食言！"

一连几日，采场变得不安分。

石头心里翻腾开了，他若是接替老班长班，怕是驾驭不了采场。眼下，有老班长撑腰，他什么都不怕。

老班长家离矿五六十里。地势低洼，别说大雨，即使小雨，都积水，何况是三天三夜。门外汪洋一片。妻子央求说："毛毛他爹，别去了，反正明天退休了！"老班长没吱声。回眸一眼妻子，丢下了一句："今天，石头接替我的职务，队里又都是新招来的农民工，遇到危险，怕掰不开镊子。我不能食言。"说完，他推开房门，一头扎进风雨中……

家距公路二里多，水没膝深，老班长扛着自行车，蹚着水过来的。

他一边骑，一边看着手表，唯恐赶不上班前会。他加快了速度，冒着风雨，直奔矿上。

时间一分一秒地过去了。

此时，石头心神不定，他担心老班长上不了班。

二胖子脸色凝重，问了石头一句："采场条件太差了，过破碎带，别摊事。"

"老班长不是说了吗，浅打眼，少装药，勤放炮。"石头说了这样一句。

窗户被风鼓开了，带进了雨点，石头打了一个激灵。

随手关上了窗户。二胖子担心地说："老班长怕是来不了。"

"不可能。他是矿上有名的'标准钟'。别说是雨天，就是下刀子，从未耽误一个班。"石头看了一眼手表，很自信地说。

话虽是这样说，但却不见他的踪影。

风裹着雨，雨带着风，狠劲地拍打窗户。

此时，石头情绪低落。

他瞅了大家一眼，意思说，我该讲的都讲了，下井既要保证安全，又要完成采煤任务。

十几条汉子开始换衣服，准备下井。

石头冲着窗外，打了个唉声。

老班长紧赶慢赶没误班。恰巧，右脚踩着钉子，鲜血直流。

他随口骂了一句："这钉子偏偏找我过不去。喝凉水都塞牙。"

他一瘸一拐朝着会议室走去。

三秃子从他眼前掠过，随口问了一句："别着急，我告诉石头一声。"

说过，快速蹬着自行车。

老班长用手抹了一把雨水，看看手表，咧嘴笑了，意思说，没迟到。

正当他推开房门之际，一个闪电飞进了会议室，惊住了一群汉子。

接着又一个响雷，惊天动地。

石头扭头一看，原来是老班长带着风雨进来了。一块石头落了地。

汉子们喜形于色，不约而同地说："啊呀呀，大雨刨天的，你咋来了？再说，你都办完退休手续？"

老班长没说什么，一边换衣服，一边冲着石头嘿嘿直乐。

【作家简介】

孙守仁，笔名凌水、老孙、守尹。辽宁凌海人，高级政工师，辽宁作家协会会员，中国散文家协会会员。

安平桥

汪云飞

五桥镇五桥小学附近有一座桥名叫安平桥。它的得名与五桥小学的老师安平有关。

五桥小学地处金峰山下。源自山谷的小河流过一片稻田之后，紧挨着五桥小学的校园而过。小河宽约十五米，春夏之交水位颇深。住在小河对面的若岭村的孩子上学必须跨过这条小河。河上曾经有一座桥，据称是清代若岭村一位外出经商的殷实人家捐资兴建的，目的是便于村民出行和村里的孩子上学。这座桥取名为“学子桥”。几百年来，村里的孩子都在河对岸的五桥书院（后改名为小学）就读，因而若岭村也出了多位举人、进士，大学生、博士生。五桥这所学校因而在蛮大的五桥镇名闻遐迩，“学子桥”更是功不可没。

可是，由于年久失修，加上近几年发生的几次大洪水，这座两墩三孔的古石桥严重受损。石桥的桥墩有所残缺，条形石面有所松动，有关部门已将它划入危桥之列。由于过往的人不多，又缺乏资金，若岭村重建“学子桥”的计划只得几度搁浅。可能是地形发生变化，也可能是当初建造这座石桥时，桥基、桥面都偏低，因而每到山洪暴发时，洪水便漫过桥面，而古石桥一般都不设护栏，近十几年来就曾有十来位村民掉入水中，其中六七个都是该村上学的孩子。

为了孩子上学安全，地处山坳且有多条上学的路都必须过沟过坎的五桥小学几十年来都坚持落实老师定点护送制度。由于安平老师的家就在若岭村，因而他自告奋勇地要求护送村里的孩子，尤其是照顾孩子安全地通过这座“学子桥”。

“学子桥”离学校不足500米，安平老师每天都得与村里的孩子一同上学，一同回家。有时天气不好，或是农忙时节，孩子上学不能统一时间，他便早早地一个人先到桥边，等学生都安全通过他才离开。

下大雨、刮大风的时候，安平老师索性将其中年幼低龄的孩子一个个都背过桥。几十年下来，安平老师甚至背过父子两代人。由于其身影经常出现在桥边，安平老师几乎成了桥的一部分，成了桥上的风景。

三年前，这座被列为危桥的“学子桥”桥头便挂起了一个警示牌。村民出行大多从后山绕道出行。可是，村里的孩子上学则不得不从这儿经过。当然，天气晴朗，风平浪静时，孩子们从桥上经过也无大碍。山洪暴发时，安平老师总是格外小心。

一天晚上，五桥镇下了一夜的暴雨。小河上游、大山深处的山塘水库库容严重超标。为了库坝安全，水库一大早便开闸泄洪。安平老师草草地扒了几口饭第一个来到“学子桥”边，一看洪水正漫过桥面，且水位有继续高涨的趋势。安平老师赶紧让同学们排好队，他卷起裤腿，光着脚准备将他们一个个背过桥。

这时，雨还在下着。雨中，安平老师一鼓作气将23个孩子背过了石桥。可就在他返身回对岸打算将他的摩托车推过来时，上游突然飘来一根碗口粗的枯木，恰好横过桥面，而这时安平老师正好推着摩托车来到桥的中央。当他发现这一紧急险情时，已无法躲闪，于是，连人带车一头扎进河流中。

孩子们看见安平老师像一只鸭子在水里沉浮，都纷纷向河边跑过来。他们有的吓得直哭泣，有的一边跑一边叫喊着。安平老师身子好容易浮起来时，他挣扎着大声说：“孩子们别过来，赶紧离开这儿到学校去，去告诉老师就行。”说完，一个浪头打来，安平老师淹没在洪水中。

20分钟后，安平老师终于获救了。原来，他在河流里颠簸了一会儿之后，卷进了一个旋涡，这儿水流相对平缓一些，也就在这时，他不经意地抓住了河岸上的一根小竹枝，得以回复一点元气。几分钟后，得知他落水消息的同事一路寻找呼叫，这才发现了他。见他拽着竹枝暂时没有大碍，几位找来的老师都说："安平啊！您大难不死，真是名字取得吉利啊!"

大家扒开灌木七手八脚将安平拽上岸后，安平老师第一句话便是："是老天爷留着我，桥还没有建起来，村里的孩子还少不得我。"一句话把大家都逗乐了，他接着说："有了我，若岭村的孩子才安全；有了我，五桥小学才平安啊!"

"是啊！安平老师是若岭村孩子们的福星，是我们五桥小学的幸运星。您这个全省先进教师真是名副其实啊！若不是你背着这些孩子一个个过桥，若是漂下来枯木碰上了这些孩子可就没有这么幸运了。"随后赶到的校长和乡领导见安平老师全身湿透像一只落汤鸡，冷得直哆嗦，赶紧脱下衣服披在他身上……

这之后，经过这场洪水冲刷的"学子桥"破损得更严重。见此情形，乡长决定就是资金再怎么紧张今年也要重建这座桥。于是，除乡里筹备主要部分之外，若岭村的村民也共同捐资。费时半年，终于在"学子桥"旁边重建了一座桥。镇里为它取了一个吉祥的名字叫"安平桥"。

安平桥竣工时，安平老师和镇里的领导一同为该桥剪彩。细心的人都发现在新桥捐款功德碑上排在最前面的名字分别是安平和安平的儿子建华的名字。乡长在竣工仪式上说，安平老师在福建办厂的儿子建华还准备出资将残破的"学子桥"适当加以维修，以此鼓励若岭村的孩子，五桥小学的学生好学上进，早日成才。

一席话赢得一片热烈的掌声。

【作家简介】

汪云飞，江西抚州市东乡区人。1961年6月生，1977年8月参加教学工作。发表小小说、散文800余篇。《小小说选刊·作家存档》《微型小说选刊·当代微型小说百家》《微型小说·名家有约》等作过介绍。已出版小小说集《离婚的理由很简单》《灿烂在心里的阳光》《玉蜻蜓、紫蝴蝶》《出乎意料的爱》以及散文集《为爱种一片森林》《桨橹声中游乌镇》。近年来，潜心研究东乡地方文化，出版有《品读东乡》《东乡历史名人的故事》《诗意东乡》《风情东乡》等作品。

一只防护罩

孙毛伟

外商到来之前，凯旋公司刘总又亲自把准备工作全部检查了一遍。

凯旋公司的产品不错，但规模太小。想做大做强却又筹不到资金，企业发展受到很大限制。不久前，有家知名的外国公司找上门来，有意向投资，与凯旋公司建合资企业，还能把产品卖到国外。

刘总大为振奋，如果合资能够谈成，就等于给企业发展插上翅膀。经过多轮洽谈协商，基本达成了共识。近期，外方董事长将亲自来公司考察，如考察成功就正式签订合资协议了。

刘总自然对这次外商考察相当重视，三十六个头都磕过了，就差这一个揖没做了，一定要让外商考察取得成功。不仅要热情接待，更重要的是要展示出企业实力、管理水平和企业文化，让外商通过实地考察增强投资的信心。

因此，从一个月前，刘总就在公司的厂容厂貌、现场管理、质量管理活动等各方面做了细致安排。全公司各处彻底地清扫一新自不必说，他知道发达国家企业普遍重视绿化环保，于是购买了一批树木和花草植于厂区，增设了花坛和草坪，让企业里绿意盎然。

现场管理是刘总下功夫抓的。刘总在国外学习过企业管理，抓现场管理很有一套。虽然厂内有些拥挤，但现场管理一向搞得井井有条。刘总知道这个环节是外商考察的重点，于是又发动职工开展了一次5S活动，让现场管理再上一个台阶。

刘总还为企业职工紧急定做了一批工作服，让职工在外商考察时都穿上新工作服，以彰显职工的精神面貌。

他甚至连外商来访的餐饮招待的细节都考虑到了：中午就在公

司食堂里吃两菜一汤的工作餐，当然要比平时的工作餐好；晚上的欢迎宴会当然要好酒好菜招待，但一定不能铺张，菜要精，但不要过多，陪同的人也限制在四人之内。既要显示出热情，又不能给人以挥金如土、奢侈浪费的感觉。一顿饭吓跑外商的事例他是听说过的。

功夫不负有心人。刘总和全公司职工的汗水没有白流，当外资企业董事长施密特先生来访那天，自进了企业大门，这位黄头发、蓝眼睛的洋老板脸上满意的笑容就一直绽开着。厂区里的阵阵花香、浓浓绿意惹得他连连用中文说“好！好！”。生产现场的生产景象、工作秩序、管理手段都让他频频点头。陪同的刘总不停地向施董展示各种管理板、管理表、生产传票，介绍职工开展全面质量管理活动的事例，施董听得很仔细，脸上始终是满意的神色。

只是在下午考察临近结束的时候，洋老板才收敛了脸上的笑容。那是在他走过厂区的一个很不显眼的角落处的一台很不重要的机器旁的时候。那机器就是一台普通的水泵，在生产中只起着很小的辅助作用。

看着这台水泵，施董粉色的眉头皱了起来，他通过翻译问刘总：这台水泵为什么没有防护罩。刘总这才注意到，这台泵上少了件东西，少了用来防止高速飞转的联轴器伤人的安全防护罩。

刘总知道这个防护罩是必须有的，可这里为什么没有，是先天缺失还是后来遗失，他也说不上来。

施董看刘总有些窘，就没再追问。刘总的不快也仅仅存留了片刻，很快就忘记了。不过他注意到，此后施董脸上的笑容就没再回来。他以为是施董累了。

晚上的欢迎宴会，施董婉言谢绝了，称身体不适。

当晚，刘总忽然接到外方的电话，说因公司有重要的事，董事长次日必须回国。签约的事日后再说。

刘总不知道这个日后有多后，只好耐心等待。可最后等来的是对方取消了向凯旋公司投资的计划。

刘总诧异，一直谈得好好的，怎么就突然变卦了呢？后来他了解到外方放弃投资的原因是认为凯旋公司安全意识不强，这是他们不能接受的。

刘总明白这肯定是那只缺失的防护罩惹的祸。可让他不明白的是，这老外怎么那么死心眼？不就一只防护罩吗？多大事啊？

【作家简介】

孙毛伟，江苏省徐州市人，高级工程师，徐州市作家协会会员。2008年起进行短篇小说、小小说等文学创作，作品散见于《天津文学》《广西文学》《绿洲》《青春》《小说月刊》《喜剧世界》《羊城晚报》《扬子晚报》《文学报》等全国百余种报刊。曾多次在全国小小说赛事中获奖，作品多次入选各种小说年选本。

爱唠叨的安全员

京　茶

马师傅是一家大型国有企业的老职工，再过几个月就满60岁到退休年龄了。

当年他退伍回来进入这家企业，由于他在部队当过班长，还是党员，责任心特别强，厂领导就安排他在安全管理办公室，当了一名专职的安全员。这一干就是三十多年。

马师傅很负责任，这在厂子里是出了名的。不过，他那爱唠叨的劲，也是在厂子里出了名的。平时有事没事他都会提醒上几句，但凡遇到安全月、上级检查，更是唠叨起来没完，于是乎，大家就送他一个外号“马唠叨”。

有时，马师傅提醒的次数多了些，一些年轻人就说：“马师傅，您这话我都听了一千遍了，耳朵都出茧子啦!”

马师傅却笑着说：“是吗？我怎么记得才说了两三遍？是不是又嫌我唠叨了?”

年轻人马上改口：“哪里，哪里，哪敢说您唠叨，您的话都是圣旨，比厂长、经理的话都管用。”

也难怪，前几年厂子失过一次火后，厂长、经理就给了马师傅一项特殊的权力，只要安全上有漏洞，马师傅可以提出处理意见，扣罚当事人的当月奖金。有了这么大的“权力”，谁还敢不把马师傅当回事?

过去，马师傅抓安全，主要是抓“两关一禁”，就是关水、关电、禁烟。现在他自己又增加了“两拔”，拔手机充电器、拔电动自行车充电插头。他每天还上网关注全国的安全生产，哪里发生火灾，哪里出了事故，发生火灾或事故的原因是什么，他都会整理出来，张贴在警示栏里。

去年，某地发生一起重大火灾，造成人员伤亡和财产损失，起火的原因是电动自行车充电时爆燃引发火灾。马师傅看着职工们每天都骑着电动自行车上下班，很多职工都在车间里私自拉线充电，马师傅的心里别提多紧张了。

后来，马师傅向领导建议，在靠围墙的地方建了一个自行车棚，里面安装了充电线路和插座，供职工们给电动自行车充电。职工们都夸马师傅为职工做了一件大好事。

说起来，这安全员也是不好当的，干的净是得罪人的事。有一天的中午，马师傅在巡视时，老远就看到三个刚入职不久的青年职工在一个墙根的拐角处偷偷抽烟，就三步两步跑过去，其中一人看见马师傅过来了，就大喊一声："马唠叨来了，快走！"几个人把烟头往地上一扔就跑了。

马师傅并没有追他们，而是到了他们吸烟的地方，一看，地上的烟头还没完全熄灭，就赶紧用脚踩灭，然后捡起来用餐巾纸包着去找这三个职工。马师傅挨个车间找，最终还是找到了偷偷吸烟的三个人，对他们进行了狠狠地批评，然后记下了他们的名字和工号，告知他们：这个月的奖金完了。

三个职工一个劲地求饶，马师傅就是不松口，还硬让三个人在处罚单上签了字。一个名叫李刚的职工气哼哼地跟他理论说："不就抽口烟吗？至于吗？今后不再抽了不就完了？你这一扣好几百就没了，我怎么跟女朋友交代！"

马师傅笑着说："年轻人，你可别嫌我说话唠叨。这俗话说，水火无情，这些年来，因为吸烟乱扔烟头引起的火灾还少吗？咱们厂子可是不能有一点火星的。吃一堑长一智，就当花钱买个教训吧！"说完转身走了。

几个小伙子似乎还有些不依不饶，旁边一位年纪大一点的师傅说："别再跟他较劲了。你们刚进厂不知道，他可是咱厂有名的杠子头，前几年，他连咱们的车间主任都罚了，长点记性吧。"三个小伙子一听，顿时没了脾气。

马师傅拿着罚单准备去找领导签字，在路过一个车间时，看到窗户上拉出一根电线，连在了外面的冬青树旁的一个电动自行车上，似乎正在充电，他立马又急了，冲进车间就顺着电线找到了插座，把电线给拔了，还大声地问："这是谁在违规充电？自行车棚不是都给大家集中安装了充电设施了吗？怎么还在车间边上充电？"

这时，一个年轻的女职工赶紧跑过来说："对不起，马师傅，是我的车，早上有点急事差点迟到了，就把电动车放在了车间旁，刚好电动车也没电了，我想就冲一会儿，再去车棚那里充电。那个、那个，我叫夏婷，我认罚。"

马师傅看着夏婷一脸不安的表情，心里有点软，只好批评了几句，让夏婷赶紧把电动车挪到车棚里去，并说再被他发现扣罚三个月的奖金。

马师傅一天"抓"了两起违法安全规定的事例，他心里并不高兴，因为他知道安全检查，查不出任何问题才是好事。但凡能够查出问题，就说明存在安全隐患，指不定哪天就会冒泡、惹事。

下班了，职工们陆续关好门窗离开了车间。像往常一样，马师傅拎着个手电筒继续巡视各个车间。当走到下午发现的电动自行车充电的车间时，他看到车间里还亮着灯，他趴在窗前，看见夏婷正在检查各个门窗和电源，在夏婷锁大门时，与马师傅碰了正面。

马师傅问了一句："你怎么才走？"

夏婷一看是马师傅就赶紧上前说："马师傅，下午您批评的对，虽然没有处罚我，但是我心里还是感到很不安。我已经跟我们经理说了，做我们车间的安全员，每天检查完了再下班。"

马师傅说："好，好，你做得很对。这安全无小事，马虎不得。"

他们正说着话，一个小伙子骑着电动自行车跑了过来。

"马师傅，我女朋友怎么了被你抓住了？"原来是吸烟被罚的小伙子李刚，因为被马师傅罚了还有些气哼哼的，嗓门有些大。

马师傅刚想解释，夏婷一把拦住李刚说："李刚，你干吗？怎么这样跟马师傅说话?”

李刚有些不高兴地说:“我中午刚被马师傅罚了一个月的奖金。正好马师傅在，给我做个证明。省得到月底又问我怎么少了几百块钱。”

夏婷有些不好意思地对马师傅说:“他是我男朋友，今个怎么这么巧，我俩都违反厂规，还都被您给抓住了。哎，李刚，我下午违规给电动车充电，马师傅也批评我了。所以，我现在是车间的安全员，今后下班要晚一点了。”

李刚一听夏婷违规也被马师傅抓住了，就又有些急了:“那，你这个月的奖金也没了?”

夏婷说:“没有，没有。马师傅念我是‘初犯’，只是批评了我。没有开罚单。我刚才已经跟马师傅说了，我准备跟马师傅好好学学，也做一个安全员。”

过了几天，领导找马师傅谈话，大意是马师傅很快就要退休了，希望他尽快物色一个新的安全员。马师傅心想，也的确该培养一个安全员徒弟了。他二话没说，当场就推荐了夏婷。

在接下来的几个月中，马师傅带着夏婷把全厂的角角落落都转遍了，还手把手教她如何发现安全隐患，如何解决安全隐患。他对夏婷说:“要当好安全员，就应该是一个婆婆嘴，天天唠叨，天天提醒，不厌其烦。”有时下班时，李刚来接夏婷，还一起帮着做一些安全检查。

望着这一对年轻的安全员，马师傅自言自语地说:“这下，我就可以放心退休了。”

【作家简介】

京茶，系笔名。本名唐卫毅。

一根筋与刺头

张巧梅

一根筋的本名叫郝杰，是华东包装有限公司的生产经理。一根筋是冲压车间维修工刘峰刚给他起的绰号。

上个月末，郝杰刚被老总从别的公司挖来。据说他管理有方，特别是在安全生产方面有其独到的一套经验。可来公司半月，大家也没见他有啥与众不同的地方。和前任相比，他只不过是喜欢把左手插在裤兜里，每天到车间溜达几圈而已，那派头，整个一吃饱了没事干的样子。

前天下午 4 点 40 分，冲压车间上中班的工人和维修工刚按班就绪地开始工作，郝经理和车间主任张娟就在富有节奏的冲床冲击马口铁的轰轰声中，一起来到了车间。走到刘峰身边，郝经理停下了，皱着眉头，用手捏了捏鼻子问："上班前喝酒了？酒味真大！"

"没，是中午家里来客了，就喝了一瓶啤的。"刘峰抬起头来说。

"一瓶能有这么大的味？马上停下，这个班就别上了！冲压车间安全第一！"郝经理板着脸，严肃地说。

"没事，经理。我喝酒就这样，味大，但头脑清醒，手脚也不发飘。不信，你问张主任。"刘峰知道，最近活催得紧，尤其是自己正在修的床子，虽然还有一台在干着，但根本就赶不上前面流水线的速度。

"停工！明天再来上！"刘峰可是厂里有名的刺头，平时，张主任对他总是睁只眼闭只眼的，现在，他把这个问题踢过来，张主任一时没防备，张张嘴刚想说点什么，就被郝经理的话给堵在嗓子眼了。

"好，停就停！"刘峰"啪"地把手里的扳手扔进了脚边的工具包里，气哼哼地走出了车间。

第二天下午倒班时，刘峰走进车间不久就被郝经理再一次停工。原因还是喝了酒不上工。

刘峰推着自行车经过门卫，看大门的王大爷问："怎么刚来又要走?"

"喝酒不上工！郝大经理说的。你说说，我中午喝点酒，到上班还能有多大的劲？我看他是打着安全生产的幌子树立他那'新官上任三把火'吧!"刘峰愤愤地说。

"他是不知你有多大的酒量吧？年前单位开年会中午聚餐，你喝了那么多也没耽误下午上班。这郝经理管得有点宽啊!"王大爷也替他鸣不平。

"可不是吗！明天上班前我还喝一口，挫挫他的锐气！我就不信那个邪!"刘峰狠狠地说。

第三天下午倒班时间，刘峰果然满嘴酒气进了车间。

郝经理进车间巡视发现后，啥话也没说，转身回到办公室，通知张主任停刘峰一周的工，罚款 200 元，什么时候把酒戒了什么时候再上班。

"一根筋！简直就是一根筋！我找他去!"当张主任把郝经理的话传达给刘峰时，刘峰简直气疯了。

"一根筋，你凭什么停我的工，罚我的款?"刘峰气哼哼地推开郝经理办公室的门问。

"你是叫我吗？我可是从你的人身安全考虑才这么做的!"郝经理左手放在宽大的办公桌下面，右手把着电脑鼠标不温不火地答。

"人身安全？我看你是为了'新官上任那三把火'吧!"刘峰瞪着喷火似的大眼质问。

"你——"郝经理霍地站起来，把左手拍在了办公桌上说，"看看我的手，这就是不注意安全生产的最好见证!"

办公桌上，郝经理的左手，半个手掌都没了，只剩下一个大拇指孤零零地向前伸着，仿佛在诉说着什么。

“我学的是机械制造，我的手是在大学最后那年到一个单位实习致残的。出事的头天晚上同学过生日喝多了，第二天晕乎乎地就进了车间，上车床不到 2 分钟就这样了！谈的女朋友也飞了，那些日子，我连死的心都有……所以……”

“对不起郝经理，我错了，我接受公司的处罚。一定把酒戒了！”没等郝经理说完，刘峰就拍着胸脯打起了包票。

“怎么不叫一根筋了？”郝经理笑着打哈哈说，“我觉得，这个外号不错，在安全生产上就得坚持一根筋啊！”

刘峰的脸腾地一下红了，恨不得有个地缝钻进去……

【作家简介】

张巧梅，烟台人，烟台市作家协会会员，当代微篇小说作家协会会员，烟台开发区散文协会副秘书长，闪小说学会山东分会理事，中华精短学会山东分会会长，《黄海文学》杂志责任编辑，《精短小说》绿版副主编。获得 2015 年微篇小说新锐作家称号。2016 年中华精短文学学会十大新锐作家称号。在《微型小说月报》《小小说月刊》等发表文学作品若干。

老耿老耿正步走

陈顶云

“你们人事部怎么搞的！这么大年纪的还要！”秦总一进门就把档案袋摔在桌子上，吓得小祁忙从座位上欠身，“秦总，怎么啦？”

“你看看，老耿六十了，保险都入不上了，害得我被人家保险公司说。小祁啊，以后招工，年纪超过五十岁的就不要了，一个是保险入不上，一个是年纪大了脚步迟，容易出安全问题。”

“可是，老耿是老板在老厂带过来的，现在新厂初建，需要像老耿这样的老人儿。”

“不要做任何解释！老板办厂就是为了盈利，如果出了安全问题，你负得了责任吗？无论如何，你让老耿今天下午就离厂，不然的话，安监局的查下来，咱们没法向老板交代！”

秦总说完，大踏步走了，只留下小祁凌乱在那里。

老耿此时正在UV车间里接料，手脚麻利，胳膊上带着安全员臂章，他是他们小组里的安全监督员。小祁用手捂着鼻子在车间门口喊：“耿师傅，过来一趟！”老耿交代工友几句，甩开胳膊正步走，又紧跑两步，“领导有什么指示？”

“上人事部来吧，有事谈。”

老耿满脸堆笑跟在小祁后面正步走，小祁受了老耿脚步的感染，居然和老耿脚步一致地正步走起来。待小祁发觉，已经走到了人事部门口，唉！面对敬业的老员工，该怎么开口辞退他呢？

老耿年轻时当过民兵，又干过联防队员，正步走走得特标准，特专业，以至于在以后的日子里，人们一听到老耿的脚步声不由得在心里给老耿加上了节拍——“一二一、一二一！”在节拍声里，自脚底升腾出轻飘飘的感觉，顿时觉得浑身充满了力量。所有和老耿一起干过活的工友都说，听着老耿的正步走，人立马精神百倍。所以他们一见到老耿都会玩笑地喊上一句："老耿老耿正步走！"

老耿跟着小祁来到办公室，用眼神询问啥事？小祁端起茶杯咽一口水，"耿师傅，您今年多大岁数了？"

"六十。"

"您今年该退休了吧？"

"嗨！农村人哪里有退休一说！"

"可是，您看——"小祁打开电脑上的身份证验证工具，指着老耿的名字说："您看，您身份证上显示已退休，保险买不上，所以……"

"我是农村户口，咋显示退休了呢？哦！我想起来了，农村的养老保险该给退休金了。小祁啊，你什么意思就直说吧，你也知道我这急脾气。"

"耿师傅别急，是这样的，秦总说凡是买不上保险的员工都得辞退，里面的利害关系您也是知道的。"

"那好吧。"

离开人事部，老耿的胳膊甩着甩着就没劲了，脚步走着走着就没节奏感了。有中午下班的工友看到了老耿，喊："老耿老耿正步走！"老耿勉强笑笑。看着熟悉的工友，看着新建的厂子，他真舍不得走。

中午吃饭，老耿平时一顿俩馒头，但他今天只咬了一口就去了车间，车间里此时没有人，他怕出现安全隐患，内心里，他想站好最后一班岗。忽然，UV 线的引风管口冒出了白烟，"着火了！"他喊着跑出去找秦总。可秦总招待客户吃饭去了，没在厂里。他又赶紧去找各车间的管理员。他不明白，引风里怎么会着火呢？他不知道，自从他上人事部后，就有电焊工点焊引风管口了，大概是点焊时崩进去的火星子，引燃了管里的锯末子。

很快的，各车间的管理员和员工们都来了，他们拉机器的拉机器，疏散人员的疏散人员。老耿竖起梯子爬上引风管口，顶着高温把引风管口切割开，把工友递上来的水管对准了引风管。他们赶紧将救火演习的步骤实地操作了一遍，火还没燃起就被扑灭了。

人们欢呼着把老耿围住，纷纷赞扬老耿教的消防知识好用。

秦总一脸大汗跑来了，他知道，如果引风管里引发粉尘爆炸的话，不只是损失一个车间和车间里的货物，更将会引起安监部门的注意，严重时，会封了厂子。待他看到车间安然无恙后，悬着的一颗心才落进胸腔里，他大踏步向前，紧紧握住老耿的手说："人人都说，家有一老赛一宝，从今天开始，您退休了！"老耿讷讷："我知道。""可是，从明天开始，我宣布，您就是咱们家具厂的安全监督员，什么活也不用干，只管监督安全问题！耿师傅，您能做到吗?"

秦总一句话，说得老耿热泪盈眶，两腿一并："报告领导！能做到！"

"午休时间结束，那您还不赶快去站好最后一班岗?"

"是！领导！"老耿胳膊甩开，大踏步地、正步走着奔向他的岗位，身后，响起工友们整齐的脚步声和热烈的口号："一二一、一二一！"

【作家简介】

陈顶云，一个喜欢用小小说来描述生活的女子，曾有多篇作品发表在《小小说选刊》《四川文学》《今古传奇》《天池小小说》《金山》《小小说月刊》《微型小说选刊》《民间文学选刊》等刊物，曾获"四川农民工非常梦想"三等奖，曾获国土资源局举办的"像保护大熊猫一样保护耕地"三等奖，曾获首届中国工业文学最佳作品推荐奖等三十多项奖项。

跳钢管舞的人

杜文琥

阿根解下安全带，麻溜地从脚手架上走了下来。他工作服的后背是一幅画，在阳光余晖的照射下，一道道灰白的盐霜好像一条条长龙，在崇山峻岭之间蜿蜒盘旋。

他昂着头看着身边一栋栋新楼，一种自豪感油然而生，每一栋在自己的陪伴下快要顺利完工了。

又一个下午的高强度赶工，他早已经饥肠辘辘的，便快步向烧饭工棚走去。

他是脚手架工的队长。每次都是最后一个从脚手架子上下来，不然的话心里准是放不下来，似乎有点强迫症的感觉。

今天也不例外，他仔仔细细检查确保安全后才从架子上下来，好似一名从久经沙场的战马身上凯旋的将军。

不远处的工棚里像一个蒸笼一样，十几个工友正汗流浃背地围绕着一大盆菜，正准备吃饭。

“快点，阿根，吃饭了！”一个工友冲着阿根喊到。

“来啦、来啦！”

阿根简单地洗漱了一下，便和工友们蹲在地上，端起碗大口大口地吃着饭。虽然没有什么美味佳肴，但从小到大在农村吃惯了苦的他，吃得很香很甜。

这时他身上的手机响了，掏出手机不用看就知是母亲打来的电话。连工友们都知道他孤儿寡母过日子不易。阿根每次都不厌其烦地听着母亲的唠叨。

夏天的晚上，屋内闷热难熬，有几个工友赤膊着上身捧着碗正要到外面吃饭，被正在打电话的阿根喊住，外面有风，注意安全，要戴好安全帽。同村的二狗朝阿根吐了吐舌头，又来了，是不是刚才伯母又交代了一遍。阿根心里清楚得很，工地上稍有疏忽导致事故的发生，太多了。

阿根的老爹就是在一次偶然事件中丧生的。

上小学时，他老爹在外地一个建筑工地上打工，负责给砼泵车放料。一天刚下过雨，因疏忽大意没有检查，泵车有条支撑的脚因下雨地基松动造成侧翻，把他老爹活活砸死了。

家里失去了顶梁柱，阿根不得不初中未毕业就辍学外出打工。每次阿根外出，他母亲都千叮咛万嘱咐，一定要注意安全。多年以来，阿根养成了一个好习惯，心里常驻扎着安全责任，不能出一点差错，家里还有一个七八十岁的老母亲要自己照顾，还有一帮信任的工友们。这帮工友们跟他在一起干惯了，都乐意跟着他干，心里有底，因为他责任心强，大伙儿放心都听他的话。几十年下来，兄弟们从来没有出过安全事故，靠的就是他的这份责任心。

这时外面传来一声闷响，一个工友手里拿着碗跑进工棚里，“阿根，不好啦!”

阿根手一抖，手里的碗咣当一声掉到地上了，“出事了?”

“二狗被楼上掉下来的一根钢筋敲棒砸到头上了。”

“人怎么样?”阿根一边急着询问一边往外走。“幸亏你嘱咐过咱们，注意戴好安全帽，刚才我跟二狗蹲在走廊下面吃饭，被对面高空不知道哪里掉下来的敲棒砸了一下，二狗头上的安全帽都被敲棒砸碎了，人没事，就是这小子尿都吓裤裆里了。如果没有安全帽，后果就不堪设想了!”

阿根一听止住了急切的脚步，心里明镜似的，对面楼上安全网有几个破洞早就该换了，真想抽自己几个大耳刮子!

“快！带上安全网跟我走。”

【作家简介】

杜文琥，男，2016 年底开始创作小小说、散文及随笔等文学作品，大部分都发表在网络及微信平台和一些报纸杂志上。2017年获第四届文朝荣杯优秀奖，程丽娥写作联盟2017年度云帆群星冠亚军大赛，荣获十大文学铜星。

老 纪

袁方华

维修工老纪是我师傅。

老纪是我们车间，乃至整个“大力农业装备集团”都排得上号的牛人。

老纪钳工出身，车、磨、刨、铣、焊，样样精通。老纪心思奇巧，干活更是不按套路，整个车间百十台设备都指望着老纪修呢！对于老纪的放荡不羁，领导只有睁一只眼闭一只眼。

老纪的烟瘾大，烟龄比工龄长，人还没到地方，呛人的烟油子味直钻人鼻息，手指熏得焦黄。自从集团下了禁烟令之后，老纪蔫了很多，说话干活都提不起精神。

车间主任安排我给老纪学徒，除了领导，我们都笑称纪大师，老纪也不恼，笑着伸出被烟熏得焦黄的大手去拎人家的耳朵：“兔崽子，还想干活挣钱不?”那帮车工、磨工都怕被老纪惦记上，否则，所用的车床、铣床什么的不知道什么时候来捣蛋，你想早下班、多挣工时？惹毛纪大师，到时恐怕喊爹都不管用。

禁烟之后，一碰到难干的活，老纪就会捂着肚子说：“哎哟、哎哟，我肚子疼，我去趟厕所。”老纪回来一副神清气爽的样子，围着设备转几圈，焦黄的大手一挥：“半小时！”

修完之后一看表，果然半小时，一分钟都不差。慢慢地被我看出了门道，原来老纪借上厕所去过烟瘾了。我冲老纪挤眉弄眼，老纪大眼珠子一瞪，伸出焦黄的手指拎住我的耳朵，晃荡个来回：“兔崽子，还想跟老子混不?”我捂着耳朵讨饶，老纪笑呵呵地松手，老纪才不鸟我的威胁呢！

老纪快退休了，快退休的老纪低调了许多、谨慎了许多。当然，我都很恭敬地称呼他纪师傅，老纪不在乎我怎么称呼他，他总是悉心教我各项绝活，我有走神的毛病，没少被老纪暴力帮扶，我有时也劝老纪戒烟，每到早上都会“吭吭吭”地咳上半天，老纪心情好的时候就会在咳过之后说：老了，戒不掉了。心情不好的时候，伸出焦黄的手指去拎我耳朵，吓得我掉头就跑……

老纪退休进入倒计时，我有时为老纪功成身退而高兴，有时又为老纪的退休而闷闷不乐，当时的《大力报》期期有我写的文章，为老纪写的。老纪高兴地拿着报纸笑得像个老小孩，焦黄的大手拍拍我的肩膀：“嘿嘿，这个徒弟不白教，俺老纪也上报纸了。”

车间主任给老纪下发了改造瓦斯罐的活。

说白了就是把那些老祖宗级的瓦斯罐割巴割巴卖废铁。“瓦斯罐”是老辈子创造的一个发生器，把瓦斯放进罐里、倒入水、迅速上紧盖子，瓦斯与水反应就会产生大量可燃性气体，和氧气一起使用切割铁板。那些老古董放在遗弃的老仓库差不多有十几年了，领导嫌浪费就让改造了。

老纪和我爬到罐上挨个看了看，里面空空如也。我收拾利落气割：“师父，你歇着，这点小活哪还敢劳您大驾啊!”我拿过老纪的水杯去给他打水，等我回来只听一声巨响，一团火光直接掀翻旧仓库的顶棚，我傻了，大喊一声：“师父!”

老纪死了，死在退休前三天。在清理现场的时候，我发现爆炸过的罐里有一枚烟头，我知道师父在我打水的这段时间里发生了什么，我一个人在现场待了很久很久……

【作家简介】

袁方华，笔名不诉离殇。聊城市作家协会会员，中华精短小说协会会员。现任职于鲁西集团。

狠心的母亲

邵福军

“小梅啊，从明天起，你真的要自己一个人上下学了。”

“啊？妈妈，你真的放心我一个人走路吗？”

“是的，你必须从小学会大胆勇敢。”妈妈口气坚决，别过了脸去。

九岁的小梅瞪大了眼睛，不相信地看着妈妈。

小梅是个单亲家庭的孩子，天生胆小。这几天，妈妈教了她很多安全常识，还要求她背下来，然后对她说，过几天，你得自己上下学了。小梅想，也许是妈妈工作太忙，没时间接送她了吧。但她怎么也不相信，那么爱她的妈妈，会真的放心她一个人走路。

可事实不容小梅怀疑，第二天，妈妈真的狠心让她一个人上下学了。这一天，小梅一个人走在上下学的路上，是在胆战心惊中度过的。好在有惊无险，这一天是安全的。当她放学走进家门那一刻，妈妈长出了口气，仿佛悬在心口的一块大石头终于落了地，她一把抱住小梅，心疼地说：“别怪妈妈狠心，你的性格太懦弱了，必须学会自强和勇敢，将来才能成就大事。”

小梅忍不住哽咽，心里觉得很委屈。

此后，小梅就每天自己上下学了，好在每天都是安全的，妈妈终于放心了。

可几天后，还是出事了。

那天放学一走出校门，一个穿红衣服的女人向她走来，对她说：“你是小梅吧？我是你妈妈单位的，你妈妈今晚加班，让我接你去单位。”

小梅一惊，问：“妈妈以前加班都是让我在家待着啊，从不让我去单位啊！”

红衣女人一愣，想了想说：“今天你妈妈要加班很晚，不能回家，所以……咱们快走吧！”不等说完，就急切地抓住小梅的手。

小梅吓了一跳，看着眼前的陌生女人，突然想到妈妈的忠告：不要跟任何陌生人走，不要相信陌生人的话，遇到陌生人搭讪立即离开。她赶紧甩开女人的手，说：“我不认识你。”转身就走。

女人再次拦住她，然后，从包里拿出一袋薯片，说：“对了，这是你妈妈让我带给你的，快点吃吧！”

小梅看着那袋薯片，再次想起妈妈的忠告：不要吃陌生人送的食物。她慌忙推开女人，惊惧地跑开了。

可不一会儿，她突然发现，红衣女人一直在后面远远跟着。她吃了一惊，心说，真的遇到坏人了！情急之下，她再次想起妈妈的忠告：遇到坏人尽快找警察或向路人求救。她一路小跑，终于找到街头巡警，警察按她指点，回身搜寻，可红衣女人却消失了。最后，她求警察把她安全送回了家。妈妈正在家做晚饭，得知事情经过后，脸都吓白了。不过，妈妈也很欣慰，女儿遇事临危不乱，知道如何应对危险了。她相信，女儿以后会越来越勇敢的。

果然，在以后的日子，小梅始终牢记妈妈的忠告，真就一次没出过事儿，渐渐形成了独立、勇敢的个性。

时光飞逝，转眼二十多年过去了，母亲也老了，因不适应城里的环境，一直一个人住在老家。小梅已是事业有成，她很感激母亲，如果不是母亲从小“狠心”锻炼她，就不会形成她勇敢、坚强、独立的个性，就不会有她现在的成就。但事业成功了，却带给她一段失败的婚姻，这段婚姻只留给她一个心爱的女儿蕾蕾，蕾蕾已经九岁了，小梅每天接送她上下学。蕾蕾性格懦弱，和当年的她如出一辙。真是有其母必有其女啊！小梅经常无奈地感叹。

这天，小梅做出了决定，她打算用当年母亲对待她的方法，如法炮制蕾蕾，帮她形成勇敢、坚强、独立的性格。因为她从自己身上看到，母亲的这一方法是成功的。

和自己小时候一样，当蕾蕾听说她的打算后，直呼："妈妈狠心，怎么可以放心蕾蕾一个人走路啊！"

小梅强忍心痛，却态度坚决，和当年母亲对自己的态度是一样的。她开始教授女儿安全常识，并要求她背下来。她坚信，假以时日，女儿也会像自己当年一样，形成良好性格。

果然，蕾蕾每次都能安全上下学，一直是安全的，这让她一直悬着的心终于放下了。

可是这天，小梅却迟迟没等到女儿放学回家，她再也坐不住了，慌忙推门而出，却不小心与门外一个人撞个满怀。原来，是母亲从老家赶来看蕾蕾了。

母亲听说了情况，忍不住责怪小梅："你怎么可以放心蕾蕾一个人上下学？"

小梅说："您，您小时候不就是这样锻炼我的吗？"

母亲一愣，片刻后摇了摇头说："算了，我们快去找蕾蕾吧！"

在放学的路上，她们终于找到了蕾蕾。原来，蕾蕾差点被一辆小车刮到，是一个好心的路人一把推开了她，避免了灾难。

回到家后，母亲再次责备小梅："你怎么一点安全意识没有，让这么小的女孩一个人走路！"

小梅嗫嚅着嘴唇："我以为用你锻炼我的方法，锻炼蕾蕾，不会有事呢……"

"你知道啥？我……我……"母亲摇了摇头，欲言又止。

小梅疑惑地看着母亲，问："妈妈，您到底要说啥？"

母亲想了一会儿，最后像是下了很大决心，说："我还是跟你说实话吧，否则，你这样大胆对待蕾蕾，我怎么能放心！"

小梅更加疑惑地望着母亲。

母亲低下头，默默地说："你真以为当年我会放心你一个人上下学？其实，我每天都在你身后跟着，一直跟了你两个月……"

啊！小梅简直不敢相信自己的耳朵，张大嘴巴看着母亲。

"还有，"母亲接着说，"那次红衣女人事件是我安排的，看到你临危不乱、机智应对、成功脱险，我才真正放心了。”

小梅再次震惊，片刻后，眼泪夺眶而出。

【作家简介】

邵福军，男，1968 年 9 月生，本科学历，中文专业，黑龙江省宾县作家协会会员。2012 年开始从事写作，先后在《故事会》《中国故事》《故事林》《天池》《微型小说选刊》《杂文月刊》《检察日报》《晚报文萃》《新晚报》等报刊发表故事、小说、小品文等多篇作品。

小题要大做

戴高山

老王在一家公司当保安，除了正常门卫工作之外，还要到车间巡查；除了检查门窗是否安全之外，还要检查消防器材是否合格，是否到了使用年限。

这一天，他例行检查了所有的门窗。随后，他又开始检查每一件消防器材，他发现，这些消防器材所标识的日期都是正常的。当然，他也注意到了，有些灭火器的安全期也快到了。他知道，近期会有消防公司的人上门来替换。

但是，他仍然注意到了，其中有一只置放在电闸箱下的灭火器，压力明显下滑了。这种迹象表明，这只灭火器的压力已经不够了，是不合格的消防器材，应该马上置换！

老王想，过几天公司就会将这些消防器材全部置换了，应该不会有很大的问题！后来，他又一转念，觉得有些不妥，便掏出手机，蹲下身子，将压力表上的数字拍了下来。随后，他又后退几步，将灭火器所处的位置，也拍了下来。后来，他还是觉得不放心，便将附近另一个合格的灭火器提过来，往电闸箱附近靠拢了一点，以期两边够得上。

之后，老王去向行政经理汇报工作，出示了刚才所拍的照片。

行政经理一看忙说："老王，你做得很对啊！工作就要这么认真，我马上通知换掉！"不过，行政经理又一转念，问道："咱们这批消防器材近期也该置换了，是吧？"

"是的，经理！"老王回答，"还有一周的时间，是不是要提前更换了？"

"嗯，我通知他们到时过来置换。提前？一个灭火器有问题，应该没有必要!”经理说。

“可是，经理!”老王又说，“为预防万一，不如让他们先送一个过来，把不合格的那个灭火器置换了?”

“嗯，也可以这样，不过比较麻烦的，也就几天时间了!”经理说。

老王欲言又止，想了想之后，不再坚持了。是啊，不就一周的时间吗?他觉得自己有些小题大做了!

就这样，一天过去了，两天过去了，三天也过去了!老王每天走到那电闸箱旁，总要蹲下身来，仔细地看着那个灭火器。第四天也过去了，他照样这样担心地看着。到了第五天，也没有什么异常状况出现，老王心里嘲笑自己，怪自己杞人忧天了!

可就在第六天晚上，车间里着了一把小火!

当然，一把小火而已，一场电闸箱碰电引起的小火，这火烧坏了电闸箱。不过，幸运的是，火被及时扑灭了，否则附近堆放的物料也可能被引燃，那时，后果肯定是不堪设想的。据当事人反映，他刚看到火星一闪，就跑过来拿起地上的灭火器，可是喷不出来。后来，他发现附近还有一个灭火器，就跑过去拿了过来，但火苗已经燃起了!

还好，这只是烧坏了一个电闸箱啊，确实好险!老王内疚着，也在心里庆幸着!

当晚，经理把老王叫到了办公室，对他说:“老王啊，都是我的错啊，险些出了大事故了!是我失职，我要做深刻的检讨啊!”

“不不不，经理!这是我的错!我应该坚持请求把那灭火器换掉!是我的责任心不够强啊!”老王说，“一个不坚持原则的保安，是不合格的保安!”

“不不不，我是领导啊!”行政经理说，“你没有反映问题，是你的责任;而我没有妥善处理问题，是我的责任啊!”

……

【作家简介】

戴高山，男，汉，1967 年 2 月 10 日生，福建省南安市洪濑镇谯琉村人。福建省作家协会会员，泉州市诗词学会会员。2012 年 4 月出版个人文集《岁月的水纹》，2016 年 12 月出版个人诗集《三月杏花酒》，2017 年 12 月出版中篇小说集《水车》。创作的小说、散文、杂文、诗歌作品在国内各类报纸杂志中发表。不少作品获得不菲奖项。创作文字两百万字，发表近百万字。

儿子的电话

柴　佳

凌晨2点，幸福小区302房，卧室的电话突然急匆匆响了起来。

她条件反射地从床上弹坐起来，开灯，抓起电话："喂！"

"妈，是我。"传来一个沙哑的男孩的声音。

"强子，是你吗？"她激动地握紧了电话。

"妈，是我，我是你儿子强子啊！"

"强子，真的是你啊！你好久没给妈打电话了，在外面过得好吗？"

"妈，我很好。你呢，身体怎么样？"

"只要你好，妈就好。你的工作性质特殊，一定要注意安全！"

"妈，我都这么大了，知道照顾自己，您放心。"

"强子，我听你那边有些吵，这么晚了，你在哪儿？"

"妈，我……我……"

"孩子，出什么事了？快告诉妈！"

"妈，我和几个朋友在外面吃烧烤，几个流氓过来寻衅挑事，然后我们就打起来了……"

"啊！流氓？打架？孩子，你受伤没有？"

"妈，我们没事，可我不小心把对方的手打骨折了，对方报了警，要……要我赔付5000元医药费。"

"只要你没事就好……"

"妈，我身上的钱不够，你看你方便给我汇点钱吗？"

"现在？这大半夜的，妈到哪里找银行啊！"

"可如果不给钱，对方就要去法院告我，让我坐牢。"

"坐牢？孩子，你可别吓唬妈啊！"

“妈，我没吓唬你，毕竟我把人打伤了，而且警察也来了。如果你不方便去银行，可以手机转账，微信、支付宝都行。”

“可妈连手机怎么上网都不会，更别说转账了。”

“妈，算儿子求你了，难道你就忍心看我去坐牢吗？呜呜……”

“强子，你别急，妈这就想办法……”她拉开抽屉，焦急地寻找了起来。

啪！——老伴起身夺过电话，迅速给挂了，朝她嗔怒道：“我说你个老太婆是不是傻啊！这半夜三更的，一听就是诈骗电话，怎么一点安全防范意识都没有！而且，咱儿子在今年春节救火时就因公殉职了，你怎么还会上当！”

“我知道他是骗子！”她泪眼婆娑道，“自从儿子走后，我就没有睡过一个安稳觉。他的声音和强子太像了，其实，我就是想听他多喊我几声‘妈’……”

【作家简介】

柴佳，女，汉族，1989 年 4 月出生于陕西咸阳，现居西安。作品散见于《意林》《小说月刊》《微型小说月刊》《中国纪检监察报》《幽默与讽刺》《羊城晚报》等报刊，荣获各类征文奖项十余次。

车灯，老者与众人

梁敏才

天上飘着蒙蒙细雨，我急于赶路回家。一辆陪伴我十年的二手老年代步车依然是我心中的宝。

经过一个十字路口，又经过一个十字路口。忽然，绿灯变黄灯、红灯瞬间出现。

在停车等待的时刻，我身旁左右都是急于赶路的车手，趁此良辰吉时，有人趁机从口袋里拿出手机翻看一些，又有人拿出身边的抹布探出身子去擦拭倒车镜上面的灰尘，一个老者出现在车辆的间隙中，来回巡视着。他是谁？在我诧异的目光中，忽然，他在我的车前停了下来。他先弯腰看看我的车灯，又站起来对我摆手阻拦。

神经病！我从他怪异的表情上做出正确判断。

就在此时，面前的红灯转为绿灯，车手们赶趟儿你不让我、我不让你抢着赶路。

我挂挡、加油、抬离合准备起步，老者还是挡在我的车前，摆手示意靠边。

妈的！我忍不住心头火气，终于骂了一句粗话。

老者置若罔闻，还是摆手示意我驾车靠边。耳边传来几声尖利的唿哨声，我明白这是赶路司机不怀好意对我无声的嘲笑。有的司机竟然大声吆喝："把疯子撞倒……"

我在老者的指引下，只好把车靠边停下。

我下车察看，自己的车大灯发出刺目的亮光。此时，我才明白自己的疏忽大意和"疯子"的良苦用心，待我抬头寻找好人时，他已经融入滚滚车流中……

【作家简介】

梁敏才，笔名九尾狐。1970 年 5 月 1 日生，河南渑池县人。1990 年开始文学创作，著有《乡村风情》《社会长镜头》《咱爸咱妈这一生》等文学作品。小小说《家贼》获首届“法治三门峡”征文大赛三等奖，《故乡的春天》获“大昌杯·家在义马”散文作品三等奖。现供职于某新媒体报社。

放行条风波

蒋玉巧

班主任吴老师走进教室，发现女同学鲍玉芳没来晚自习。

吴老师问班上的学生，有谁知道玉芳去哪了？同学们都摇头说不知道。

难道是去医务室看病了？

吴老师立马派班长去医务室看看，班长回来后说不在。

鲍玉芳到底哪去了？

吴老师赶紧拨通生活老师的电话，生活老师说，她看着玉芳跟同学们一起排队去教室的。

宿舍到教室不过 500 米，这么短的距离，鲍玉芳跑到哪里去了呢？

吴老师很着急，生活老师赶紧宽吴老师的心，玉芳已经是初二的学生了，又不是小孩，不用担心的，况且这孩子平时挺乖巧的，说不定肚子不舒服，去卫生间方便也有可能。你派个学生去看看，我也沿途去找找，看看她是不是有什么事情耽搁了？

卫生间没人，沿途也不见玉芳的踪影，这下吴老师跟生活老师彻底慌了神。吴老师安排好学生自习后，跟生活老师分头去寻找。篮球场、操场、游泳池、食堂、宿舍前后、人工湖、植物园、校园后山的林荫小道等，想到的地方都找遍了，连个人影都不见。好好的一个大活人，怎么说不见就不见了呢？

学生突然失踪，可不是闹着玩的，吴老师跟生活老师一碰头，决定分头行动，吴老师立马上报年级组长，生活老师立马上报到生活部主任，请求帮忙寻找。

吴老师怎么也没想到，她跟年级组长还没说完，初二（15）班的班主任慌慌张张走了进来，他班的一名男生晚自习前也失踪了。

年级组长一听惊呆了，同时失踪两个学生，这个责任谁担当得起呀！年级组长急忙把事情上报到校长处。

校长一听也慌了神，他极力稳住自己的情绪，立刻召集没有晚自习的老师、保安以及后勤人员，兵分几路，专门搜索隐蔽、不起眼的那些角角落落。校长坐镇办公室，掌管大局，一有消息，立刻通知到各路人马。

校长如坐针毡，在办公室里来回踱步，一会儿抬头望向窗外，一会儿又划开手机查看，生怕错漏了未接电话，一刻钟过去了，半个小时过去了，寻找的人耷拉着脑袋，一无所获，陆续回到办公室。

老师议论开了，说什么的都有，有人怀疑学生偷偷溜回家了，赶紧联系家长才是上策；有人怀疑是不是有人混进学校，绑架了两个学生，建议赶紧报警吧；也有人怀疑，两个学生会不会有什么事想不开，跳湖了……

学校是封闭性管理，学生出校门，必须出示班主任开的放行条；外人进入学校，必须凭家长证，保安才会放行。因此断定没这两种可能，难不成真的想不开跳湖了？

校长越想越害怕，颤抖着声音吩咐班主任赶紧联系家长，把孩子失踪的事情委婉地告知家长。

两位班主任正准备拨打家长的电话，校长的手机响了，是民警打过来的，刚刚在一家旅馆查获一男一女两名学生，请校长前往认领。

两名学生入住旅馆时，老板看他们穿着校服，于是报了警。

这事奇了怪了，没有放行条学生是怎么出去的？难道是保安玩忽职守，学生趁保安不注意溜出校门？

校长立刻找来保安，保安委屈万分找出放行条。校长拿着放行条，左瞧右瞧，没错，的确是学校的专用放行条。

放行条哪来的？肯定不是班主任开的。捡的？没可能呀，放行条上没有改动的痕迹，想来想去，极有可能是从班主任那里盗的！

两位班主任一脸委屈，放行条保管得很谨慎呀，放放行条的那个抽屉特意加了锁，锁没有撬动的痕迹，就算变成蚊子，也飞不进去呀。

不是捡的，也不是盗的，放行条到底哪来的？

这时，一直没吭声的鲍玉芳开了口，校长，别折腾了，放行条是我们在网上买的。

校长打死也不相信，网上竟然还能买到放行条！

鲍玉芳也不争论，跟校长借用一下电脑，她熟练地点开网页，购买处赫然显示，买了两张放行条，共376元。

校长惊得目瞪口呆，网上竟然还有人出售放行条，放行条竟然炮制得跟学校的一模一样！

校长喃喃自语道，看来放行条也有漏洞，存在着严重隐患呀！

【作家简介】

蒋玉巧，女，原籍湖南，广东省作家协会会员，广东省小小说学会理事。作品散见《小说选刊》《小小说选刊》《特别关注》《天池》等报刊，并入选各类年选本，已出版小小说集《与一双鞋结婚》《舌尖上的刺刀》。

上帝派来的天使

舒仕明

16 岁的男生刘朝阳因喜欢电脑，沉溺网络，成绩很不理想。初中毕业后，他的父母一再要他去学木匠，但刘朝阳说什么也不肯，因为他的愿望是成为一名网络高手。由于与父母的想法不一致，刘朝阳很苦恼，经常与父母发生矛盾和冲突……

这天，与父母剧烈冲突后，郁闷至极而又十分无助的刘朝阳爬到了 12 层楼顶的护栏外面，想从那里跳下去结束自己如花的生命。当警方接警赶到现场时，楼下已经围满了人，或惊惧或摇头或叹惋……刘朝阳坐在楼顶边缘，双脚悬空，警察们一接近楼顶，他便大喊大叫，要警察退下去，否则他马上就要跳下去，情绪十分激动。警方无法，为了暂时稳住刘朝阳的情绪，只得退了下来。

双方陷入僵局。必须想办法让刘朝阳脱离危险地带，否则他随时可能有生命危险。怎么办？刚从公安大学出来实习的叶小娜自告奋勇地说："让我来试试吧！"领导考虑到叶小娜太年轻，又没什么经验，有些犹豫，可叶小娜却说："没关系，就让我来试一下吧，因为我和他的年龄最接近，应该能谈好的。"考虑到没有其他更合适的人选，领导同意了。

叶小娜来到楼顶时，刘朝阳警惕地道："谁？"叶小娜道："你姐姐！"

刘朝阳道："走开，我不认识你，不关你的事！"叶小娜道："不认识我没关系，可我觉得奇怪，你年纪轻轻的为什么要跳楼呢？你回答了这个问题我就走。"

刘朝阳道："我喜欢玩电脑，可我的父母要我学木匠，他们一点都不理解我。"叶小娜道："喜欢玩电脑好啊，我也喜欢玩电脑，当今世界首富还是开发电脑软件的比尔·盖茨呢！他可是个电脑天才……”

就这样，叶小娜和刘朝阳聊上了，从基本的电脑知识到电脑程序，从木马黑客到杀毒软件和电脑的维护，从电脑游戏到动漫世界……他们谈得非常投机，不知不觉便过了一个小时。可当叶小娜提出让刘朝阳上来谈时，却遭到了他的严词拒绝，他让叶小娜不许靠近他，更不许其他的人靠近。刘朝阳说：“我已经做好了必死的准备，连遗书都留下了，我不能回头，男子汉大丈夫必须说话算话。”

叶小娜惋惜地道：“好遗憾呀，可惜我要失去一个喜欢玩电脑的弟弟，一个人生的知己，我还想请你给我修理和维护电脑呢！”听了这话，虽然刘朝阳有点动心，但他还是抱着一死了之的决心，不肯上来，并且马上就要跳下去了，他说再听叶小娜的话怕自己改变主意。

叶小娜赶紧道：“我的好弟弟，你在跳楼之前遇上了我，并且是在这种特殊场合、特殊地点进行了很好的交谈，说明我们是多么有缘分啊！我看这样吧，我最后有一个小小的请求，在你跳楼之前，我们能握一下手吗？也为我们今天的相见画上一个圆满的句号，少一份遗憾吧！”

刘朝阳点了点头，可当他伸出的手就要接触到叶小娜的手时，却突然缩了回去。叶小娜道：“弟弟，你应当相信姐姐，其实，你觉得父母不理解你，那是他们不了解电脑和网络，可我能理解你，还有更多的人能理解你，可是你为什么要那么匆忙地离开呢？你看，我的手指是直着伸向你的，并没有要抓你的意思，我是诚心实意地和你握手呀！”终于，刘朝阳的手与叶小娜的手紧紧地握在了一起……后面的警察上来，将刘朝阳解救了回来。

后来，一所电脑学校从媒体上得知刘朝阳的情况后，主动免费让他到学校学习电脑知识和技能。刘朝阳如鱼得水，过得很快乐，学习成绩非常优秀。他和叶小娜成了无话不谈的姐弟俩。

在谈到握住叶小娜的手时，刘朝阳说：“那一刻，我感觉是握住了上帝之手，再也不愿松开，她是上帝派来救助我的天使，否则不会冒着生命危险来与我握手，所以我突然产生了不想死的念头……她的真实、坦诚，对我的理解和尊重，以及我们的交心、谈心，让我有种信任和温暖的感觉，让我觉得这世界上还有懂我的人，让我舍不得离开这个世界。”

【作家简介】

舒仕明，男，四川自贡市人，生于20世纪70年代，做过代课教师、记者、编辑等工作，后从事自由撰稿。先后在《故事会》《辽宁青年》《今古传奇》《四川日报》《华西都市报》等全国各地上百家报刊发表作品5000多件，年发稿量200余件，50多次在各级各类征文大赛中获奖。

解　救

薛国英

老杨把车停稳，飞快地跑出地下车库，女儿电话里的声音又回响在耳畔：爸爸，只有你能救我了……泪水一下子从老杨的眼睛里涌了出来。

老杨今年五十有五，是县刑警大队的副大队长，只有一个宝贝千金。闺女芳名红影，整二十，平素很得老杨娇惯。高中毕业，红影考了一所专科学校。

某一天，红影不辞而别，老杨和爱人都不知道闺女去了哪里。打她电话，听到的都是“对不起，你所拨打的电话已关机……”问和她关系好的同学，也说不知道红影去了哪儿。

老杨和爱人真急了，如同热锅上的蚂蚁，团团转。虽说平时很生红影的气，但毕竟是自己的闺女啊！

老杨在网上发了寻人启事，在电视台飘字寻找……老杨凡是能想到的能做到的都努力了，然而皆是徒劳，十天过去了，红影音信皆无。

真是奇了怪了！一个大活人，能跑到哪儿去了呢？

那天，一个电话“嘟嘟嘟”响了有几秒钟，就挂了。会不会是女儿打来的电话，老杨回拨过去，传来的是“对不起，你所拨打电话是空号”，然后再是“嘟嘟嘟”的声音。

没过十分钟，老杨的电话再次响起，老杨赶紧接听，听到的是女儿的哭腔：“爸爸，只有你能救我……”老杨问：“宝贝，你在哪呢？”无人回答，听到的只是“嘟嘟”的声音。

老杨虽然担惊受怕，但闺女还好好的，让老杨略略放下心来。

老杨回到公安局，让技术科赶紧定位那个陌生电话。很快，那个红影打来电话的方位在市郊区，一个闲置几年的楼房里。

老杨上报局长，请求调动警力，赶往市郊区，团团包围住那座大楼。

原来红影被她以前一位男同学诱骗加入传销组织，幸好红影利用她外出学习之际，哄说上厕所，在厕所里向一位阿姨借了手机，拨通了她父亲的手机。红影只说到一句话，就被尾随跟踪而来的一位女人发现，抢过她手中的手机，摔在地上，把她拉回了住所。

那次被解救的，还有一百多位和红影一样的在校大学生，他们都是被亲戚或好友以高工资为诱饵拉入传销组织的。

【作家简介】

薛国英，山西省运城市作家协会会员。文学作品发表于《国际日报》《微型小说月报》《小小说出版》《咸宁周刊》《当代中学生报》《企业家日报》《长江诗歌报》《西南商报》《精短小说》《三门峡日报》《运城日报》等报纸杂志上，有作品入选《2017 中国年度作品》等年选本。

春寒料峭

肖项文

新春伊始，万物向荣，只是风有些大，吹得几处樱花飘落，气温起伏也让人觉得冬的势力还未真正退去。

王新，一个公司的普通职员，四十多岁的年纪，戴着一副黑框眼镜，有一种中年人独有的成熟与魅力。在工作上，他勤恳卖力，是一个难得的员工，只是谁也不知道为什么他这么大年纪了还只是一名普通职员。当然，上天总是公平的，他虽然事业上没有什么成就，但却有一个幸福的家庭，妻子阿蓉温柔善良，孝顺公婆，并为他生下了一个帅气的儿子，今年七岁了。孩子聪明可爱，而且特别懂事，这也是王新努力拼搏的动力之一。

功夫不负有心人，公司里空降了一位总经理，要在王新的部门里挑一位稳重踏实的人去当秘书，部门经理认为王新应该很合新任总经理的脾气，于是推荐他到总经理身边。说起这个总经理，可算得是一位谦谦君子，也许是年纪大了的缘故，对待下属没有什么火气，多了几分平和。他还是一个惜命之人，办公室里除了公司的资料，就是那一摞一摞的医疗保健书籍，每天八杯水是总经理的习惯，他相信自己能活到世界灭亡。对于王新来说，忽受提拔让他觉得前途一片光明。而且，能给总经理当秘书让王新备感荣幸。当然，与之同来的工资待遇也让他心里乐开了花。

几个月过去，生活倒也平顺，只是不喜欢喝酒的王新要代总经理向各位合作伙伴敬酒，这令王新不太喜乐。他虽能喝几杯，但并不喜欢酒的味道，更怕酒醉失态让他失去这份体面的工作。可是，总经理的吩咐他又不能不听，更何况总经理待他不错，上次王新生病，总经理还托人给他联系了医生，垫付了高额的医药费。他是个懂得感恩的人，觉得替总经理敬酒是应当的。最重要的是，今年孩子就要上小学了，王新想让儿子进一所贵族学校，所需费用不低，而他老婆阿蓉的工资也只够家中日常开销的。于是，王新总是一边在脸上使劲儿挤出几分微笑，一边把一杯杯白酒灌入肚内。他已经记不起自己在卫生间吐了多少次，也记不清什么时候得的胃病了。

这一天，王新和总经理再次参加酒宴，司机小张称家中有急事，向总经理告假，总经理是个通情达理的人，再加上最近一次项目谈判成功多喝了几杯，立马答应。小张能有什么急事，不过是为了回去看今晚实况转播的球赛。小张把钥匙塞给王新，如得了令箭般飞奔回家去了。这三个人，当然算上王新，全然忘了考虑待会儿该怎么回去这个问题。也许，酒是好东西。

酒宴已毕，微醺的王新扶着喝醉的总经理，和几个合作伙伴作别后，便径直向地下车库走去。有的人喝酒后不能经冷风吹，一吹就身体瘫软，就像总经理，王新只能背着总经理走向他们的车。

走近了，王新喊道："小张，快出来帮忙！总经理他喝醉了！"王新不见有人回应，皱了皱眉头，心中似有不快，无奈只好背着总经理继续往前走。走到车窗前，低头往里一瞧：嘿，没人。王新一拍额头，说："我怎么把这茬儿给忘了！"王新一边开车门将总经理放到后面的车座儿上，一边自言自语道："怎么办呢？我喝了酒，不能开车，总经理还醉着，小张他请了假，这会儿叫他回来，他肯定不愿意，都十一点多了，球赛应该结束了，也多半睡了。可我怎么办呀？"

丁零零……

王新的手机响了，是他妻子打来的。王新接起电话，温柔地说："喂，阿蓉，这么晚还没睡呀？我刚……"妻子似有埋怨地说："阿新，今天是儿子生日，你不会忘了吧？"王新一拍脑门："啊？哎呀！真是的，最近太忙，居然忘了！真该死！"妻子急忙说："什么死不死的，多不吉利呀！孩子非等你回来过生日，他困了，让他去睡觉他都不去，现在趴在桌子上睡着了。你要是忙完了就快回来吧，要不，他该多伤心哪！”王新看了看车里的总经理说：“好好好，我现在就回去，保证在 12 点前到家给咱儿子过好这个生日。噢，对了，生日蛋糕买了吗？”妻子叹了口气：“没买，孩子说你一直在吃胃药，肯定是胃不舒服，吃多了奶油更不舒服，就没有买。”王新听到这话，眼睛湿润了，说：“过生日，怎么能没有生日蛋糕呢？我记得在创业大厦那儿有家蛋糕店，每天都得到凌晨一点多才关门呢，现在才十一点多，我打个电话预订好，让他们快点儿做，你去了正好能拿上。”妻子回应道：“嗯嗯，好。”

不知道是阿蓉的声音大了些，还是父子间心有灵犀，王新的儿子醒了，急迫地从妈妈手里要过电话：“是爸爸吗？爸爸，你什么时候回来呀？”王新的语气变得更温柔了：“好孩子，生日快乐，你在家乖乖的，我订了蛋糕，待会儿让妈妈去拿，我马上就到家。”孩子一边点头一边回应道：“嗯嗯，好的，爸爸，你快点儿回来哈。妈妈做了很多好吃的呢。”王新回应说：“嗯，好，现在把电话给妈妈吧。”孩子不舍地把电话递给妈妈。王新接着说：“阿蓉，我这就回家。”阿蓉嘱咐道：“回来时候慢点儿，别着急。”王新放下电话，电话那头的孩子似乎想和阿蓉一起去拿蛋糕，孩子就是孩子。王新笑了笑，挂了电话，又打电话订好了蛋糕。

王新在车的旁边走来走去，心里想：我不如先开车送总经理回家，然后开车回家给儿子过生日，明天再早点开车去总经理家接他，这样岂不两全？

王新自顾自地点点头，但又一看车里的总经理，想：不对，这可是酒驾呀！我一直是按规矩办事的人，怎么可以这样呢？况且总经理明早问起来，我又该怎么应答呢？他可是个惜命的人，怎么会允许身边的人酒驾呢？那样的话，我的这份工作也就不保了。不行，不行。

时间慢慢过去，纠结的王新看着手表上的分针一点一点靠近数字 12，又一想平时乖巧懂事的儿子，心想：孩子这么懂事，我现在不回去给他过生日，会让他伤心的。而且现在这么晚了，交警也多半是下班了。明早总经理问起的话，就说是遇到了以前的同学，让他帮忙开的车。对！就是这个主意！他一边想着，一边坐到了驾驶座。正要启动，又想到总经理在后面，万一来个急刹车，他又那么大岁数的人了，万一摔出个好歹就不好了。他便下车把总经理移到副驾驶座位上，并系好安全带。移动的过程中，总经理似乎微睁了睁眼睛，脸上的醉意表明，他还没有醒。

王新重新坐上驾驶座，系好安全带，这时感觉喝下去的酒似乎让他有了些困意。王新摇了摇头，让自己尽量清醒一点，才开车驶出地下车库。一路之上，经过王新的仔细观察，并没有警察，也没有车辆和行人，只有十字路口的红绿灯在变换着单调的颜色。这座城市的夜生活很短，人们总是早早地进入梦乡。

虽然一路上没有多少车辆，但是频繁的红灯让王新厌烦不已。王新打开音响，听着总经理常听的那几首八十年代的歌曲。然而，这并不能减退王新对红灯的厌恶感，但是他毫无办法，毕竟他没有办法让所有的红灯都变成绿灯，就像他没有办法让自己既能得到高水平的工资待遇又能有时间陪孩子一样，更可悲的是，他现在这两种想法都和现实有巨大的差距。想到这儿，眼角滑出了泪，但他没有擦，任凭泪水在脸上肆意地流淌，刻出苍凉的纹路。只有在黑夜，他才可以不用掩饰自己的情感，让他心底的负面情绪化作泪水流出。他的泪滴在裤子上，慢慢渗进去，消失不见。

行驶至创业大厦的十字路口，又是一个红灯，平时好脾气的他骂了一句脏话，无奈地慢慢停下车。他盯着那可恶的红灯和挑衅的红色数字，心中念着苦苦等待他回家的妻儿。他左右看看，并没有警察和车辆行人，心想：这边的摄像头上周就坏了，今天下午从这儿走的时候，也没见修理好，周围也没有警察，我就冲过去，天知道我今晚做了什么。说完这话，不觉打了一个酒嗝，车里充满了酒精的臭气。王新一脚油门冲到了马路中央，只听砰的一声，不知从哪里冒出来的一对母子被撞出了几十米远。王新猛踩刹车，车轮在柏油马路上留下了长长的印记，刺耳的刹车声将遮月的云彩撕裂成了两半。在惨白的月光下，王新清楚地看到一对母子躺在血泊里，那个孩子的手里还紧紧抱着一个生日蛋糕盒子，迸溅出的大块儿奶油融进鲜红的血里，像是剔除了血肉之后的森森白骨。眼前的这一切让王新浑身抖如筛糠，他踉踉跄跄地下了车冲过去，两腿瘫软跪到了地上。风不住地吹着，夹杂着鲜血和奶油的味道。

丁零零……

一阵手机铃声震碎了血淋淋的场景，王新睁开眼，发现自己还在车上，还在地下车库里。原来刚才的醉意让自己睡了过去，做了一个梦，一个太过真实的梦。还好，它只是一个梦。

丁零零……

手机还在响着，王新赶快拿起手机，手机的那头传出妻子的埋怨声，惊魂甫定的他松了一口气。电话的一边，妻子埋怨着都过了十二点了还没有回来给儿子过生日；电话的另一边，王新哭了又笑，笑了又哭，脸上不知道是泪还是汗，他就静静地坐在车里听着妻子的唠叨。一阵阵夜晚的风吹进地下车库，春天的风好像不冷。

更夫张好武

渣河水

张好武走路有点瘸，人送外号张瘸子。在城里扫了几年马路后被辞退了，告老还乡。虽然村子里建有很多垃圾点，但是还有很多人乱倒垃圾。这是张浩武看不习惯的。于是穿上了带回来的环卫服装，拎着蛇皮袋子，扛着铁锹，捡拾地面上的垃圾，把倾倒在外边的垃圾铲进垃圾池。很多人都笑他吃饱撑的，又没有工资。他只笑笑，反正闲着也是闲着，总比赌博好吧？时间一长了，只要哪里有乱丢垃圾的，就会有人喊张好武去清理。他总是乐呵呵地去做，好像是件很愉快的事儿。村里的环卫工老陈有点吃醋了，你张好武喜欢扫马路，城里怎么不要你呢？想干，我让你！张好武还是笑笑，不与他争辩。

要想富先修路。村里的水泥路铺到家门口后，村民们怎么也高兴不起来，因为“鬼子”进村就方便了，他们把三轮车停在村口，明目张胆地进村偷鸡摸狗，牵牛抢粮。年轻人都到城里打工去了，剩下的只是老人和儿童。有一个老太太发现羊被偷了，就急忙去追，追上后却不敢上前留下属于自己的牲畜。对方拿出明晃晃的刀子，过来啊，过来就捅死你这个老不死的东西。老太婆只好看着他们扬长而去。有次是深更半夜，张好武从村外的老表家喝酒回来，正趔趔趄趄地走着，发现有两个人从村子里出来，其中一个身上背着蛇皮袋子。三更半夜的出来，非奸即盗。他就借着酒劲大喊一声，你们是什么人？对方捏着娘娘腔，你找死啊！话音刚落，一道强光向张好武的眼睛刺来。张好武的眼前顿时雪茫茫一片，什么也看不见。等他再睁开眼，已是了无踪影。第二天早上，说村东老苏家的几只鹅被偷了。

张好武每天清晨在村子里转了一圈后，就脱下环卫服装，穿上军装，军装上佩戴着军功章。随着他一瘸一拐地走步，军功章发出清脆的金属声。他坐在村口的桥头，身边放着一根腊杆子，时刻注视着路上过往的行人。就像当年他在老山前线执行任务一样聚精会神，被战友们亲切地称为侦查连的猫头鹰。白天安宁了，晚上却还是常有失窃发生。

张好武坐公交车来到了县城，购置了一面铜锣和一个矿灯。凌晨一点左右是盗贼最为猖狂的时候，也是人们睡眠最为香甜的时刻。张好武定在12点起床，从村东到村西，边走边敲响铜锣，一边喊："张好武来啦，小摸贼退让喽!"头上的矿灯雪亮雪亮，一会儿照照这家，一会儿照照那家。这束光让村民们睡觉踏实；这束光又像宝剑，让盗贼畏惧，如惊弓之鸟。

有了张好武，村子太平了，环境美观了。他的创举被镇里作为典型事例进行了宣传推广。

不久，张好武接到了一封信。他把这封信贴在了村部门口宣传栏上，对围观的村民说，敌人的枪子我都不怕，我还怕什么？

【作家简介】

陈菲，笔名潼河水，江苏泗洪人，江苏省作家协会会员。发表文学作品四十余万字。作品见《北方文学》《延安文学》《诗歌月刊》《大观》等。多篇作品被《小小说月刊》《小小说选刊》《微型小说选刊》等刊物转载或收入年度选本。获得各级文学奖项五十余次。系多家知名杂志签约作家。电影《爸爸在北京》编剧。个人创作事迹被国内三十多家主流媒体和电视台报道。

河之殇

任鹏飞

雨季，几场倾盆大雨后，那条沂河水涨得似丰腴少妇般热情奔放，河水甚是浑浊，滚滚激流带来大量的泥沙，更有那从上游冲刷下丰富的鱼虾，有花鲢，有鲫鱼，有名贵的鳜鱼。河边已经有人支起鱼竿等待着收获。张老头依旧像往常一样早早地来到河边，戴着那顶草帽，坐在马扎上，架着长长的鱼竿，鱼浮子轻轻地浮动着，他拉动鱼竿，一条鲫鱼在鱼钩上努力挣扎着。退休之后，钓鱼成为老张头最大的爱好。

沂河浩浩汤汤甚是壮阔，今天又逢周末，河边吸引了许多市民来游玩。这时河边来了三个青年人，带着啤酒与烧烤架在河边树林中吃着烧烤。那股烟火味飘散着让坐在不远处的老张头很是不爽。不过，老张头眉头微微皱了一皱，不想去理会那几个无礼的人。

酒已酣，夏日炎炎，身体也越来越热。他们已经换上泳裤准备跳入沂河好好地游泳。

“不能跳!”

那几个青年看到是一个老头子在喊，不悦，说：“为啥不能跳水？这是你管得着的吗?”

老张头指着那面立在岸边的牌子，说：“看看警示牌上的字。”

“危险水域，禁止游泳。”那一行大红油漆大字很是醒目。

一个手臂上刻着文身的小伙子说：“怕啥！这条沂河俺们从小玩到大都来游泳的。”

“就是。”他们谁也不理睬老张头，白花花地跳入水中，玩得畅快淋漓。

老张头摇摇头，重新盯着鱼竿。

那几个青年人游得更加起劲，那个刻着文身的青年人向河中央游去。

老张头忍不住喊起来："河中央有暗流，快回来。"那个刻着文身的青年人似乎没有在意。

河水依旧平静如镜。老张头有些沮丧，"不管了，让那几个人不知天高地厚地折腾去。"

突然，有人喊道："救命啊！"老张头抬起眼睛看到有人正在河水中央扑腾着，人越着急越往水里坠。

老张头二话不说，跳入水中，像一条矫健的大黑鱼，向河中央游过去。另外两个青年人看着同伴溺水本来不敢去救，现在看着有人游过来救人，也大着胆子游过去，三人费了很多力气交替着才把人救上来。那个刻着文身的青年人趴在岸边老老实实地吐完水，向老张头说了一声："谢谢。"

可是，老张头理都没理他继续坐下忙着钓鱼。以后，老张头继续在沂河边钓鱼，只不过他身旁多了一个青年人隔三岔五地过来看望他，而且他还打听出老张头年轻时候是个游泳健将，获得过省游泳冠军，更要执意认老头子做干爸。这爷俩多了一项活儿就是劝阻那些想野游的人放弃下水游泳。

又是一年沂河汛期时。在当地的《沂河晚报》上用整版的篇幅刊登了一篇文章《两个人感动一座城，两位英雄勇救落水儿童感动沂城》。8 月 10 日下午，在市区沂河附近，两名男孩玩耍时不慎掉入河中，在一旁钓鱼的退休老干部张维仁与青年李向东听到求救后，毫不迟疑地施救。他们下河后拼命游到小孩身边并救起一个孩子，他们体力已经耗去不少，再去搭救另一个孩子时，在施救中渐渐体力不支，两人不幸双双沉入水中……

那条沂河哭了。

【作家简介】

任鹏飞，男，山东省临沂市网络作家协会副秘书长，腾讯网与铁血网驻站作家，主要作品有网络长篇小说《屠狼记》《少女武则天》等，微电影剧本《我们的二孩时代》《我们到底为什么要相爱》《守卫》等，《我们到底为什么要相爱》入围第二届京华杯微电影剧本大赛全国100强，《爱的协议》获2017年泉州微电影剧本优秀奖，散文与小小说散见于各级报刊。

半套驴

魏东侠

天上星月齐鸣，道路很亮，他一路小跑赶到八里外的韩庄社办厂，气喘吁吁地砸铁门，并大声喊着刘师傅，急急地问："我没迟到吧?"

"你个兵蛋子，昨个四点钟到的，今儿到好，两点半就来了，你到底想干吗?"刘师傅打着哈欠骂。

"对不起啊，家里没表，鸡一叫就走呗，谁知那鸡越来越没个准头。"

在刘师傅80厘米宽单人床上，两人侧身挤着睡下，临到八点，他忙道谢道歉，奔向外皮车间。

他是外皮车间二组组长，他认为自己有必要起到模范带头作用，所以总是第一个到，空里帮大伙打水，工作量也从高不从低。他们的工作很累，那时候铁皮材料紧缺，靠砸平拆开的大油桶造保险柜。一张厚厚的铁皮通常曲里拐弯，就靠了一双手，一柄大木槌搞定。尤其严冬，他们身上的汗把棉服都湿透了，可手却冻得红肿流脓。于是，他每天都喊几遍，大伙快歇会儿。

年底了，单位要召开领导班子会，扩大版的，组长以上人员都参加。主持人是上了年纪专门管纪检的金书记。

金书记在会议尾声大声骂道："咱们保险柜厂出来一个半套驴，每天带着他那个班组就知道玩，干不多一会儿就歇着，要是全厂都这么吊儿郎当，还上什么班?干脆回家躺着好了!以为当过兵就了不起啊!我早对宋头说过，当兵的，靠不住!人家哪吃得下咱工人阶级的苦!这次呢也就提个醒，要是死不悔改，就开除!这么大个工厂，不能让你个半套驴搅和坏喽，大伙说是吧?"

他能感觉到各色目光正向他扫射，冷热不均，他的脸开始发烫，心却备感寒凉。不知怎么，一大滴泪掉了下来，砸在左手的伤口上，并向四周的小血口洇过去。这些密密麻麻的伤口，都是砸铁皮留下的，总是旧伤未愈，新伤又至。

他看着这只伤痕累累的手，火一下蹿过头顶，他擦一把泪，猛地站了起来，说："不能散会，我有话说。"

整个会议室突然静得可怕，还从来没下属这么跟领导说话的，他们都习惯相互在背后告黑状。

"就三点。一，外皮组的活是最累的，一个劲儿干能累死！往往我让大伙歇着，我这个半套驴可没闲着。二，外皮组的福利是最低的，连腻子组每天都补助半斤粮票，我们才三两，吃不饱再不让歇会儿，我这个组长看不下去！三，我们外皮二组都是些什么人？两个五十往上的，七八个妇女，外加一个侯瘸子。我就问问你们，这么重的体力活适合老弱病残干不？适合妇女干不？但是我们通过巧妙分工也干了，从来没耽误过事吧？"

宋头是在第三天悄悄带人去查的。好家伙，这个组简直疯了，有人报告说，开会后，他们就一锤都没动过。

但是，看着车间外排得山一样高的平铁皮，看着正给大伙边倒水边讲笑话的他，宋头的眼湿了，像是遇到了年轻时的自己。

他知道宋头来过，更知道宋头正为他们的"罢工"头疼。

罢了。从此两人一小组，叮叮当当地敲，累了换下一组。当然不能总这样，到需要干的时候，大伙也会玩着命地完成任务。

"我不干！"几个月后，面对宋头提拔，他一连说了好几遍这三个字。宋头哭笑不得，"别人都是来要官，你倒好，给都不要，真是半套驴！"

全体会上，宋头正式任命他为外皮车间主任时说，有人可能质疑为什么会提拔他？因为最近半年老有人告他，就连挨着他们的药铺都不乐意了，骂他们砸铁板弄出的动静太大，天天吵得人家开张药费单子手都哆嗦。台下是一大片笑声。他汇在人群中也忍不住笑了。

他又找了宋头，说："外皮所有人员的补助每天涨到半斤，我就干!"

"嗬，你小子还来劲了!"宋头一乐，"行，还有什么条件？一次说。"

"没了。"

还真是个傻小子，宋头又一乐，"给，把我这闹钟拿走吧，省得老是天不亮就往厂子里赶。"

这是个真事。这人不是别人，是我最亲爱的老爸。后来爸爸凭借自己的才智和干劲，一直升到管理四百多口人的厂长位置。他只有小学三年级文化，却完全靠自学取得高级经济师职称，并将一个小小的乡镇企业推向农业部和轻工业部双部优宝座上，黑龙港牌保险柜曾经远近闻名。

【作家简介】

魏东侠，女，1974 年生于河北武邑，供职于武邑县财政局，中级会计师，河北省作家协会会员，河北省文学院签约作家。作品散见《品读》《情感读本》《特别文摘》《短小说》《金山》《天池》《小说月刊》《小小说月刊》《小小说选刊》《微型小说选刊》等，作品入选多种年度选本和高中试卷阅读题，《好人的温度》被改编成剧本并在北京拍摄完毕，已出版《引领时尚阅读：我想考第二》和《百年百部故事经典：好人的温度》两部作品集。

宣传员

刘金峰

周末回老家，刚进家门就听到母亲与邻居在堂屋里拉呱。母亲说：“以后长了毛的馒头、煎饼，烂了的水果千万别再吃了，那次我吃了……”

现在想起那事来，我还很后怕，庆幸的是母亲住了两天院便好了。当听到母亲对邻居说这话时，我想，那次住院也是好事，免得母亲以后还吃霉烂的食物。

上了年纪的人过怕了挨饿的苦日子，总是过着节俭的生活。母亲也这样，平日里省吃俭用，不浪费一点东西。

如今条件好了，母亲还是这样。家里有点好吃的东西，母亲总是留着舍不得吃，留到最后不是发霉了，就是腐烂了。母亲一看霉了，烂了，却又舍不得扔掉，就收拾收拾自己吃了。我经常劝母亲：腐烂的东西就不要吃了，那些东西还能值几个钱？要是吃坏了肚子，花钱不说，还得受罪。可母亲就是不听，总是说：没事，没事。

每次给母亲买了水果，母亲总是包着放起来，放的时间长了就腐烂了。我就对母亲说：烂了就不要了。可是母亲不听，把腐烂的疤痕扣掉就吃了，有时水果都扣掉了一大半，那些没有腐烂的水果还是放着不吃。到最后，母亲是一个新鲜的水果也没有吃到，净吃了些破头烂腚的。买的青菜，母亲也舍不得一次吃完，把剩下的青菜用塑料袋包得严严实实。等青菜黄了，烂了，母亲就摘摘烂叶子，再炒着吃。

买了点心，母亲同样舍不得吃，藏得严严实实。看看长毛了，母亲害怕再不吃就浪费了，就用手擦擦点心上面长出的黑毛、绿毛的吃了，看起来还吃得那么香。

一次回家，我看箱子里的煎饼长了毛，就拿出来打算给鸡吃。母亲看见了，急忙迈着蹒跚的脚步跑过来，把长了毛的煎饼一把夺了过去，说：“喂鸡多可惜，蒸蒸一样吃。”我说：“这又不是像以前缺粮食。”母亲说：“不缺粮食也不行。”我记得以前煎饼要是长了毛，母亲就先用水浸泡透，然后把浸泡透的煎饼攥碎，接着把攥碎的煎饼握成团挤干水，再撒上点盐拌均匀，最后把拌了盐的碎碎的煎饼摊在篦子上蒸。即便是这样浸泡透了，再蒸了，吃起来也有辣滋滋的苦味。果真，没过几天我回家的时候，就看到母亲吃着蒸的长毛的煎饼。看母亲吃着蒸的毛煎饼的表情，那蒸的毛煎饼一定还是辣滋滋的苦。

印象特别深的就是刚过了年的那段时间。因为老家有个习俗，在年前要置办很多年饭，蒸馒头、烙煎饼、做豆腐、炸丸子、炸鸡肉……也还要买很多鱼肉，许多青菜。置办的这么多东西一时也吃不完，家里也没有冰箱，过了年，天气变暖，时间一长，饭长毛了，鱼肉变味了，青菜也腐烂了。这样母亲就年前忙着置办年饭，年后忙着馏饭煮肉。刚过了年不几天，母亲就忙活着把长了绿毛的馒头、煎饼、豆腐一遍一遍在锅里馏，把变了味的鱼肉一遍一遍用开水煮，把长了白毛的鸡肉丸子一遍一遍地回到油锅里炸……然后再把馏的饭、煮了的鱼肉、回锅炸的鸡肉丸子再一顿一顿地吃，吃得嘴里苦、肚子里疼。

每次看到母亲吃霉烂的食物，我总是极力地劝阻，生怕母亲吃了霉烂的食物中毒。可母亲就是不听，还蛮有情理地说：“我这样吃又不是一天两天了，你看看吃出什么毛病来了？这还不好好的吗？再说，那可都是用钱买来的，扔了多可惜。”可我还是见一次说一次，有时还禁不住地批评甚至训斥母亲。后来发现，我在家的时候母亲是不再吃那些霉烂的东西了，但是霉烂的东西还是舍不得扔。我怀疑，当我不在家的时候，母亲一定还躲着我吃，因为我知道母亲的脾气。

上月，母亲突然来电话。在电话里母亲有气无力地说她不舒服。

我问怎么的，母亲说是拉肚子。我断定母亲是吃了霉烂的食物。

果然不出所料，母亲吃了发霉的米饭，上吐下泻。我赶忙把母亲送到了医院。挂了两个吊瓶以后，母亲稍微能忍住难受，就问："这一天得花多少钱?"我知道母亲心疼钱，就故意说："一天最少还不得花上个三百五百的。"母亲一听每天要花这么多钱，顿时感觉比食物中毒还难受，心疼地说："哎，这些钱得买多少的粮食啊，这都怨我不听你的话!"接着母亲又喃喃地说："不就是吃了半碗米饭吗?还中毒，怎么这么厉害!"这时，站在一边的医生说："大娘，不是只有吃了有毒的食物才能中毒，吃了那些霉烂变质的食物一样中毒。"

如今，让我欣喜的是，每有上了年纪的老年人来老家玩，母亲总是说起那次食物中毒的事情，俨然成了一位现身说法的食品安全宣传员。

打碗碗花

高　薇

美惠在这条小路上走走停停，也不知道有多久了，傍晚的风在耳边吹着，柔软而温暖，让美惠的思绪越飘越远。小路两边爬满了四季常青的低矮灌木，一丛丛地往四下里铺展开去，似乎从来也不曾被践踏过。多安静的地方，简直就和云蒙山脚下自己的家乡一样。

美惠是五年前走进山那边一家胶合板厂的，别看厂子不太像样，工资待遇却不低。一个月下来，少说也能挣五六千元，这可不是个小数目。这样干上几年，给儿子买房的首付就有了眉目。希望像一团热气在身体里鼓胀，使美惠浑身都充满了力量。离胶合板厂不远，是一个重工机械公司，美惠听人说里面那些高耸入云的大架子，全是给外国造的，一个架子就得造好几年，太让人惊奇了！美惠在惊叹之余，心里就想到儿子，儿子在大学里也学工程，毕业后要能进这样一个公司就好了，那些进进出出的年轻工程师，穿着洁白的工作服，眼镜儿亮晶晶的，真够神气！美惠心想等儿子买了房子娶上媳妇，自己就该享受天伦之乐了，这样憧憬着未来时，美惠总忍不住要笑出声来，有时候憋不住高兴，美惠还会哼上几句家乡的小曲。

可偶尔闲下来时，美惠还是会想到小晖说的话，咱不能在这里干长了，听说时间长了一些青年都会失去生育能力呢。每当听小晖这样说时，美惠的脸色就会一沉，说，咱们又不是青年，都是生养过孩子的了，怎么会没有了生育能力？别听那些瞎说了！美惠没上过几年学，不太懂得这些，可她需要钱，她心里的苦没法说。小晖是美惠的表姐，两人又嫁到了同一个村子，自然就格外要好。前些年美惠的老公和小晖的老公还一道在南方打工，可是在一个夜晚美惠的老公突然被一辆疾驰的三轮摩托夺去了生命，小晖为了劝美惠不知想了多少办法，最后两人一起结伴出来打工，美惠这才从痛苦中慢慢解脱出来。就这样干到第三年时，小晖说什么也不干了，临走她还劝美惠说，你也别再干了，车间里气味太重，毒性大，不离开不行啊！美惠皱皱眉说，离开了到哪里能挣这么多钱？小晖说你就光想钱，你也得想想儿子。美惠说正是想到儿子，我才不能离开，上大学得钱，买房子得钱，上完大学找媳妇，哪一样不得用钱？你现在去侍候一个瘫痪老头子，一个月才三千块，我又不生孩子了，怕什么呢？可小晖还是劝道，不是生孩子的事，听说干久了会得坏病的。美惠说，老天爷还能那么不开眼，孬事咋会全摊在咱头上？看美惠铁了心，小晖只好作罢。

美惠感觉到不适是从去年开始，春节刚过，美惠就觉得浑身无力，眼皮总像要黏在一起，走起路来晕晕乎乎，记忆力也明显减退。美惠想或许是过年忙忙活活累的，休息几天就好了。可是一直过了正月十五，这种状况不但没好反而更加严重了，美惠也没怎么在意，直到二月底的一天傍晚，美惠突然晕倒被送进了医院，在一通检查之后，美惠从医生们的态度上看出，自己的身体可能出了问题。果然在她的再三追问下，医生说检查的指标多项不合标准，应该是有问题。美惠又到市立医院进一步做了检查，结果是自己得了白血病。完了，一切都完了，美惠曾听说白血病得做透析，那可是无底洞，钱全花光了，最终也逃脱不了死，她不想活受罪，更不想拖累儿子。好在现在儿子已经毕业了，还找了份不错的工作，房子首付款已经付了，分期二十年贷款，儿子有能力还上，自己总算放心了。

这条僻静的小路，弯弯曲曲的，一直伸往密林深处。小路的尽头是一个不大的水塘，绕过水塘有一片平坦地，那么多小喇叭状的打碗碗花，从挨挨挤挤的青绿色叶子中冒出来，粉白掺着淡紫，在暖风里摇曳生姿。美惠对着这些打碗碗花，在心里默默说着话，说了说儿子，再说说自己，说着说着，美惠就忍不住蹲下来，对着一朵打碗碗花亲上一口。在美惠家乡的田野里，随处都能看见这样的打碗碗花，奶奶活着时曾经说过，一朵打碗碗花就是一个小女子，多么贴切的比喻！如果，如果能和这些打碗碗花融为一体，那何尝不是自己最好的归宿？

美惠想到这里，感觉到心里从来没有过的平静。口袋里是早就装好的一个小药瓶，里面盛了一百多片安眠药，那是美惠一点一点积攒起来的。美惠将药瓶里的小药片倒出来，手心里立即堆成一座小小的白山，美惠就那么看着，看着，小小的山头模糊了，儿子的身影从小山上升起，美惠的眼睛也模糊了。儿子，再见了，来世我还要做你的妈妈！一滴泪从美惠深陷的眼窝里滚出来，又落到地上，这时候，只见美惠猛地仰头，将药片全部捂进了嘴里。

做完这一切，美惠在那片打碗碗花上坐下，然后慢慢地躺了下去。

耳边的暖风轻轻吹拂，不一会儿，美惠就沉沉地睡去……

【作家简介】

高薇，山东省作家协会会员，小说作品散见于《青春》《芒种》《山东文学》《当代小说》《短小说》《小小说选刊》《微型小说选刊》《小小说月刊》《辽宁青年》《百花园》《小说月刊》《中学生阅读》《中国教师报》《天津日报》等报刊，出版有小说集《看过晚霞的孩子》《云在青天》《最美的手》和散文集《流落街头的青春》。

安全第一我知道

杨利方

呼啸的北风，吹舞着雪花，大地披上了银装。他没有感到一丝寒冷，脸上挂着的是暖暖的笑容。

他刚接到了一批订单，这可是真金白银啊，虽然时间有点紧，但这对他来说，小事一桩，他有的是办法。

他来到车间，作生产动员，并当场宣布计件费每件增加一元。工人们在他的激励下，摩拳擦掌，热情高涨。但寒冷的天气加上陈旧的厂房，使工人在操作时，速度和质量都受到了影响。为了保证质量，按时交货，他立即下令买回二十台取暖器，分放到生产车间。效果立竿见影，他很是满意。

第二天，安检员来到工厂，履行检查。

“老板，安全第一，不用我们说吧！”

“嗯，知道知道，我的所有家当都在这里了，要是安全出问题，那我就全完了。”

“你车间里到处都是易燃物，怎么能放置这么多取暖器？还有供电线路已严重超负荷，存在着重大安全隐患，一旦出事后果不堪设想！”

“这我还真没想到，谢谢你们提醒。”说着他掏出了两张超市卡，送给安检员。

“老板，你干什么？请收回去。别给我们制造安全隐患！”安检员见他送礼卡，一脸严肃地责备道。因为他们十分憎恨这种送礼求情的行为，这使得一些人见利忘义，放弃原则。从而造成安全事故，害人害己。

安检员的严肃认真，他只好尴尬地把卡收了回去。他本想给安检员送个礼说个情，取暖器让他再用两天，任务就完成了，而他一定会注意安全的。

见他磨磨蹭蹭、犹豫不定的样子，安检员严责道："请你一定要牢记安全第一！"

"谢谢！谢谢！我知道安全第一。你们这也是为我好，我马上拿掉，马上拿掉。"在安检员的严厉督促下，他只好叫来工人，把取暖器全部取走。

安检员再三叮嘱要注意安全后，离去。

"老板，这取暖器还放回去吗?"安检员一走，车间主任立即跑来请示。

寒风夹着雪花飞舞不停。他与车间主任来到了生产车间。

"我不能让真金白银就这样流失了，还有那买电热器花掉的钱。安全是重要，但也不至于用两天就出事吧！让工人们小心点就好了。"他想着说道，"取暖器都放回去吧，请大家一定要注意安全，小心点啊！"

傍晚，雪花仍不停地飞舞着。他开着空调，吹着暖气，品着美酒，想着真金白银再过两天就将入袋，乐滋滋的。

"铃铃铃，铃铃铃…"他的手机急促地响了起来，他放下酒杯，不急不慢拿了起来：

"喂。"

"老板，安检的又来啦！"

"啊！"

"主任，不好啦，车间起火了！啊！车间起火啦！"

一惊接一惊，他跌倒在了椅子上。

【作家简介】

杨利方，浙江杭州萧山人，中华精短文学学会会员，多篇作品刊登于省市报刊和文学网。曾在全国微小说比赛中获奖，在第二届"中华杯"全国文学创作大赛中荣获小说一等奖。

安全第一

宋俊泉

张放、张安兄弟俩，在县城一起创业打拼，创办了本地赫赫有名的民营企业“一鲜食品”。人们都说，“一鲜食品”的成功，哥哥张放的勇闯敢拼与弟弟的细心稳重，二者缺一不可。近些年由于兄弟二人经营理念不合，弟弟张安退出“一鲜食品”，另立门户创办了“永康食品”。并且兄弟俩早已暗中约定，三年后，谁对谁错，全凭企业效益说话。

为了实现利益最大化，张放不断扩大生产规模，缩减生产成本，经济效益一下子突飞猛进。张放得意于初战大捷的成果，一门心思盘算着怎么实现高产，怎么赚取大钱，如何迅速拉大与弟弟企业的差距，让自己的弟弟心服口服、“迷途知返”。

“企业发展，要有超前思维，不能拘泥于现有生产条件而畏缩不前，时间就是效益，时间就是金钱!”电视中，张放在分享自己的成功心得。

“听说，卫生、安全方面我们企业还有一些漏洞和不足，对此您怎么看?”记者一针见血地问道。

张放擦了擦额头上的汗，心中暗骂：“这个记者真是不长眼，哪壶不开提哪壶。”但仍然假装镇定自如地回答道：“干事业，我们不能前怕狼后怕虎，要知道，机会不等人的。企业发展的步伐迈得大了一些，难免会有一些地方滞后，跟不上来。但发展不能止步，对吧，企业有了效益，一切都不是问题嘛。”

由于不重视安全生产，百般敷衍应付各种安全检查，结果刚好到了兄弟俩约定的第三年，张放的企业就发生了重大火灾事故，损失十分惨重。

而弟弟张安则对安全生产十分重视，完全按照安全生产要求，认真做好每一个环节，经营三年来从没有发生过一起安全事故。

看着超市货架上琳琅满目的“永康食品”，哥哥张放几番心理斗争后，终于拨通了弟弟张安的电话：“安子，今天晚上我请你吃饭，听说你们厂安全生产抓得好，还编成了歌，今天你可得好好教教我。”

多年较劲的兄弟坐在了一起，几杯酒下肚，便互吐了衷肠。

“这些年，我走的是太快了，没重视安全生产，犯了大忌。如今落败，我心悦诚服，你这《安全第一歌》，我回去就在全厂普及。”

“哥，我佩服你勇闯直冲的魄力，实话实说，我虽行稳但也步缓，远不及你的地方太多了。不如我们再将企业合并一起，联手合作吧。”

“不！”张放斩钉截铁地说道，“你这是在怜悯弱者！再说就是合并也得是三年以后我们强强合作的事情。今天我要再跟你来个三年约定。这次咱们不比效益比安全！”

“比安全好，安全第一嘛！”弟弟张安十分认同地说道。

从不服输的张放哪里甘心就此落败，一杯烈酒下肚，他已然在心里落定了新“三年之约”的第一颗棋子，那就是一定要把安全生产作为企业的头等大事来抓。

【作家简介】

宋俊泉，笔名乐水之南，从中学时代即开始文学创作，先后在《散文诗世界》《文学月刊》《美塑》《金沙文化》等报纸杂志发表作品 120 余篇。著有诗集《雨落谁知》等。

学习提醒

龚远峰

张工喜欢写一些农药方面的小知识，比如怎样识别农药的有效期、喷施农药怎样注意安全等。张工农业大学毕业，又在农业部门待了多年，写这类文章全不费事，信手就可以拈来。

这天无事，张工有了写文章的兴趣，于是在桌前坐下来。思考了大约几分钟，张工拿起了笔，十几分钟后，一篇文章写完了。

几天后，文章在当地晚报田野风专栏刊出，文章很短，全文如下：

经常下乡，看到还有少数菜农施用3911农药，在此提醒菜农们，为了他人身体健康，请千万慎用3911农药。

3911是一种禁用农药，多被菜农在韭菜地里施放。原因是韭菜地里有一种韭蛆害虫，对韭菜生长危害严重。目前，允许杀韭蛆的农药价格偏高，而3911农药价格低廉，施放后还可使韭菜叶子长得宽大肥厚，因此被少数菜农偷偷使用。使用3911农药后的韭菜看起来粗壮茂盛，但是内部含有高浓度磷，食用后轻者慢性中毒，重者急性发作，危及生命。

李村有个叫李农的人，这人还年轻，才三十几岁，属于农村有点文化的人，平时喜欢读读书看看报。这天李农上街，买了一版晚报，随手一翻，就翻到了田野风版。立即，张工那篇文章吸引了李农。李农一口气读完了。读过，李农把报纸放好，回村了。

回到村里，李农把报纸拿了出来，见了一个人，就说你知道我们栽的韭菜为什么长不粗长不壮么，都摇头。李农见人家摇头，就说是因为没施3911农药，你看，报纸上说了，施3911可使韭菜长粗长壮。又说，我正为栽不好韭菜发愁呢，没想到这篇文章提醒了我。

大家听了，抢了报纸看了起来。看过，一起说不错，施 3911 农药可使韭菜长粗，我们赶快去买 3911 农药。也有人提出异议，这人说，报上说了，吃了 3911 农药的韭菜会使人中毒。李农听了，不屑地一笑。李农说哪种农药没毒，你不照样施，别人照样买了你施了农药的菜，也没听说谁中了毒。那人不说了，只笑。

过后，李农去买了 3911 农药，村里人也去买了。施药后，韭菜果然有了起色，十几天后，长得又粗又壮。

一个清早，李农和村里几个人割了韭菜，上街去卖。

这天，当地晚报刊登了一条消息，消息不长，全文如下：

本报讯，王记报道：近日，我市发生几起因食用施了农药的蔬菜而中毒事件，筷子巷一居民因中毒过深不治身亡。

据记者了解，事发这天早晨，筷子巷、竹椅街等居民均食用了一种长得粗壮的韭菜。食用后，一居民当时昏迷，在送往医院的途中不治身亡。其他居民出现程度不同的恶心、头晕等现象，现患者已被医院控制住病情，无生命危险。随后，记者走访了市农业局农药专家张工，他告诉记者，这些中毒的居民均吃了一种施用了 3911 农药的韭菜而中毒。3911 属于禁用农药，这种农药可使韭菜叶长得宽大肥厚，因此被许多菜农偷偷使用。食用这些韭菜后，轻者慢性中毒，重者急性发作。甚至危及生命。为此，张工提醒菜农们，为了他人的健康，请千万莫用 3911 农药。

【作家简介】

龚远峰，上海话剧艺术中心艺术室编导编辑。

半　夏

寇建斌

头秋，香芹给丈夫窦志民打电话，叫他回来收沙滩地里的南星，说苗旱死了，再不收就沤烂了。他不想回，说活儿正紧呢，你慢慢收吧。香芹不高兴了，抢白他，亏你说得出口，那是女人干的活儿么？你想累死我再找个是不？他说那就雇人干呗。香芹火更大了，你以为你是谁，包工头呀？一天工钱200块，雇得起？他被噎得够呛，只得请假回来。

当初种南星是他的主意，想的是地弱，种庄稼长不好，南星撒把籽就不用管了，赶上行市还能卖个大价钱。谁知，这玩意儿好种不好收。收的时候要先拔了秧子，耕地，然后把翻开的土一点一点过筛，筛出土里的南星豆豆。真的是土里刨食。干了半天，累得腰酸腿疼。更糟糕是南星长得太差，人家的个头像小土豆，他家的瘪瘦成羊粪蛋蛋。据说行情还不好，比往年相差一大截。他干着越发没劲。

二嘎从地头过，抓起一把南星瞅了瞅，问："你家不是种的南星么，咋成半夏了？"窦志民正没好气，以为是寒碜他地种得孬，就撵他，"眼叫马蜂叮了吧，哪儿凉快哪儿去，别拿爷们儿开心了。"二嘎瞪他一眼，"嗐，别狗咬吕洞宾不识好赖人啊。"一边说着，一边举着手里的南星神神秘秘凑近他，"这个头，这皮色，你要不说破，这不就是半夏么。知道不，半夏可比南星值钱多了，你小子瞎猫撞上个死耗子，赚大发啦！"看他一副呆愣相，二嘎捣他一拳，"一句惊醒了梦中人吧？我要不说，你懂个啥！赶快收吧，这可是金豆子呀。记着，卖了请我喝酒哇！"

阳光穿透云彩，打在筛好的南星堆上，给南星涂上了一层金光。

窦志民再看那些瘪瘦豆豆，哪里还是羊粪蛋蛋，可不就是金豆子么。二嘎已经走出老远了，他冲二嘎喊："回家好好洗手，这玩意儿毒性大!"村里过去有人家收了南星，孩子拿着玩耍，吃饭时没洗手，给毒死了。埋了孩子，孩子娘就疯了。这是村里人一件痛心事，都记得。二嘎回头喊："知道。别忘了请我喝酒!"他笑着骂："行，到时灌趴你臭小子!"

仿佛喝了罐红牛，他一下子浑身是劲，抓起筛子，拉开架势筛了起来。一时间尘土飞扬，狼烟四起。香芹被呛得赶紧捂嘴躲出老远，气得骂他，"人家逗逗你，还当真啦，撒啥疯!"

他浑身上下落满一层浮土，像个土驴，嘴还乐呵呵张着，露出一口白牙，"这叫一脚踢出个金元宝，能不高兴嘛，活该咱发财啦!"

香芹说："你还真听二嘎的，拿它当半夏卖呀?"

他说："能卖大价，为啥不呢。"

香芹说："这可不是一种药，吃坏了人咋办?"

他睃她一眼，"你是总理呀，想那么多有啥用，还怕钱多了扎手啊。再说，咱是卖给药材公司，又不是咱下药，吃坏了，也怪不着咱呀。"

香芹小声嘀咕，"我总觉得这事不合适。"

他就笑，"女人么，就是心眼小，等大把的票子换回来你就啥话也没啦。"

南星收晒完，马上用拖拉机拉到县城药材公司去卖。收货的问，"啥货?"他稳住心神，说："半夏呀。"收货的翻了翻，就让过称，果然没看出来。价格比预想的还高些，他心里高兴，跑到商场，有用的没用的买了一车斗。

事情弄完，他刚要回城，孩子病了，咳嗽呕吐不止。村里的医生看了，乡里的医生看了，县医院去了，吃药打针输液，折腾了个够，都不管用。孩子胆汁都吐出来了，还是止不住咳嗽呕吐，一张小脸蜡黄。两口子心焦，一遍遍求着医生，下跪的心都有了。会诊时，中医科来了位老大夫，把脉，看舌苔，开了副方子，说没大碍，吃下这副药就好了。他们拿着方子，千恩万谢。

到中药房开出药拿回家，解开药包要熬时，窦志民忽然发现一味药看着特别眼熟。他捏起一粒，举着看了半天，又叫来媳妇香芹看，“这是咱家的南星吧?”香芹说：“可不就是么。”他拿过药方，又仔细看了一遍，说：“方子上写的是半夏呀。”

两人立刻傻了眼，这药能吃吗?

【作家简介】

寇建斌，男，河北省作家协会会员，现供职于河北省安国市文广新局。在《青年文学》《上海文学》《长城》《莽原》等刊物发表中、短篇小说若干。曾获湖北省首届“屈原文学奖”、庄逢时海内外微文学奖等奖项。

姜大车和他的妻子

陶　弘

习惯早起的她，第二次习惯地把脑袋伸出窗户，又迅速缩了回来，呵！刚刚屋外还是个好天气，说变就变，突然飘起了牛毛细雨。今天是她夜班下来的第一个休息日，和火车司机的他难得聚在一起，她早想着好好给他做顿好吃的，虽然自己也上夜班，也辛苦，但比起火车司机的他来，她认为他更辛苦。更何况今天又是他们俩结婚十周年纪念日——“谁知道他会不会想起来。”她想道。“嘘，希望他能够记得。”她对着镜子傻傻地说。

看了看表，确实还早，她坐下来，用手拍了拍脸，不知咋的，左眼皮又开始跳了起来，这已经是好几次了。以前她从来都没有出现过这样的情况，听一些老人家说左眼皮跳是不祥的预兆，她非常担心会不会发生什么事。

“妈妈，妈妈，爸爸回来了吗？”这时八岁儿子也开始问妈妈找爸爸了，刚刚睁开眼睛，就在床上问着。“宝贝儿子今儿这么早醒了？是想爸爸了？”她亲了亲儿子。“妈妈，我梦见爸爸回来了。我叫了他，他把我抱起来然后把我抛得很高。哦，他手里还买了礼物呢。”

他是高考落榜后招工到了企业的。那时候，企业的福利好，更何况在江城是有名的大企业，而且待遇比当时的公务员还好，他本想继续复读后继续他的学业，无奈的是他是家里的老大，下面还有两个妹妹，固执的父亲硬是让他在那年参加企业的招工，当上了一名火车司机。

她是顶父亲的职才来到这里的，那年，她到单位才十八岁。那时，让她顶职，是她父亲的“开明”，因为在农村有个不成文“惯例”：一般由儿子顶职，等儿子退休后，再由儿子的儿子再顶职，这样无限循环着。女孩子很少顶职的，除非他家里都是女儿。何况她上有两个哥哥呢。

她是同一个集团公司里的另外一家单位的三班倒四班制工人，24 小之内由三批工人在轮流工作，前半夜的叫小夜班，后半夜的叫大夜班和白班并不固定，是交替的，每个班一星期上白班，然后是小夜班、大夜班，依此类推。

他所在的企业有着铁路特有的生产运行方式——两班倒。所以，他和她是比较难得聚在一起。好在他家就在江城，儿子有父母照顾着。但每到她夜班下来，她总会自己尽量把儿子接回家，自己照顾儿子。

在她心里，他是世界上最帅气的男人，虽然她不是非常迷人的那种。她和他谈恋爱那阵子，常常在集体宿舍把她拿手的红烧鱼烧好后给他送去，让他大饱口福。火车司机是自己崇拜的职业，那时一听到火车笛声，心里就甜丝丝的，就好像他在叫她一样。那时，她母亲是反对与他处对象的。两个倒班工人，以后怎么过日子，小孩谁带？她父亲说出了她的想法，说：干铁路的，有其独特的专业性，现在老说下岗什么的，火车司机不可能下岗。更何况，他师傅是个乘务指导司机，他师傅的师傅是现任的站长……可结婚后，现实远非梦想那样美好，和所有步入婚姻围城的人一样，原来的那些设想，都被现实生活淹没了。她越是这么想，越感到郁闷，心里就越是犯堵。你看看他，一回到家，除了睡觉还是睡觉，总感觉睡不醒似的。这在结婚以前吧，可以理解，但结婚后你作为男人还应该承担男人的责任啊。看看同事姐妹丈夫，不是当小领导就是在外兼职什么的，刘梅的丈夫、晓江的丈夫……嗨，哪个都比他强。罢了，罢了，还是希望他工作平平安安就好了。

“儿子，走，我们去买好吃的去。你爸爸八点钟交完班，应该快回来了。我们把菜买了，回家等爸爸。”

“好嘞，爸爸和我一样喜欢吃虾和红烧鱼，我们多买点。还有……妈妈今天再给我买个火车模型。”儿子高兴地说。

“家里那么多火车模型了，还买?”

“我是火车司机的儿子，我当然要多买点，下次我也要当火车司机。”她知道，儿子是受爸爸的耳濡目染。等她把菜买回家，已经是九点一刻了。到了家没看到爸爸，儿子问妈妈：“妈妈，爸爸是不是又加班了？中午再不回来，我就把大龙虾全吃了。”

“好，好，全吃了。但把妈妈的那份留给爸爸吧。”她摸了摸儿子的脑袋，甜蜜地笑着说。

“我知道妈妈总是替爸爸着想，我知道了，我还是吃我自己的那份就是了。”儿子似乎听懂了妈妈的话，大人似的说着。

“咦，怎么回事，还不回来。”她看了看表，嘀咕着。这时，十点的闹钟敲响了。她急着拨通了熟悉的手机号码，手机发出了：对不起，你所拨打的号码已关机。“关机？莫非有什么急事?”她知道厂里规定为了安全，除非特殊情况，一般上班作业时间不允许打手机。她再次习惯地走出家门，撞见三楼的毛嫂急匆匆地提着菜篮子回家，“听说厂里出事了。”

她听后一惊，她自然想到了他，急忙问：“是吗?”

毛嫂说：“好像是说司机没休息好，迷迷糊糊地冒进信号就出事啦。哎呀，咋就不好好休息呢?”

她额头上沁出一层细密的汗珠。因为就在他上班前，她遇到了点烦事，说了他几句不应该说的话。或许……她不敢往下想了，拖着两条发颤的腿，往家里回。儿子见妈妈换了个人似的，问：“妈妈，你怎么了?”

“没，没事。”她用双手擦了擦面部。她到房间里再次拨打他的手机，回复还是关机。

啊！他真的出事啦？她多希望这不是真的啊。

毛嫂说的那个事真的是他，她不敢往下想了。

“都是我不好，如果他上班前不和他说那些烦心事，他就不会……”她伤心得像祥林嫂一样自言自语道。

初恋中，就在他经常行驶过的铁道线上，他曾经非常实在地与她做了一次长谈。“‘好女不嫁乘务郎，三天两头守空房，有朝一日回家返，抱着一堆油衣裳。’是专门对我们火车司机说的顺口溜，你不怕吗?”

她回答：“我不怕，我喜欢你朴实认真，有爱心。”

铁道线两旁耸立的水杉树听见了他俩的对话，绽放着的牵牛花听完了缠绵细语，就在夜幕降临时，害羞地合上了嘴，无限延伸的钢轨见证了他俩的爱情路程，还有他俩脚下走过的熟悉的枕木、道砟……爱情在铁路专用线上延伸，延伸。

“都是我不好，如果他上班前不和他说那些烦心事，他就不会……”这使她想起就在前两天，她去上小夜班之前，她对他说，家里的事儿你也得干点。睡觉快成了你的“第二职业”了。说完，一甩手走了。

他感到这话中有话，叫住了她：“你等一下，我有话跟你说。”

他一脚门里，一脚门外，“什么事?”

“珍，好几天没见到你了，你是不是什么地方不舒服，有什么事你说嘛。”

她一脸冷淡，说：“说什么啊？你回家就睡，和谁说啊？上班忙，回到家不需要了吗?”她瞥了他一眼，“你到底图什么呀。”

她想着想着眼睛湿润了，泪珠开始流了下来。

“我不图什么，就希望企业发展快了，效益好起来，我们这个小家平平安安更和美啦。就在上个月，我们的铁路月运输量突破了一百万吨，创下了建厂以来的历史新纪录。你知道啊，自从我们铁路内燃化改造后，我自己也从蒸汽机车转到内燃机车，离不开你的支持，我在单位忙了，你在家里累，我也心疼，希望你理解。”

“我理解，也希望你理解。”说着上班去了。

他知道，他们之间的沟通少了。加上近期集团公司提出了要创一流企业的使命，开展对标达标活动，她所在的单位是集团公司第一批试点达标单位之一，她的工作没以前轻松了，压力也比以前大了。是的，他也应理解她。

她现在想想，比起那些整天不回家的男人来说，他还是个好丈夫，是一个好火车司机。要不，这小区里人人羡慕、家喻户晓的“和美家庭”，单位里的“安全包保优胜家庭”等也轮不到我们家啊。想到这些，她觉得自己也不是一个很合格的火车司机的妻子，应该给他更多的温暖和关爱。

“都是我不好，如果他上班前不和他说那些烦心事，他就不会……”她再次唠叨着，发出自己的“忏悔”。这时，她的手机响了起来，铃声是他和她最喜欢的歌曲《因为爱情》。

“珍，你打我电话，有事吗？刚刚站里有点急事，关机了。”

“怎么回事啊？小区里的人说你出事故了？能不急吗？”她焦急地问。

“什么？事故？没有啊。今天早晨是我防止了一起机车冒进事故，刚才领导还表扬我哩。”

“没有？是防止事故？哎，这毛嫂，真是毛毛的，害得我瞎想了半天，急死我了。你呀，也不早来个电话说一声。”

“刚才厂里开了个安全现场会，经理当场宣布了今年的‘安全包保优胜家庭’，我们家又上榜了。我们站长悄悄告诉我，我再次评上了‘安全标兵’呢。”

“好，那你忙吧。忙好了早点回家，我和儿子等你。”放下心来的她，终于舒了一口气，脸上露出了甜蜜的笑容，嘴里哼起了：“因为爱情，不会轻易悲伤，所以一切都是幸福的模样……”

刚刚到了家门口，儿子叫着：“妈妈，有客人。”

“珍嫂，厂工会主席祝贺来了。”屋里传来了技术站党支部书记的笑声。

工会主席握着珍的手说：“祝贺你啊。你们家的姜‘大车’今早又防止了一起事故，评上了厂安全标兵。同时，在第 18 轮家庭安全包保活动中实现了安全包保的责任承诺，再次荣获优胜家庭。我们想每个标兵背后都有个好‘后勤部长’和‘家庭政委’，我代表厂部感谢你，谢谢！来，这是荣誉证书和奖金。”

她脸色通红，不好意思地接过证书和奖金，心甜如蜜。

“咦，姜‘小车’小朋友，你爸爸怎么还没回家?”书记突然发现姜“大车”到现在还没回家，忙问起了他儿子姜“小车”。

这时，珍的手机来了短信，她看了一下，是姜“大车”发来的，内容:“亲，我差点忘记了今天的日子，晚点回，给你买礼物。”

“他去买点东西，晚点回。要不今天中午就在这里吃饭吧。”珍高兴之余不知如何是好。厂领导婉言谢绝。

“别买东西了，礼物已收到。”她回了短信。

“亲?”他有些搞不懂，也回复了。

“你平平安安回来，就是最好的礼物。”珍突然觉得，在这个特别的日子，自己的“大车”变得越来越愚钝起来。

“妈妈，你还不烧饭啊。我都饿了。”儿子的提醒才使她发现已快到中午吃饭时间。于是，乐呵呵地忙碌着犒劳“大车”回家和结婚纪念日的“家宴”。

【作家简介】

陶弘，男，笔名桃子、陈之。1965 年生于浙江省金华县，自幼生活在陶渊明曾经隐居过的汤溪九峰山脚陶寺村。目前，供职于浙江巨化集团有限公司物流中心，浙江衢州市作家协会会员。学于化工机械和物流管理，却偏好文字，于企业从事文字工作多年，作品先后发表在《检察日报》《中国安全生产报》《浙江小小说》《现代物流报》《杂文选刊》等报刊。

婆婆的安全意识

李良旭

婆婆80多岁了，退休后，婆婆主动给居民楼义务开电梯。社区负责人许阿姨激动地说道："这下28幢的电梯安全我就放心了！"

每天，婆婆坐在电梯里的一个小凳子上，为上下楼的居民开电梯。不知不觉，这一开，就是20多年。20多年了，这幢居民楼里，每家有几口人，都在哪上班，小孩在哪上学，经常都有什么人探访，她都知道得一清二楚。

自从婆婆义务为居民开电梯后，这幢楼几乎就没有发生过电梯被卡和居民家中被盗事件。大伙说，老婆婆就像一尊保护神，给大家带来了平安和幸福。

一天，家住二楼的年轻女孩子小艾一脸忧郁地进了电梯，说了句："29层。"婆婆发现小姑娘情绪有点不对头，脸上还有泪痕，就没有按开关，而是和颜悦色地和小姑娘拉起了家常。

这一拉不要紧，婆婆吃了一惊，原来小姑娘恋爱了，而且爱得很深，可是，小伙子却移情别恋，不再爱她了。小姑娘一时想不开，想从这29层跳下去。

婆婆赶紧将小姑娘拉到自己家里，给她倒了一杯茶，然后拉住她的手，给她讲了一个故事。她说，很久以前，一个和你一般大的姑娘，她爱上了一个男孩。没想到，那男孩最后却爱上了另外一个女孩子。当小姑娘知道事情真相后大哭一场，于是，她就想结束自己的生命。这时，一对老夫妻和蔼地对她说道，孩子，那个负心人离你而去，说明他根本不值得你爱，往前看，一定会有一个好小伙子在那翘首以待等着你，与你共享人生的美好和幸福。

小姑娘听了，擦去脸上的泪痕，问道："您认识那个小姑娘吗？"

婆婆笑道："我就是当年那个小姑娘啊！后来，我认识了现在的老张，他很爱我，我俩恩恩爱爱地走过60多年，我们还要继续爱下去呢。"

婆婆的一席话，令小姑娘破涕而笑，她走上前去，紧紧地拥抱着婆婆，嘴里不停地呢喃道："谢谢您，老婆婆！"

一天，有两个小青年贼眉鼠眼地进了电梯。他俩一进电梯就愣住了，没想到这里面坐着个老婆婆，俩人的脸上立刻露出不自然的神情。这一切没有逃过婆婆的眼睛，她紧紧盯着俩人问道："你们到哪家去？"俩人吞吞吐吐地，一个说到18层找王老板，另一个说到22层找包工头老陈。婆婆顿时就看出了几分端倪，她严肃地说道："这栋楼里没有你们要找的这两个人。"可这俩人就要上去，婆婆把手放在警报器的按钮上，威严地说道："你们要硬闯，我就报警了。"

婆婆义正词严的一句话，将俩人给怔住了。俩人面面相觑，快快地走了。身后传来婆婆轻蔑的冷笑："小样，跟我耍小聪明，你们还嫩了点。"

一次，正值早上上班、上学高峰期，电梯里的人一下子超重了，警报器发出"嘟嘟"的响声。婆婆指着一个大胖子说道："你先出去，就你太重了。"

有人在旁边小声地嘀咕道："他是局长，怎么能让他下去呢？让门口那小孩下去吧！"

婆婆把脸一沉，说道："局长怎么啦？这里面的人就他重，他一个人要抵几个小孩呢，他不下谁下？"

大胖子尴尬地笑道："婆婆说得对，我下！我下！"

……

在电梯的按钮中，婆婆找到了退休生活的幸福和快乐，她仿佛坐上了幸福快车，阅尽人间无限春光。

【作家简介】

李良旭，系《读者》《青年文摘》《意林》《格言》《特别关注》

《思维与智慧》《百花园》《微型小说选刊》《美国心灵鸡汤出版公司》等60多家媒体签约作家。从事文学创作30多年，已发表800多万字的文学作品，有多篇文章在全国文学大奖赛上获奖。先后出版了《一株麦穗的尖锐和辽阔》《别在吃苦的年纪选择安逸》《为一只蚂蚁引路》《看见自己绚丽的影子》等多部作品。

童心的呼唤

顿先海

建筑公司的老板郭五，在城里承包了一项十一层高的办公大楼工程。为加快施工进度，确保按时交工，便从乡下零散的建筑队新招一批工人。正式开工这天，郭五召集全体员工，进行了长达一个多小时的动员讲话，重点强调了安全生产，并在施工现场的入口处竖立起几块醒目标牌，提示工人们时刻注意劳动安全。

可是这些新工人对郭五讲的、标牌上写的根本不在乎，进入工作现场，不穿工作服，不戴安全帽的现象时有发生。针对这种情况，郭五又制定了处罚措施，但收效甚微。有一次，郭五到施工现场巡查，竟发现一个胖子工人不仅不戴安全帽，而且光着膀子，穿着大裤衩在操作。当场对他进行严厉批评，谁知胖子满不在乎："老板，天热，在农村老家这样干活习惯了，从来都没出过事。"恼得郭五第二天就让胖子卷铺盖走人。本想开除了胖子，就可以起到杀一儆百的作用，谁知还是有一些人毫无畏惧，仍然我行我素。前几天安监部门来工地检查，针对这一问题给郭五下了通报批评，责令限期整改，并处以罚款。把郭五气得真想把这批工人都辞退，可眼下正是"民工荒"，如果辞了，去哪再招这么多人，而且还有工期赶着。为这事把郭五愁得吃饭不香，睡觉不着，头都大啦。

这天晚上，郭五心里实在烦，就约在学校当教师的老同学高六一起喝两杯。酒桌上，郭五便把自己的苦水倒了出来，以借酒消愁，谁知高六听了之后竟当场表态："老同学，请放宽心，这事我帮你解决。"

郭五转愁为喜，急问："是什么灵丹妙法?"可高六却故意卖关子："天机不可泄露。"

时过两天郭五到工地上巡查，呈现他面前的却是另番景象：工人们个个头戴安全帽，身穿工作服，干活都按要求，守规矩。喜得他忙打电话问高六用的啥高招，高六回答："你到工地大门口的标牌下仔细看看就知道了，我用的是童心呼唤法。"

郭五进工地时没注意，赶忙前去一瞧，只见标牌下面贴着一张《公开信》。信上是这样写的：

"各位伯伯叔叔，你们离家到城里打工，是为了孝敬年迈的父母和抚养年幼的孩子，想努力改善和提升家里的生活水平和生活质量。但你们也不能只顾挣钱，不拿安全当回事，对公司的各项规章制度置之不理，那样是很危险的。我们班一位同学的父亲，在建筑工地的脚手架上由于不戴安全帽，被上面忽然掉下来的砖块砸成了重伤，给家庭带来了深重的灾难。你们都是家里的顶梁柱，支撑着一个家，一旦忽视安全出了事故，老人们咋办？你们家正在上学的孩子怎样继续读书……

伯伯叔叔，请你们一定要记住：安全是家庭幸福的保证，事故是人生悲剧的根源，安全第一，千万不可麻痹大意。

××小学五年级二班全体同学"

郭五读完激动得给高六打电话："老同学，你太有才啦，我要把这封《公开信》制成大版面，悬挂在工地大门口和以后的每个工地上，让这童心的呼唤作为安全警示教育的长鸣钟！"

【作家简介】

顿先海，河南省民间文艺家协会会员，郑州小小说学会会员，商丘市作家协会会员。曾在《啄木鸟》《民间文学》《故事会》《民间故事》《故事家》《故事世界》《故事林》《百姓故事》《今古传奇故事版》《三月三》等多家报刊发表小小说、故事、散文和曲艺等作品200余篇。

呼庆法安全小小说二题

呼庆法

炫富

早上，阿赖还在梦乡，便被一阵急促的敲门声给震醒了。他迷迷糊糊地打开门，只见马四一脑门子的热汗，急促地嚷嚷道："翻塘了，翻塘了……"

见阿赖还没清醒过来，马四就火了，怒冲冲地吼道："你家养的鱼翻塘了！还不快去看看！"阿赖一惊，长裤都没顾上穿，就和马四向鱼塘飞奔，老远就看见鱼塘里白花花地浮满了一片死鱼。

村主任德贵早在那里，脸色铁青地瞅了阿赖一眼说："你这次够狠，是让我蹲大狱啊！"

阿赖怯怯地说："怎么会这样！昨天取水口我明明都封得严严实实的？"

村主任说："赶快让马四帮你把池塘里的死鱼给清理、掩埋了。"

阿赖哭丧着说："我塘子里近万斤鱼呢！"

村主任狠狠地说："损失算我的，注意别走漏了风声。"

村主任把马四叫到一边，安排启动化工厂的污水过滤系统，加快用清水泵对河道的冲洗。

阿赖在村边的河口养鱼已经有十几年了，生活也算富足。自从村主任德贵在河口上游开建化工厂后，河水就受到了污染，村民对此怨气很大。有几次还在河边死过饮水的牲畜，村民就集体到县政府上访。后来，在环保局的监督下，德贵的化工厂才上了污水过滤系统，可他为了降低生产成本，经常利用晚上的时间关掉过滤系统，偷偷排污。

以前，阿赖家的鱼塘也有过小面积死鱼，都让德贵给抹平了，这次可是灭顶之灾啊！阿赖一边清理死鱼，一边叹息。

时近中午，突然传来一片警笛声，就有警车、环保监测车停在了德贵的化工厂前，很快厂子就被封停了。原来阿赖家死鱼的事，早在微信圈上传开了，有图有真相，说死了五六万斤鱼。更让人恐慌的是微信上越传越离谱，说部分死鱼已经流入水产市场。这下引起了县领导的高度重视，县长对此亲笔批示，要从严查处。

德贵很快被控制了起来。为了平息事态，微信最早的发布者，很快也被警察锁定，原来是阿赖上初中的儿子阿小赖。

阿小赖战战兢兢地被警察传去问话，便一股脑儿地把事情原委交代了个清楚。

原来，阿小赖的同班同学牛小胖在微信上炫富，说他家的宝马车被追尾了，他老爸眼都没眨，就换了台大奔轿车，还把撞坏的宝马轿车和崭新大奔一起拍图发了朋友圈。阿小赖不服气，说他家的鱼塘经常被化工厂的污水污染，一死就是上千斤的鱼，他老爸也是没眨眼，就清理掩埋了。

牛小胖说阿小赖就会吹牛，没图片没真相，编瞎话骗鬼啊！

阿小赖憋了一肚子的气，就利用晚上阿赖回家吃饭的间隔，偷偷跑到鱼塘，在取水口上挖了个豁口。晚上，化工厂的污水就都流进了阿赖家鱼塘。

阿小赖早上上学，见翻了一塘子的鱼，兴高采烈地用手机拍了几张照片，发在了朋友圈，并写了说明："鱼死了五六万斤，老爸眼都不眨，这是土豪的节奏吗！"

警察在弄清真相后，有点哭笑不得，鉴于阿小赖年纪尚小，仅做了批评教育。

倒是德贵被警车带走后，就因环境污染被起诉了，后来法院不但判他赔偿了阿赖的经济损失，那厂子也被彻底关停了。村里人都说阿赖和阿小赖为民办了件实事，还了村里人碧水蓝天。

做局

王庄煤矿是县办大矿，又是纳税大户，所以在这次全省安全达标联合检查中，县安监局早早就打了招呼，让王庄煤矿把工作做实点，做细点，千万别有纰漏。

王庄煤矿矿长王大哈听说很有点背景，早年家穷，书没读几年，便到社会上浪迹，做了些不三不四的生意，结识了一帮狐朋狗友，后来，就发迹啦。这年头，发财的就都成了社会名流，王大哈也不例外地成了明星企业家。

说实在的，王庄煤矿在安全管理工作方面存在着很多漏洞，这几年，连续出了几次事故，被封停和整改过几回，都让王大哈给抹平了。

这次，安平被局里安排随省安全达标联合检查组到王庄煤矿检查，在检查中发现很多地方都存在安全隐患。安检组组长很生气，当场召开了现场整改会，并让矿上安全第一责任人签订整改责任书，王大哈作为矿长，自然是第一责任人。陪同检查的安全矿长说："王矿长老舅昨天出车祸了，本来说今天要回来的，不想老舅伤得很重，医生让转院，就给耽搁了。"

无奈，安检组就整改工作，只好让主管安全工作的矿长签了责任书并尽快拿出整改举措。

县安监局，自然应该做好监督监管工作，为此监督责任人后面应该由局长签名，但局长今天有事没来，作为县安监局的一名职员，安平只好代签了。

省安检组离矿要到下站检查，就在车子开动的瞬间，在安平不经意的回眸中，忽然看到了王大哈低矮臃肥的身影，在眼前一闪，便消失在安平木然的神情中。

后来，安平又到王庄煤矿去下过几次安全整改通知。有次，王大哈和安平谈及省安全达标联合检查组来矿的事。

安平说："那天你在矿上，咋不出面。"

王大哈说："安全这工作，还不都是虚的，矿上要的是产量，县里要的是效益，让我汇报，我懂个啥。按安全组的整改来，那不是白往矿坑里砸钱吗?"王大哈很激愤。

停顿了一下，王大哈又说："那次，我不出面，检查出问题来，不就好有个推辞吗？我是安全第一责任人，让我签字，我傻啊！出了人命还不端了我的窝!"

"怎么——我这主意做的还到位吧！——哈哈——"

在王大哈得意而龌龊的笑声中，安平忽然觉得那天监督责任人由自己替局长签字，也颇像一个"做局"。

惊悸中安平隐隐地预感到，正有黑色的矿难向王庄煤矿这方阴森森地袭来。

【作家简介】

呼庆法，男，1975 年生，河南省小小说学会会员，有诗歌、小小说、散文 500 余篇刊发于《中国矿业报》《中国安全生产报》《检察日报》《做人与处事》《草地》《吐鲁番》《剑南文学》《微型小说选刊》《小小说大世界》《金山》《小说月刊》等 200 余家报纸杂志上。

为了美丽

潘华阳

一早到车间就见女工们扎堆。班长就在旁探虚实。

她们在争抢着看《晨报》。“好痛哟，要在头骨上打那么多孔！”她们异口同声惊叫起来。

班长瞅一眼那大标题：《颅骨上凿孔，女青工再造头皮》。他昨夜在网上就知道了这报道，但还不知用什么主题来教育这帮一天嘻嘻哈哈喜欢打扮爱美的女生，这不机会就来了吗？

“医生说像是在石板上打坑，才能长出肉芽，才能植皮，也够惨的！”

另一个抢答说：“为了美丽有什么办法，女人没有头发不是变成了‘光头党’？”而平时安全帽戴得最不规范的王美丽则说：“早知有现在，何必有当初。报上说还只能用自己身上的皮来植皮，遗憾的是再也长不起毛了，真恐怖！”

大家顿时一言不发，因为王美丽道出了报道的核心：医生挽救了她的生命，却无力挽回她的美丽。

开班前会了，班长提高了嗓门儿说：“今天的班前会的主题是《为了美丽》。我先检查女同胞的着装是否规范：王美丽，你看你总是把刘海露在帽外，请你立即装进帽内，没有谁说你不美丽；刘亚丽，你看你的脖子上还系着纱巾，你不怕车床上的工件和你‘亲密接触’？赵得美，请你取下项链和耳环，安全制度上说上班不能有这类佩戴物，把形式美放到下班展示也许正美！”

一席话把平时开会总叽叽喳喳的女同胞培训得口服心服。班长又说：“今天的报纸我也看了，我的体会是：唇齿相依，没有了安全，还有美丽？再说，着装也是一个团队战斗力的充分表现。听祖辈说：国民党反动派军队之所以被打败，就是因为‘歪戴帽子斜穿衣’，所以，为了保证我们团队的战斗力，为了加深你们的讨论结果，为了美丽，我对刚才点名的几位违章者按安全制度考核……”

作为有“护花使者”之名的男同胞则都说：“可——以”，女同胞都面面相觑——“为了美丽？”

【作家简介】

潘华阳，男，大学文化。1968年至退休前在本厂（重庆庆铃汽车底盘部品有限公司）工作，历任工人、技术员、检验计量科副科长、车间副主任，经济师。曾在《重庆晚报》《机电安全》等上发表《恩爱感天金竹女》《大爱无边涂山女》《安全生产的非理性思考》等几十余篇散文、诗歌，很多征文曾获一、二、三等奖。

甜蜜的陷阱

李作昕

表哥刘涛在老家小镇上经营着一家饭店，由于整个大环境经济不景气，表哥的饭店也每况愈下，有时候一天都难有买卖，表哥为此头痛不已，毕竟两个双胞胎女儿正读大学，家里老人年老体弱，经常住院，家里需要钱的地方多的是。

从今年春天开始，表哥刘涛迷恋上了彩票，偶尔也中小奖，但总体算下来，赔了一万多元；表哥常想也许机缘不到，万一中了大奖，中个千万元巨奖，那可是啥也不用干了，几辈子都花不完。表哥常常念叨互联网名人马云常说的话：人要有梦想，万一实现了呢。表哥经常幻想着自己买彩票中了大奖，还为中了大奖怎么花费奖金美美地盘算着。

有一天，表哥刘涛的网易邮箱里收到了一个 QQ 号码发来的邮件，对方的昵称是“珠峰雪莲花”，对方给表哥推荐了 100 个 3D 单选号码，告诉表哥花费 200 元，100 注全买了，一定能中 1040 元。表哥不认识对方，也不了解对方是男是女，将信将疑，没有把对方推荐彩票号码的事放心上。可第二天，表哥发现前一天晚上的 3D 开奖号码 158 竟然在“珠峰雪莲花”推荐的 100 个号码之内。又过了几天，“珠峰雪莲花”又给表哥发来了 100 个号码，希望表哥抓住机会，倍投发大财，“珠峰雪莲花”在邮件里告诉表哥有人倍投 100 倍，结果中 3D 奖金十万多元。表哥觉得“珠峰雪莲花”说得似乎有道理，加之上次对方推荐得很准，表哥打算小试牛刀，表哥拿出 1000 元，到福彩投注站按照“珠峰雪莲花”推荐的 100 注单选，倍投 5 倍。第二天 3D 开奖号码 680，果然在“珠峰雪莲花”推荐的 100 注单选之内，结果是表哥中奖 5200 元，表哥乐得像个小孩子得到了仰慕已久的玩具那样，兴奋不已。

这之后，表哥赶紧把喜讯通知了网友“珠峰雪莲花”，主动加上了对方的QQ，通过QQ聊天，表哥发现对方是一妙龄美女，声音甜美，面容姣好。由于饭店经济不景气，空闲时间又多，表哥总是找时间同“珠峰雪莲花”聊几句，套套近乎，希望对方快点推荐号码。可是“珠峰雪莲花”告诉他，他们是一个团队，靠这个吃饭，是收费的，费用是每次10000元，如若不成功，所交费用全部退还。考虑到刚中了5200元，再中了，那不就发财了吗，表哥答应了对方，通过网银给对方提供的银行账号打过去了10000元。

表哥刘涛知道老婆有两万元现金，原打算买首饰的，一直舍不得买，在家里藏着，表哥知道钱放哪里了，他打算先花了再说，中了奖，连本加息一块还给老婆，给老婆一个惊喜。可是，事与愿违，结果第二天彩票出的号码314，不在“珠峰雪莲花”推荐的100个号码里，表哥刘涛把老婆买首饰的两万元赔得精光，自己中十万多元奖金的梦想彻底泡汤了，表哥当场就气晕了。

表哥到银行去取自己银行卡里的钱，结果卡里剩余的五万多元钱不翼而飞。原来，表哥和“珠峰雪莲花”网聊时，在给“珠峰雪莲花”用网银打款的时候，贸然使用了对方发过来的链接登陆自己的银行账户，“珠峰雪莲花”在表哥不知情的情况下窃取了表哥的银行卡密码。紧接着，骗子很快取走了表哥银行卡里的钱，只剩下223元的零头。

表哥立马报了案，骗子终究是被逮住了，骗子是几个连高中都没有毕业的社会上的小混混，但是表哥一家的几万元早被骗子挥霍一空。原来，骗子把1000个号码，分成每100个一组，共分成10组，分别发给10个人，第二天，他们通过检索知道发给谁的号码里有中奖号码，会继续和对方保持联系，依此类推；骗子正是通过海量群发短信，瞎猫碰死耗子，蒙蔽不明真相的彩民，设计连环套，结果还真套住了不少相信彩票预测、心怀贪念的人。

【作家简介】

李作昕，男，1968年生，教师，笔名本末，《读者》杂志签约作家，著有《心灵的暖春》等。

安琪儿

钟志红

星期天与姑娘邂逅在街头，她唱着从远方飞来的流行曲，身着流行的荷红丝裙，似从泉水叮咚处飘出的风，如一株默默莞尔的含羞草——我不禁嘀咕，好一位安琪儿……

星期一与姑娘在厂门相遇，她骑的自行车那车铃声，让我想到水淋淋的葡萄串。只是她飘逸如春柳的秀发，被委屈地卷在通红的安全帽中——我的心底瞬间掠过一阵苦涩。

星期三与姑娘在机房相聚，她两颊涨红、丹凤眼瞪如明灯，正与一位两鬓染银的师傅争执，从她口中蹦出的《安全条例》《操作手册》正是一颗颗动词，配合她不雅的手舞足蹈。我叹息，唉！

星期四与姑娘在会议室同坐，听领导说她避免了两次安全事故给予奖励，我悄悄窥视身旁的她，耷着个头、爬上脖颈的红晕如一枚小红椒……

星期五我俩在下班的路上同行，她那血青色蝉翼式西装套裙从工作服中解放，我感到那淡黄色刺绣衬衣暗香的浮动。彼此偶尔对视，她那一个星期来雷达扫描的眼睛，开始流泻出脉脉柔光——呵，她还是一位可爱的安琪儿……

【作家简介】

钟志红，籍贯四川，出生于20世纪60年代中期。1985年以来，先后在数百家国内外报刊发表小说、报告文学、散文、诗歌、杂文等千余篇，创作百万余字，获各奖项百余件（次）。

安全不会下班

张庆忠

安监局张局长吃晚饭时一直在考虑一个问题：为什么盛康小学的建筑商李经理今天上午在例行检查时闪烁其词，答非所问，还准备了厚礼？虽然一口回绝了其“好意”，可自己总感觉他在掩盖什么。安全无小事，自己时时在提醒自己。因为自己心里一直装着这个问题，以至于妻子说话他都没听进去。“魔怔了吗？自从回来就魂不守舍！”妻子责怪道。

张局长通过窗子，看了看灯光摇曳的夜景，拨通了小高和老齐的电话。他们一听说去检查盛康小学，一百个不乐意。想想也是，这么晚了早都下班了，再说上午刚检查了，没问题。张局长非常严厉，安全不会下班，马上去。两人不敢怠慢，火速赶去。

工地上机器轰鸣，塔吊旋转着，一片繁忙景象，工人们来来往往，干得热火朝天。从表面上看没什么异常。这是他们的第一感觉。刚进入工地恰好碰上李经理。李经理一看张局长三人突然到来，脸上露出让人难以觉察的恐慌。这表情一晃而过，可仍然被张局长捕捉到了，他看了看小高和老齐。他们两个一脸茫然，没什么表情，没看到李经理表情的变化。张局长知道李经理不愧是“老江湖”，处变不惊。张局长也知道李经理一定有鬼，必须把鬼揪出来，否则会留下安全隐患。

李经理陪着张局长三人一项项检查，嘴里不停嘟囔，说上午刚检查了，没什么问题。张局长权当没听见，继续检查。等检查完了，建筑工地也快下班了。张局长很纳闷，没发现任何问题。平时不抽烟的他点上了一支烟，呛得直咳嗽。可他的大脑没闲着，高速运转着，仔细梳理检查的方方面面。突然，他意识到了问题所在，示意小高和老齐再一次去检查。小高和老齐也意识到了问题的严重性，一块跟了上去。等走到浇筑混凝土的地方，李经理脸都白了，一个劲拉张局长去吃夜宵。张局长甩开了李经理的手，过去仔细检查。混凝土没什么问题，钢筋也没什么问题。问题到底出在什么地方?张局长一遍遍问。他看到两个工人有意识地站在钢筋那儿，就又走过去。张局长终于发现了问题，钢筋的质量和拉伸都没问题，就是少了16根。人们检查的一般是钢筋的质量，压根想不到数量出问题。上午检查完了，工地上趁着混凝土没凝固又抽出了16根。如今钢筋价格一路飙升，为节省成本，李经理昧着良心在偷工减料。

看到张局长发现了问题，李经理一个劲赔不是，好话说了一箩筐，并偷偷拿出三张卡硬塞给他们。张局长丝毫不为所动，严词谢绝，立即把问题反映给了市里，并让小高下通知，让辖区内所有建筑工地立即停工，并连夜召开安全专题会议。

会议结束时，东方的天空已放亮。新的一天在忙忙碌碌中开始了。

张局长三个踏着曙光，走下台阶。他们虽然很疲惫，可心情很好。张局长想着怎样去安慰妻子，轻笑了两声。

三个人看了看微微曙光，相互对望了一眼，异口同声说了一句："安全永不会下班!"

【作家简介】

张庆忠，男，现就职于东营区龙居镇教育办公室，从2011年开始发表作品，迄今为止已发表作品350多篇，获得各类奖项150多个。

重回起点

屈国杰

周末的下午，大军在马路边的一个水果摊处，看到一个熟悉的身影，与此同时，那个人也看见了大军，虽然他与大军打招呼还算热情，但表情稍显尴尬，一丝羞愧明显写在脸上。

卖水果的男子叫二狗，与大军不仅是发小，两人在老家上学时还是同班同学。十几年前，大军警校毕业后在派出所当片警，二狗高考落榜后，也从农村来到城里，一时找不到好的门路，就在大军的辖区内摆个水果摊维持生计。那时的二狗，不仅有着农村人特有的淳朴和善良，待人也十分热情，又能扑下身子吃苦，生意慢慢就红火了起来，没过几年，就赚到了第一桶金，算是在市里落下了脚。

二狗凭着生意人的精明和眼光，在房价上涨前买了处房子，开了一家个体旅社。旅社的各项安全工作由派出所管理，大军经常到二狗那检查指导。出于职业的习惯，大军讲得最多的就是安全问题，从防火防盗，到身份证实名登记，每一次，二狗都是言听计从，对发现的问题及时整改，不敢有任何马虎。由于安全到位，二狗的生意做得顺风顺水，店虽小却是客人爆满。

后来，二狗不满足现状，投入全部的积蓄，又借贷一些钱，将房子改造扩建，打算大干一场，开一家像样的快捷宾馆。当时，大军就提醒他，要到消防、安监等部门备案，在施工时将安全设施同时设计、同时施工、同时使用。但那时的二狗，却听不进大军的忠告。在商海中摸爬滚打这么些年，二狗从一个农村来的穷小子变成了一个店老板，也算见过一些世面了。不知从什么时候起，大军发现二狗的生意是越干越大，但人也越来越大胆和“圆滑”，以前那个小心翼翼、把安全放在第一位的二狗已经不见了，变成了一个财迷心窍，一心只想着怎么赚大钱的奸商！

难道人一有钱都是这样吗？大军的心里隐隐有了一些不安。二狗的宾馆建成后，大军没有顾及情面，会同消防、安监等部门到宾馆检查，发现消防通道、用电线路、消防器材都存在问题，大军毫不客气地向二狗下了停业整改通知书。二狗心里很不愉快，认为大军有意为难自己，不仅不放在心上，还阳奉阴违，一拖再拖，偷偷摸摸擅自营业，直到那天晚上一把火将宾馆烧得面目全非……

万幸的是，由于消防官兵扑救及时，火灾没有造成人员伤亡。但“城门失火，殃及池鱼”，二狗的宾馆被烧毁，相邻的房屋建筑也受到不同程度的损坏。一场大火让二狗多年的努力付之一炬，还让他欠下了一屁股债！

无奈之下，二狗重操旧业，又在路边摆起了水果摊，生活重新回到了起点！

【作家简介】

屈国杰，中华诗词学会会员，河南省商丘市作家协会会员。所创作的小小说、山东快书、三字经等文艺作品在各级征文活动中多次获奖，2017 年获南京老山集团征文一等奖、山东省比德文杯“文明出行”征文一等奖等各类奖项数十个。

必然回报

厉周吉

打开教室门的一瞬，张老师感觉一股煦暖的热气扑面而来。天气骤然转寒，感冒的学生特别多。好在教室里的暖气已经开通三天，温度上来了，这样学生在教室里学习就舒服多了。

他在教室里认真查看了一圈，灯棍、门窗、桌椅、玻璃，每一个细节都不放过。三年级的孩子，格外调皮，稍有不慎就容易出现安全问题。等他确信没有任何问题后，又开始准备教具，等待学生到校。

每天第一个到教室早早地打开门，检查教室里的安全问题，等待学生入校，是张老师多年以来养成的习惯，转眼间，这个习惯已经保持了近20年。

七点半以后，学生们陆续来到教室，天气寒冷，多数学生的小脸被冻得红扑扑的。十多分钟，学生们基本来齐了，只有三名同学没有到校，一名同学的家长已经通过微信给孩子请了假。孙昭明昨天就有感冒症状，今天估计是因为感冒加重的原因没来学校。张雯雯前天因为感冒请了假，应该是还没好。

等安排好孩子开始晨读，他给孙昭明的妈妈打电话，果然是感冒加重了，他妈妈因为和他在医院里打针，一忙碌，忘记了请假。解释完之后，她急忙向老师道歉，张老师赶紧表示没关系，并告诉她好好给孩子治病。

打完电话，张老师检查了一圈学生读书情况，他决定再了解一下张雯雯的情况。张雯雯前天请了假，回家治病，昨天他通过电话了解过，医生说一般需要打三天的针。像这种情况，一般不需要再打电话落实了，但是他觉得还是打一个更稳妥。

拨打张雯雯妈妈的手机，手机响了，但一直没人接听。他接着拨打张雯雯爸爸的，手机响了，同样没人接听。

因为和家长联系很多，对张雯雯父母的情况，张老师很熟悉，按说这个时候，他们不应该还在睡觉。他再次拨打张雯雯父母的电话，同样都没人接听。

那到底是什么原因都不接电话呢？不行，我得亲自去她们家看看。这时上第一节课的语文教师已经在教室外面等着了，教室里的学生他可以放心地交给任课老师了。

张老师简单地安排了一下，请了假，就驱车快速朝张雯雯家赶去。

张雯雯父母在城郊种菜，为了方便干活，他们在菜园边盖了几间小屋，平日就生活在这里。

屋门紧闭。张老师敲门，没有反应，使劲拍门，里面传来微弱的应答声，张老师一脚把门踹开，屋子里扑来一股浓浓的煤气味，张雯雯的爸爸趴在地上，张雯雯和她的妈妈躺在床上，看来，他们一家应该是煤气中毒了，张老师急忙打开窗子，并拨打了急救电话。

经过治疗，他们一家人都平安无事了，医生说，多亏发现及时，要是再晚几个小时，即便没有生命危险也会留下后遗症。

事后，张雯雯一家非常感激张老师，说什么也要向学校汇报张老师的事迹，但是因为张老师一再拒绝，他们最终还是没有向学校汇报。但是张雯雯妈妈在自己的微信上发了一条朋友圈，朋友圈的题目是：教师一个电话，救我三口性命。

这条朋友圈转眼转发过万，张老师的事迹在社会上引起了强烈的反响，当然，学校和教育主管部门也很快都知道了。为此，张老师受到了县里和市里的好多表彰。因为这些表彰，张老师在竞争激烈的职称评选中突出重围，多年没有解决的职称问题得以顺利晋升。

对张老师的成功，有人说纯属偶然，也有人说这不是偶然，而是生活对他多年来工作严谨细致、高度重视安全的必然回报。

【作家简介】

厉周吉，男，1972 年生，山东省莒县人。莒县实验高中语文教师，山东省作家协会会员。50 余万字作品散见于《山东文学》《四川文学》《佛山文艺》等 200 多种报刊，作品被《小小说选刊》《微型小说选刊》《意林》《特别关注》《青年博览》等 100 多家报刊转载，主编过《都市新职业》《都市新人类》《都市新趋势》等图书 20 余本，出版过小小说集《最时尚的猪》《呼啸而过》《特殊的考试》《开在废墟上的花》《泪光里的微笑》《爱是梦想的翅膀》等 11 本。曾获刘勰文艺奖、日照文艺奖等多种综合性文艺奖项。

母亲的姿势

吴志强

这是一个真实的故事。

他们就住在一套用木板隔成的两层商铺里，底楼是店铺，阁楼供住宿。母亲半夜起床上厕所，突然闻到一股浓浓的烟味，便意识到家中出事了，不禁尖叫起来。丈夫从梦中惊醒，楼下已是一片火海，全家两个女儿三个儿子以及两位雇工都被围困在大火中。

孩子们被叫醒后，个个如受惊的小兔子，逐一聚拢到母亲身边。幸好阁楼上的天花板只有一层，砸开它，就可以攀上后墙逃生，绝望之余，父亲带着两个雇工砸开天花板，第一个抢先翻过墙头。父亲出去后，再也没有返回来，他只顾呼唤邻居救火。高墙里面，大火离母亲和五个孩子越来越近了。

五个孩子中，最高的也仅有 1.54 米，围墙竟有两米多高。他们没有一个人能单独攀上去。幸运的是，墙头上有一个雇工留了下来，他一手紧攥房顶横梁，另一只手伸向墙内的母亲和 5 个孩子。

“别怕，踩着妈妈的手，爬上去！”

母亲蹲在地上，抓牢大儿子的脚拼命往上托举，大儿子用力一蹬，抓住雇工的手攀上了墙头，翻身脱离了险境。用同样的办法，母亲把二儿子和小儿子一一举过了墙。

此刻，喷涌的大火蟒蛇一般吐着巨舌舔到脚下。母亲奋力抓起二女儿时，力气已衰竭，浑身不停颤抖。大女儿急中生智，协助妈妈把妹妹举过了墙。火海中，仅剩母亲和大女儿。大火已卷着了她们的身体，烧着了她们的衣服。大女儿哭着让妈妈离开，但母亲坚决地将女儿拉过来，拼尽最后一口气，将大女儿托过墙头。当工人再次把手伸向母亲的时候，她竟然连站立的力气也耗尽了。转眼间，便被大火吞没。

墙外，五个孩子声泪俱下地捶打着滚烫的墙，大喊着“妈妈”，墙内的母亲再也听不见了。她永远地闭上了眼睛。

消防人员赶到，二十分钟便将大火扑灭。大家进去寻找这位母亲，看到极为悲壮的一幕：母亲跪在阁楼内的墙下，双手向上高高举起，保持托举的姿势。犹如一座漆黑的雕塑。

这个故事就发生在深圳，人们也将永远铭记这位英雄母亲的名字——卢映雪。

【作家简介】

吴志强，男，20 世纪 70 年代出生，江西南昌市人，广东省作家协会会员，在各类报刊发表诗歌、散文、小说一千多篇（首），创作 100 多万字。上百篇文章入选《读者》《青年文摘》《青年博览》《生活文摘》《微型小说选刊》等各种选刊（本）。著有中篇小说《性惑》，诗集《午夜阳光》，公开出版过《换个角度爱自己》《生命是条细碎的河流》（和黄志浩合著）《谁叫你不见义勇为》《积压的爱》《宝马和奔驰的较量》等。

安全管理员老陈

刘广荣

老陈，是我们建筑工程公司的安全管理员，四十八岁。

起初，我们都叫他陈管，但他说叫陈管不中听，不如叫老陈好。老陈说话风趣，为人正直，所以大家都依了他，叫他老陈。

老陈识字不多，但喜欢看书。从工地里回来，老陈往往一屁股坐到沙发上跷起二郎腿就看书。为此，老陈没少挨老婆骂。除了看书，老陈没有什么特别的爱好。吃完晚饭，老陈嘴巴一抹就出门到干部李林家看书，常常半夜才回家。

老陈看书上瘾。他可以戒烟、戒酒，但戒不了看书。一天，老婆的朋友来家做客。老婆让老陈出去买鸡回来熬汤。半路，经过李林家，老陈忍不住又走了进去。老陈看看手机觉得时间尚早，就向李林要了一本书看。老陈兴致很浓，看起书来一发不可收拾。等看完书买鸡回到家已是十一点多钟了，老陈被老婆骂了个狗血淋头……

也许是看书多的缘故吧，老陈说话做事一点儿也不含糊。

比如，有一次老陈老婆和几个工人从九楼下来，由于天气炎热，头发全湿了。刚下到地面，他们就取下安全帽纳凉……老张从市里开会回来，往工地一走，见此情景，立刻走到老婆和几个工人中间命令道：“你们快戴上安全帽！”

“老陈，太热了，让咱们吹吹风吧！”老婆冲老陈一笑。

“老陈，你就破一次例好啦！”其他几个工人随声附和。

“不戴安全帽，按规定罚款！”老陈铁青着脸说。

“罚就罚！”老婆也犟了起来。

老陈上前一步拿起老婆的安全帽往她的头上套，并指着老婆的鼻子骂："你瞎折腾什么！我们总得讲安全吧，现在市里再次强调安全，为的是咱们千千万万工人的幸福啊，你违规操作，这样做不是坑人吗？"

老陈脸红脖子粗，其他工人觉得理亏，连忙把安全帽戴在头上……

去年，工人阿昌由于施工没遵守安全规定被罚款600元不甘心，想保住600元血汗钱，特找上门请老陈高抬贵手。老陈招呼阿昌坐下，并递上一杯热腾腾的茶水，嘿嘿一笑说："咱们一起工作七八年，是老工友了，帮忙是应该的。但是，情面再大也不能违反安全规定啊！这样吧，你的罚款我替你交，下次可别再疏忽啦！"

"要你掏腰包，怎好意思？这个忙既然你帮不上，那我明天再把罚款交给你。"

"哈哈，你老婆快生了，正需要大量钱花，600元就算我借给你吧！"接下来，老陈问阿昌："第二建筑工程公司的何大正你认识不？何大正不系安全带，从脚手架上跌下，结果摔断了一条腿，最近老婆还吵着跟他离婚呢……"

老陈从正反两个方面举例论述安全施工的重要性，动之以情，晓之以理，话说到了阿昌的心坎上。阿昌马上打消了逃避罚款的念头。

老陈这个人一心为建筑工程公司的安全着想。

那天晚上，天气预报有暴风雨。老陈寝食不安！为了保障建筑工程公司的安全，老陈早早睡下，天黑便起床巡逻。无论刮风还是下雨，老陈都是一个人，围绕建筑工地从东头巡到西边，再由南面巡到北边。

突然下大雨，停电了。老陈仍坚持巡逻。走着，走着，老陈发现脚手架上一条14米螺纹钢斜置于三楼的一侧，存在安全隐患。雨点小石块般砸来。老陈顾不了那么多，一心想把那条螺纹钢拿下放好。

到了脚手架，电筒灭了。老陈摸黑拖螺纹钢。雨水夹杂着泥沙迎面扑来，老陈因为已经几天没睡好，体力不支，两眼发黑，一下子从脚手架坠了下来……

醒来时，老陈发现自己躺在医院里，少了一条腿。

出院后，老陈只能靠假肢走路了。但他仍惦记着建筑工程公司的安全，天天在建筑工地来回走着……

【作家简介】

刘广荣，广东省作家协会会员，2016 年出版《刘广荣小说选》一书，在《读者·乡土人文版》《小说月刊》《百花园·小小说原创版》等报刊发表小小说、故事等文学作品 1000 多篇。

规 矩

蒋先平

桃花煤矿发生塌方事故，正在作业的十名工人被埋在了井下。

四天后，抢险人员终于打通了井下通道。在南侧挖掘作业的五名矿工躺在地上，每个人手里都紧紧地攥着空空的水壶，已经没有了生命体征。

在北侧挖掘作业的五名矿工奄奄一息。一名矿工身旁散落着四只空空的水壶，手里还紧紧攥着一只水壶，水壶里尚有几口水。

经过救治，在北侧作业的五名矿工活了下来。

医生说，南侧作业的五名矿工是因体内严重缺水而死的。人们不解，为什么同一次事故在北侧作业的五名矿工生命能得以延续呢。

当找到那个手里攥着水壶死里逃生的工长老张时，他眼里噙着泪水说，这几个工友是没有规矩，送了命啊。

老张说，当晚我们十个人加夜班，每人都带了一壶水，下井后我们分南北两个作业区挖掘作业。刚干了一会儿，就发生了大面积连续塌方。

我们五个人被困在北侧作业面，每个人手里只有一壶水，我知道上面的人一定会营救我们，但这需要时间，这一壶水就是一条命啊。我告诉大家，把身上的水壶统一交到我这里，渴了大伙一块到我这里喝水，每次每人只能喝一口。老张缓缓地说。

大伙渴得受不了了，你能保证每个人一次只喝一口水吗？有人问。

每人喝水时，我就用手摸着他的喉咙，只要喉咙动一下，我就赶紧把水壶抢下来。谁都想多喝一口，但谁多喝一口都不行！老张比画着抢水壶的样子。

水比油还金贵，水就是命。当时那四个人有没有说你监守自盗，多喝水啊？又有人问了一句。

有啊，有人说没有人监督我会多喝。我喝水时就让他们摸着我的喉咙，也是一次一口。就实话，就是他们不说，我也要让他们这样做，渴得受不了啊，我怕不这样，我坚持不住也可能多喝一口呢。就这样我们五个人五壶水坚持了四天。

可在南侧作业面工作的五个工友一定是自己喝自己的水，这样一壶水也就能坚持两天吧。老张眼里闪着泪花喃喃地说着。

【作家简介】

蒋先平，郑州《百花园》小小说文化传媒签约作家，多家刊物在线小说编辑。当过语文老师、做过企业秘书，在讷河电视台、大庆电视台、黑龙江电视台任记者多年。在《小小说选刊》《微型小说选刊》《小说月刊》《小小说月刊》《天津文学》等数百家报刊发表小小说五十余万字。

冯晓潇小小说二题

冯晓潇

初　犯

天气不错，街上出来遛弯的人很多。

一个四十岁上下，面色黝黑的农民坐在河边的石头台阶上休息，旁边是一个脏兮兮的帆布提包，一看就是刚进城找亲戚的。

河的对岸是一片新盖的高楼。这位农民歇够了，站起身来伸伸腰腿，他望着高楼，用手指着对岸，嘴里默念着什么。

这时走过来一个警察，看此情景，立刻走上前来问道：

"嘿，你干吗呢？"

农民被吓了一跳，用怯生生的外地口音答道：

"我……数楼呢，你们城里的楼可真高啊。"

"数楼？知道我们城里的规矩吗，我们这里不让数楼！数楼得罚款！"

"啊？还有这规矩，我不知道啊，罚……罚多少？"

"一层十块钱，你数了多少层了？"

农民想了半天，磨磨蹭蹭地从裤兜里掏出皱巴巴的一百元递过去：

"大哥，我……我数了十层，我认罚。"

"谁是你大哥！别套近乎啊，你看这楼三十多层呢，你说数了十层，谁知道你数了多少？"

"大哥……不是……同志，我真的只数了十层，我起誓！"

"得了得了，念你初犯！走吧走吧！"警察将钱装进口袋，转身要走。

“同志，您别走呀！”农民突然一把攥住警察的胳膊，“您得给我发票呀！”

“嘿！你当这是买东西呢，还开发票！”警察暴怒，“撒手，要不我可掏手铐拘你啊！”

“您这城里罚款不都得开票吗，吐口痰人家都给我收据呢！”农民的手越攥越紧。

警察头上冒了汗，开始紧张起来：

“啊，收据啊……我用完了！”

农民不依不饶：

“那我跟您去所里取吧，反正我也不着急。”

警察甩了甩胳膊试图挣脱对方的拖拽，另一只手急速地从兜里把那一百元掏出来：

“得了得了，念你初犯，钱呀不罚了！走吧走吧！”

农民用一只手接过钱，装进上衣口袋，手再出来时，掏出一个警官证来：

“初犯？你冒充我们，可不是一回两回了吧？”

这句话听起来丝毫没有外地口音，字正腔圆中透着冷森森的威严。

拦 车

一辆轿车连闯几个红灯后，被高鹏拦下。

高鹏是警校刚毕业的实习生，刚上岗几天，就遇到这样的事情，心里不禁也有点儿紧张。这时不远处的老交警闻讯跑了过来，把他拉到一旁悄声说：

“小高，放行！”

“为啥呀？他这可是严重的违章！”

“笨！没看到车牌号吗，这是局长的车！你还想转正吗？”

高鹏脑子嗡地响了一声，木木地站在原地，这时老交警跑去处理另外一起事故。

轿车司机摇下车窗，得意地喊道：

“喂，新来的！你们队长的话你没听见吗，识相的赶紧让开！”

高鹏的心在猛烈跳动，脸涨得通红。

这时轿车又在挑衅似的冲他按喇叭。

高鹏把心一横，豁出去了！

他扣下了车。

几天后马路上再也看不见他了。

他升职了。

原来，那天局长的车被盗……

【作家简介】

冯晓潇，真名冯磊，中国音乐文学学会会员、天津市作家协会会员，是一个温文尔雅、安静朴实的“80后”文艺青年。2002年起开始在国家级期刊《词刊》发表歌词，当年入选漓江出版社《中国年度最佳歌词》，并获得第七届“全国青年歌词创作奖”。累计在省、市级报刊《故事会》《微型小说月报》《意林原创版》等发表作品百余篇。

张发的口头禅

邓大龙

在鲁中南某建材厂上班的张发总爱说："没事儿。"甭提，这么多年在建材工地打摸滚爬，还居然什么事情都没出过。自然而然，人们不叫他的名字，"没事儿"成了他的口头禅。

"没事儿""没事儿"谁要是惑疑张发做事的危险性，他却嗤之以鼻。甚至认为你杞人忧天了。你如果和他理论起来，呵呵，他歪理一大套一大套的。"是福不是祸，是祸躲不过。""我从十五岁开始在建材厂干活，大风大浪的活都干过，别人出事，我无事，上帝就在保佑我，越是认真越有事情，哈哈。"

"没事儿，没事儿。"看看张发干活，你就知道。干活的时候，按照规定，一定要穿劳保鞋的。他穿什么鞋子？是 5 元钱买的布鞋。谁要是说他为什么穿布鞋，不怕钉子扎着脚吗时？他说："没事儿，没事儿。我会注意的，走路小心就是了。"塔吊吊钢筋或别的重物，他捆扎好后，总是在吊物下走来走去，好像视死如归的样子，根本不怕落物。别人劝阻他，他打保票似地说："我凭多年的经验表明，没事儿，没事儿。"他就是这样，干活稀里糊涂，总爱说："没事儿，没事儿。"仿佛就是很熟练的操盘手一样那么自如。

话说没事儿，那是张发的口头禅。不过几天前，"没事儿"让塔吊吊模板时，他的手正好放在钢丝绳和钢板之间，当吊机上升时，他的右手中指和食指被挤断。工人急忙将他送进医院，在医院里医生把他的伤口包扎好后。工人们告诉张发："以后干活注意点。"他面带痛苦的表情说："没……没……事儿。"

【作家简介】

邓大龙，男，1965年10月生，中共党员，经济学学士，商业经济师。爱好文学与写作，曾在《人民日报》《中国质量报》和人民网等新闻媒体发表作品200多篇，其中《沁入灵魂的精神》获2006年七一征文一等奖，并刊登在2006年6月30日《人民日报》。

网红黑老大

张宏亮

这天晚上王大黑正在一家酒吧里喝酒，突然他听到一阵激烈的打斗声音，王大黑扭头一看原来是两伙年轻人不知道因为什么事情打在了一起，王大黑看着两伙人激烈打斗突发奇想地站在一旁自拍了一张照片，然后把照片通过手机上传到微信朋友圈，哪知很快朋友圈里的人都在议论："这是谁呀？敢在酒吧里打架，太牛×太厉害了！"

回到家后躺在床上睡不着觉的王大黑满脑子都在回想着酒吧里那两伙人斗殴的事情，他觉得打架的那帮年轻人看着还真是威风，每人手里都拿着砍刀之类的武器。王大黑是个性格懦弱、胆小怕事的人，他其实从心里也很渴望自己成为一个像黑社会老大那样威风八面、胆大包天的人！

这一天晚上王大黑又来到一家 KTV 和几个朋友唱歌喝酒，突然王大黑就听到包间外面一阵骚乱，王大黑走出包间去看的时候，就发现原来是一群人在打架，王大黑觉得跟上次在酒吧里看到的一样非常刺激精彩！于是王大黑又拿出手机站在一旁来了一张自拍照，他还是和上次一样发到了微信朋友圈里，很快朋友圈里的人都在议论说："这群人好厉害，敢在 KTV 里打架斗殴！"

回到家后的王大黑翻来覆去躺在床上睡不着觉，他想自己要能像打架的那群年轻人该多威风，于是突发奇想的王大黑竟然打开电脑，在电脑上用修图软件修改了自己在酒吧和 KTV 的两张跟打架斗殴的年轻人的自拍照，他把自己的位置移动到这群打架斗殴年轻人的中间，然后还配上字幕：一个厉害的黑社会大哥！然后王大黑就把这两张修改后的自拍照上传到当地的论坛贴吧！王大黑还在帖子里说："我就是本地最厉害的黑道黑大哥，看到没，我经常让小弟在酒吧 KTV 里闹事！"

很快王大黑发出的帖子竟然引起了很多人的关注，而且很多人都在王大黑的帖子上留言说："大哥你真厉害，我们佩服您！"还有的甚至留言求王大黑这个黑社会大哥帮忙要账报复别人！

头脑灵活的王大黑竟然从其中嗅到了商机，他竟然在网上为自己制作了一个黑社会老大的页面，在这个页面上王大黑把自己包装成一位厉害霸道的黑社会老大形象，很快王大黑这个虚假的黑老大就成了当地的网红，每天都有很多人在王大黑的个人黑老大的页面上点赞甚至给钱求帮忙！但是同时这个突然横空出世的黑老大王大黑也一度引起当地百姓的恐慌，当地的百姓还以为黑社会又开始称霸一方了！

很快当地的网警就发现了王大黑在网上造谣黑老大的违法违纪现象，他们马上开始调查王大黑这个网红黑老大，最后王大黑被警方依法拘留了！被关押在看守所里的王大黑是后悔不跌！他觉得自己图一时当黑老大的威风，没想到自己涉嫌了欺诈和网络造谣！

更让王大黑没想到的是那伙在酒吧和 KTV 里打架的年轻人其实也是为了成为网红故意这样打架斗殴的！这真是为了成网红，假装黑社会黑老大最后触犯法律自食苦果！

一个煤矿职工的“前世”今生

印　当

阿辛原来是个虎头虎脑、快乐至上的大男孩。

他爹妈死得早，十八岁那年，被姨父所在的那家煤矿招工招了去。

刚开始，什么都透着股新鲜劲儿，加上他为人勤谨，爱助人，对谁都是和风细雨的，颇受到跟班领导的好评。

一晃两年过去了，就在矿上领导决定提拔他为采煤班长的时候，谁知出事了。

事情是这样的。那天，老爱给人说媒的王嫂找过来告诉他上回那个姑娘答应想彼此见个面，时间定在下班升坑以后。阿辛顿时心花怒放开来，早听人说姑娘是远近周边出了名的美人胚子，整个工作时段全都沉浸在自行设计的“幸福”里。直到交接了班乘车时，感觉自己还是晕乎乎的。

就在一张还未得见的俏容占据了他全部大脑空间的时候，一场与死神的生死游戏上演了。由于走得慌张，忘了戴安全帽，同伴劝他回去拿，可是全没当回事。俗话说得好：“狼咬离群羊，祸找违章郎”，是福不是祸，是祸躲不过。车行驶途中采煤工作面冒顶了。只觉有拳大的岩块簌簌急落，他一下子醒过味儿来，双手抱头扎进车厢的尾部……

他在职工医院昏迷了三天三夜，命是捡回来了。可是经鉴定，他的头部受到轻微震荡，脾性跟先前判若两人，那姑娘和他闹掰也是意料中事了。

出院回到矿上，在接受了上级的处分后，说什么也不愿在这儿干了。全矿上下没一个能劝得住的。

“嗨，走就走吧。在哪儿干不是为人民服务呢。”他临走时这么想到。

他略做收拾，买票直奔北京。

为了找工作，他吃街摊，睡公园，钻人市（人才市场），寻报“眼”儿，在虚度了整整一周，应聘了17家公司21个职位后，结果给人统统“枪毙”了。“枪毙”的原因几乎清一色的是没有达到“上纲上线”的要求。

阿辛沮丧极了。

在盘缠无多的情况下，硬着头皮往姨父家挂了电话，听到一句“回吧”，然后就像一只误入城市的“村犬”灰溜溜地回到了原地。

当姨父带着他舔着老脸向矿领导说好话时，阿辛的心里难受极了。回到姨父家，姨父语味深长地说道：

“孩子，那次事故，你想拧巴了。说实话，今天带你过去是想让你知道，回来上班，咱不丢人；工作干不好，那才丢人丢大发了。”

阿辛眼噙泪光点了点头。

打那以后，阿辛又是原来的阿辛了。只是比过去多了一份稳重和“老练”。今年喜事多，偏偏到他家。根据阿辛的突出表现，矿领导很快兑现了当初的承诺，并且在今年年初的职工表彰大会上他还被评为“十佳职工”哩。相对象的事儿还被热心的王嫂操办着，这不，一个如花似玉的大姑娘正朝阿辛走来呢……

【作家简介】

申嘉巍，笔名印当，现居北京。著有散文集《风折枝》、诗集《为她写诗》、话剧《丁字街轶事》等，短篇小说若干。作品先后在《中国煤炭报》《贵州日报》《西藏日报》《拉萨晚报》《燕赵晚报》《上饶日报》《平顶山日报》《攀枝花矿工报》《意林》《燕赵诗刊》等刊物上发表。多次在全国征文大赛中获奖。

治 病

曾玉荣

王山开着农药店，这几天生意不错，高兴得一脸的阳光。这天是子君生日，他关了铺子说："老婆，走，吃烧烤，庆祝一下。"说完，两人带着儿子大石、小石，一块儿高高兴兴到了农家乐。

农家乐不远，过一座桥就是。

王山自己动手，烧烤田鸡，破肚、剥皮，放在炉条上，一边烤着，一边撒着五香作料。田鸡肉被烤得黄亮黄亮的，冒着油珠，吱吱地响着。大石和小石在旁边，馋得口水直流，又叫又跳。

一家人切着蛋糕，吃着田鸡，子君的生日，过得活色生香的。

吃罢，王山要去朋友那里，摩托一骑，走了。

子君带着两个儿子，回家看铺子。

王山在朋友那儿刚坐下，茶还没来得及喝一口，子君就打电话来了，在那边哭着，让王山赶快回来，大石、小石又吐又哭的，不知咋的了。这俩儿子可是王山心头肉，王山听了，吓了一跳，忙让子君赶快把孩子先送到旁边不远的村医疗站，自己马上就回来。说罢，他骑着摩托就往回赶，到了医疗站，大石、小石睡在病床上，已经昏迷。

子君正抱着肚子，在那儿哼哼着。

医疗站的医生，是个刚从卫校毕业的女孩子，急得直跳脚道："这是咋了啊？不像感冒啊？"

王山一听火了道："感冒会这样吗？你是医生……"

他话没说完，就咧着嘴蹲下去了，肚子也痛起来，接着，就哇哇地吐起来。吐着吐着，他突然醒悟过来，自己今天上午吃的田鸡一定有问题，不然不会这样。他忍着疼痛，忙打电话给农家乐老板，问田鸡是从哪儿弄的。老板告诉他："上午买的，咋的，晚上还想来吃吗？"

王山急了，告诉他，自己全家中毒了。

老板吓了一跳，忙告诉他，是朱根卖给自己的。

王山听了，眼睛一亮，告诉那个女医生，自己知道中的什么毒了。说着，他手忙脚乱开了张方子，让女医生按方子捡药，快一点儿。

女孩不高兴地说："你是医生啊我是医生啊？"

王山急了，大吼道："快弄来，迟了就晚了。"

女孩吓了一跳，也不再争论谁是医生了，点着头，按照方子拿来药物。王山自己喝了几片药，又分别给子君和大石、小石都喝了。

一顿饭左右，子君不哼了，好了。

傍晚时分，大石和小石醒了。

那个女医生睁大眼睛道："咋的，你……也会医生啊？"

王山白了她一眼道："你啊，趁早关门吧，不然早晚会出人命的。"

当天，他打了电话，将这个医疗站告了，将隔壁农家乐告了，也将自己给告了。

原来，王山为了盈利，在自己的农药店中，捎带着卖一些剧毒药物，这些药物，可都是国家禁止出售的。当然，他也不敢明目张胆地卖，就私下里悄悄交易。也就是今天一早，朱根来买这样的药物，他听了，不放心地问："干吗？"

朱根说，灭秧虫。

王山于是拿了药物，卖给了他。

朱根将药物拿回去，喷洒在秧苗上。上午歇晌的时候，他发现，秧田里很多田鸡不再如过去一样，咯哇咯哇叫着，咕咚咕咚跳水，见他经过，一只只都懒洋洋地躺在水里。朱根连忙抓了一些，拿到农家乐卖了。

他没想到，这些田鸡都是中毒的。

王山更没想到，于是就吃了，险些将自己一家人毒死。

事后，他被罚款，并将国家禁卖的农药全部上交。

那个医疗站呢，关门了。

隔壁的农家乐，也勒令整改。

子君埋怨他，这次告得好，不但自己吃亏，还让左邻右舍跟着吃亏。

王山听了，理直气壮地告诉她，不告，会更吃亏，还不只是自己一家吃亏，会有很多村民跟着吃亏。

【作家简介】

曾玉荣，女，陕西省山阳中学教师，至今在报刊发表文章三百余篇，多次在国家级、省级、市级征文中获奖。

蝶 舞

王立红

沈梦从小就喜欢蝴蝶。

客巴山有会跳舞的蝴蝶。

木兰小村像个害羞的娃娃，藏在客巴山怀里。

客巴山很美，天很蓝，云很轻；客巴山丛林如画，绿树掩映，青翠欲滴；客巴山溪水如歌，清清的，亮亮的，能照得见人影。溪水边开满了鲜花，香气四溢，引来了无数的蝴蝶，翩翩飞舞。

每次说起木兰村，若曦都如醉如痴，一脸的幸福。

沈梦也被传染了，他热切地望着若曦："真的吗？木兰村真的有个蝴蝶谷？"

"真的啊！"若曦笑着，就在沈梦的胳膊上咬了一口。

"唉吆！"沈梦捉过若曦，就把唇印在若曦甜甜的唇上。

沈梦渴望着去蝴蝶谷，他常常幻想着，成千上万只蝴蝶聚集在一起，在空中盘旋，舞蹈，那是多么壮观的景象啊！

沈梦和若曦是大学同学，他俩都学的是舞蹈，常一起搭档，梁山伯和祝英台是他俩最喜欢的舞蹈。

沈梦一直在追若曦，直到快毕业了，若曦才答应沈梦，并带沈梦回了木兰村。

第一次来木兰村，沈梦就被村边的那座浮桥吓坏了。

木兰村有条依诺河，河上用木板搭了一座浮桥，这座桥是木兰村连接外界的唯一通道。

桥有三百多米长，宽有一米，下面是湍急的河水。一踏上木桥，桥身就开始摇晃，吓得沈梦紧紧抓住若曦的手。

"胆小鬼！"若曦忍不住笑。

若曦从小在这里长大，每天都要走过这座桥，再走十几里山路去上学。每天来来回回，若曦从没有害怕。木兰村的孩子都和若曦一样，每天都要走过这座桥，迎着太阳出发，顶着星星回来。

沈梦摇摇晃晃，胃里一阵翻腾。

看沈梦脸色惨白，若曦不再笑他。若曦接过背包，扶着沈梦，慢慢地走过了浮桥。

在若曦家里睡了一宿，沈梦不适的感觉消失了，沈梦就缠着若曦去看蝴蝶。

出了门，一眼望见天空，果然是瓦蓝瓦蓝的，云朵很轻，袅袅地飘在空中。沈梦深吸了一口气，醉人的馨香浸入心脾，让身上的每一个细胞都欢唱。

走进丛林，绿色掩映，青翠欲滴，若曦说的一点儿都没错。沈梦不知不觉就醉了。

来到小溪边，这就是若曦说的蝴蝶谷了。蝴蝶谷藏在客巴山的山底，温暖，舒适，不知名的鲜花竞相开放，数不清的蝴蝶，在空中翩翩飞舞。

沈梦惊呆了。他从没有看过这么多的蝴蝶，更没有看到这么多的蝴蝶在舞蹈。

沈梦完全被吸引住了，他拿出手机，拍下了数不清的蝴蝶。

“亲爱的，我们结婚后就来这里定居好吗?”沈梦咬着若曦的耳朵。

“真的?”若曦娇羞地偎在沈梦身上。

“嗯!”沈梦点点头，又摇摇头。

“这哪都好，就是那座浮桥，太吓人了!”

“你呀，比耗子还胆小!”若曦用手指轻弹他的脑门。

此后，一有假期，沈梦就和若曦回去看蝴蝶。过浮桥的次数多了，沈梦不再眩晕，也不再胆战心惊了。

这回，沈梦陪若曦回家，可第二天就下起了大雨。大雨一连下了好几天，依诺河的河水猛涨起来。

假期结束，沈梦和若曦要赶回学校。走上浮桥，河水快要漫过桥面，浮桥上，都是赶着上学的孩子。

浮桥晃动得厉害，沈梦紧紧抓着若曦的手。走到桥中间，突然咔嚓一声，木桥断成两截，几个孩子瞬间落入水里。还没等沈梦反应过来，又一声咔嚓，沈梦和若曦也落入水中。

一年后，沈梦又来到木兰村。

浮桥不见了，河面上，是一座坚固的石桥。

蓝天依旧很蓝，白云依旧很轻。

鲜花盛开，蝴蝶飞舞。

若曦，你看到我了吗？

这么多的蝴蝶，你是哪只？

一只洁白的蝴蝶，落在沈梦肩头，沈梦低头，他看到蝴蝶的眼里有一滴泪。

微风轻轻吹过，白蝴蝶飞起，在沈梦眼前渐渐消失。

【作家简介】

王立红，黑龙江省绥化市人。在《小小说选刊》《小说月刊》《小小说月刊》《微型小说月报·原创版》《百花园》《喜剧世界》《故事会》等发表作品多篇。作品入选《中国当代闪小说精品》等多个选本，并获2017年小小说月刊杯全国闪小说大赛年度总冠军等多个奖项。

安全警句

汪　志　汪成阳

周大明是一家国有公司的高级电工，虽然技术是大拿，但这家伙每天早上有饮酒的不良嗜好，上班后很容易造成酒后上岗，好几次差点从高空处坠落发生伤亡事故。为此，公司领导及工友们苦口婆心劝他戒掉早上饮酒的坏习惯，可他却充当耳边风，没办法，不换思想就走人，公司只好无奈地与他解除了劳动合同。

古话说："荒年饿不死手艺人"，由于周大明电工技术过硬，还有等级证书，离开公司后他自己单干，专门在社会上包活，请他的人很多，业务应接不暇，收入比在原来的公司强了好多倍，可他早上饮酒的习惯还是没改掉。

今天周大明要给一家私营公司架设电线杆，早上他又端起酒杯喝酒时，准备送孩子上学的妻子一把夺过酒杯，劝道："大明，今天爬高下低架电线，说什么也不能喝了，否则，酒后头晕意识差一不小心摔下来咋办?"

周大明一把推开妻子，嘴中骂道："你这个婆娘一大早就说不吉利话，谁说喝了酒就不能干活，其实酒后干活更有精神头，我离开公司这么长时间了，天天喝酒在外面架线咋就没出事，不要担心，只要留心注意就行了。"

这时，儿子小虎也在一旁劝道："爸爸，你就听妈妈的一句话吧，不是说'不怕一万，就怕万一'吗，假若你真的喝酒后不小心从电线杆上摔不来，我和妈妈谁养活?"

"傻儿子，要是爸爸真的摔下来，它养活你们。"周大明边说边从旁边抽屉里取出两份保险合同，放在桌子上用手死劲一拍，"这是爸爸为防万一购买的几份高额保险，意外死亡事故保险公司赔款200

万，真发生意外，这够你们娘俩花的了。”

妻子气得将保险单扔到地上：“人没有了，钱再多有啥用。”

这时，儿子小虎忽然想起了什么，忙从书包里拿出一张小纸条神秘地递到爸爸手上，周大明仔细一看后，眨了眨眼，想不到当即将酒杯放到柜子里，摸了摸儿子的头：“谢谢儿子的提醒，爸爸以后外出干活早上再不喝酒了。”

什么东西让丈夫早上突然不喝酒了？出了门，妈妈问小虎：“儿子，刚才给你爸爸的小纸条上面说了啥？”

小虎说道：“妈妈，昨天是我们学校的安全教育日，我抄下了一个管安全叔叔说的安全警句，昨天回家忘了交给爸爸了，那警句是‘安全事故，两改一归：老婆改嫁，孩子改姓，钱财归别人……’”

陆湾村的“两大怪”

张海洋

在小洪河南岸的陆湾村里有个“两大怪”。这头一怪是河里舀鱼。不定是哪个好日子，男女老幼齐上阵，站满了小洪河的两岸。老人、孩子手持各种大大小小的锅碗瓢盆，年轻的则拿着长长的舀网。满河的鱼儿好似开了锅的饺子，纷纷从河底漂了上来。这些鱼儿仿佛灌了酒的醉汉，晕晕乎乎，全没有了往日的轻盈灵巧。轻松地就被乡亲们请进了锅碗瓢盆。然后的接连几天，整个村子里煎炒烹炸，香味缭绕，好像沉浸在节日的喜庆里。

可整个村子只有一个人不吃鱼，他就是陆湾村的另一大怪——老陆头。老陆头不仅不吃鱼，还不让村里人抓鱼吃鱼，甚至连水都不让村里人喝。你说这人怪不怪？老陆头是村里的退休老教师。年轻时就喜欢读书看报，关心时事。退休以后，这习惯也就保持了下来，自费订阅了许多报纸杂志。自从村后的河里出现漂鱼现象后，他就感觉这事不寻常，肯定是环境出现了问题。报刊上介绍了不少这样的事例，如果不找到原因，给予根治，是要出人命的啊！老陆头仔细观察河水，发现水色浑黄，并且飘出阵阵刺鼻的气味。他就一个人骑着自行车循着河道往上游找。真的就找到一家皮革厂在往河里排冒着白沫的污水。

老陆头到厂里找到负责人，苦口婆心地陈明利害，劝说不要拿全村人的生命开玩笑。那负责人却见怪不怪地说：“大爷，这上游百十里大大小小的厂几十家，你不能光找我们一家啊！”

老陆头知道自己的劝说起不到多大作用，就开始一趟趟往城里的主管部门反映，所得答复无外乎是“正调查呢”“正研究呢”。老陆头心里气不过，暗骂：“敢情你们没有喝着毒水，吃着毒鱼啊！”

每当河里漂鱼的日子，老陆头就循着河岸挨着劝说人不要捕这鱼吃。说这鱼和水都被污染了。可看着满河翻滚的肥美的鱼儿，谁有心听老陆头絮叨这呢。有人偷着说，人老几辈子都吃这鱼，喝这水，恁大的河呢，有啥事？这老陆头闲人多怪！

唾沫都溅干了，也没有人愿意放下手中的渔网。老陆头累得回家饭也不吃了，坐在桌旁生闷气。老伴不由埋怨起来："你恁大年纪了，操那心干啥？你还能活几天，清清闲闲过你的日子不就完了。"老陆头忽地一下子蹦了起来，"人命关天，你说我操啥心？死老婆子懂哩啥！"老伴听见这话，一气去住了女儿家。

这天傍晚，老陆头照例边吃晚饭边看新闻联播，吃着吃着，听到电视里的播音员字正腔圆说着什么"河长制""湖长制"。听着听着，老陆头一扔筷子，拍着大腿哈哈大笑起来。

没过多久，村里来了一个工程队，说是这里水污染了，国家批钱给打个深水井。村里人才明白之前老陆头讲的都是真的，再也没人去河里舀鱼了。到了夏天，河里的水变得清凌凌的，老陆头破天荒地拎着渔网下了河。如今，陆湾村的两大怪也就只剩下了一个了。

【作家简介】

张海洋，男，"80后"小学教师，商丘市作家协会会员，平时热爱读书、写作，自2010年开始业余创作，有诗歌、散文、小说百余篇发表于全国各地报刊。

铁“包公”

侯俊利

安监处的包强，43 岁，身材魁梧，是个典型的山东大汉，他干安监工作 10 多年了，对安全工作有一股牛脾气，丁是丁，卯是卯，不管谁违反了规程，他先是大道理一番，而后从口袋里掏出一个小红本，说出你违反哪章哪条，然后按规定再罚款。为此，他得罪了不少人，人称铁“包公”。

平常，他的电动车带常常莫名其妙地被人扎破，换衣箱上的铁锁也常常被人塞上东西，但发生的一切，包强一点没有什么反应，下井毅然该管的管，该罚的罚。

一次，他的一位老乡因打的柱子不合格，他发现后，照罚不误，并让老乡写检查，气得那位老乡说：“吃饭还掉米粒呢，你管那么严有什么好处?”“吃饭是吃饭，但安全绝不能含糊，它关系着人的生命!”包强坚定地回答。

包强每天下井都这样铁，每一次开工，他都提前来到工作面，都用老鹰似的眼细细地打量一番，然后用小铁锤敲敲这敲敲那，确认没有隐患，他才放心地对职工说：“可以开工了，工作时一定要注意安全!”他说话时，没有一个人回应他。

包强就这样一天天地工作着。

一天，包强检查了几个掘进头正要上井，当他路过采煤三区 41106 工作面时，他想：这个区正开展劳动竞赛，因月初过断层，产量低，受到领导的批评，现在断层已过，小伙子们说不定因赶产量，忽视安全。他越想越放心不下，转身向采煤面上走来。正巧这个面刚放完炮，烟尘还没有退去，小伙子们看到黑溜溜的煤，就像看到刚出笼的白馍——想吃。也不知铲了多少煤，前进了多远，安全二字早已忘记了，只知道埋头往溜子道铲煤……

包强来到采面，用明亮的灯光一照，他的心不禁打了一下颤。天哪！空荡荡的。

这时的包强瞬间变得像只受伤的母狼似的吼叫起来：“快停下！快停下！”

“天塌了我们撑着，用不着你管，快走，别影响我们干活！”身为组长的愣小子张刚回答。

“你混蛋！”包强像触了电。

“你混蛋！”愣小子张刚毫不示弱。

“现在我不和你骂，你给我赶快支柱子。”包强十分着急地说。

“不听他的，干完这一茬再说！”愣小子张刚真的跟给他做对了。

“你懂个啥！”包强吼了起来。

“你骂谁？”愣小子张刚冲过来给他一拳。

就在这时，突然感到一声响动。“快滚开！”包强猛地推了愣小子张刚一把。

张刚一惊，被推向有柱子的地方。只听“轰”的一声，包强被冒落的矸石砸住了。

当愣小子张刚知道怎么回事时，他看见冒落的矸石重重地砸在包强的身上，包强倒下了。

等包强被愣小子和几位小伙子扒出来时，包强断断续续地说：“注意安全。”说完就什么也不知道了。

包强被送到医院，因抢救及时，终于保住了性命。但大脑受了伤，在医院里，不管谁去看他，他都对人说：“注意安全，注意安全……”

【作家简介】

侯俊利，现居住山东新泰市，1999 年从事文学创作，诗文发表于《大众日报》《中国煤炭报》《中国矿业报》《山东工人报》《国土资源报》《西藏日报》《当代矿工》《工人日报》《中国国门时报》《齐鲁晚报》等全国各大报刊。2017 年，获“我的运河 · 我的家”全国征文一等奖。

袁莉的午餐

陈艳春

临近中午，雨下得越来越大。

袁莉决定不回家了，就在美团定了份外卖。

送餐小哥未能按约定的时间把午餐送过来。

袁莉耐着性子又等了差不多十分钟，送餐小哥还是没有来。她等得有点不耐烦了，就拿起办公桌上的手机联系送餐小哥，催促他快一点把午餐送过来。电话拨通后，那头儿没有接听给挂机了。

等着等着，袁莉就不想再等了。她正想退餐时，门被敲响了。她推开门，送餐小哥一脸歉意地立在门口，赶紧把塑料袋裹着的午餐递给她。

“你也忒慢了，打了你几次手机都不接。看你连工作服都不穿，哪像个送餐的。你说，我能不给你个差评吗?”袁莉发泄着不满。送餐小哥两手比画着，试图要向她说明什么。

袁莉接过餐盒，不悦地信手关上了门。

不一会儿，袁莉的手机收到一条短信，是送餐小哥发来的：“您好，请原谅我送餐超过了约定时间。我是个聋哑人，沟通不便，所以没有接您的电话。由于路上的下水井堵塞，通往你处的一低洼路段积水很深，使得车辆无法通行。好在此处离你工作单位只有一河之隔，我就把电瓶车停放路边，把头盔和工作服塞进车厢，抄近儿游过河，抢时间把午餐送到你的手中……”

袁莉从三楼办公室望向窗外，河的对岸，路两边停了许多车辆。这时，她忽然发现河中有一个人正向对岸游去，那一定是送餐小哥。她拿起手机给送餐小哥回了一条短信：“你这种送餐方式我很不赞成，要安全第一。不过，这次我要对你的敬业精神点赞，给个好评!”

【作家简介】

陈艳春，承德作家协会会员、河北小小说艺委会会员，在《四川文学》《小小说月刊》《天池小小说》等多家报刊发表作品，有作品被转载和收入《2014—2015 最受中学生欢迎的佳作年选·小小说》《中国当代微小说精品》《中国当代微散文精品》《2017 中国年度微型小说》《2016 承德作家年选》等书籍。

安全小说二题

胡文革

小万不戴安全帽的应急预案

小万经常不戴安全帽，他总有自己的处理方法：

1. 找一顶遮阳帽或草帽代替。

2. 安全员质问时，理直气壮地反问他，这么热的天，还戴安全帽是不是脑子养鱼了？

3. 安全员质问时，知错就改。回宿舍去取，等取来已是下班时间。

4. 安全员开出5元罚单，甭理。

5. 安全员开出50元罚单，用一两根高档香烟，通过关系让安全员埋单。

6. 安全员开出250元罚单，痛哭流涕，声泪俱下地告诉安全员：自己上有老下有小，这250元可是活命钱。对方执意秉公执法，就敲着饭盆到他家吃饭去。哼！让他知道什么叫250。

7. 以情动人。告诉安全员，自己的头发是韩国发型师刚设计出来的，戴安全帽会破坏自己的酷造型。自己的mm就要来了，不会因为干工作，就非逼自己损害形象。万一打光棍，谁给解决终生大事？

8. 和安全员正确处理人民内部矛盾，交朋友结对子，别让他为这种小事没完没了。

9. 以理服人。央视《中国质量万里行》调查表明：安全帽的合格率为78.22%。怎么保证我这顶不是21.78%的次产品。戴不戴有什么区别？

10. 一天，事故降临到小万没有戴安全帽的那一瞬间，谁也不知道，小万的脑袋里是否闪过某个应急措施……

补 课

在某小区布告栏内贴着一张课程表：星期一数学、星期二语文、星期三物理、星期四美术和历史、星期五早八生物和卫生、星期六外语和地理、星期日化学。注：每晚八点凭听课证在小区文化活动室听课。

这不是给在校生开的补习班，也不是给成人补习文化知识的夜校。听课的人却场场爆满，学习的知识很实用：

数学：如何测量房屋建筑面积？如何测量房屋公摊面积？小区冬季暖气收费标准是如何测算的？

语文：盗版书有哪些危害？中国的哪些作家的哪些作品易被盗版？如何鉴别盗版书？

物理：地板砖的好坏简易辨别方法。木板受潮到怎样的程度会影响装修效果？家用电器简单故障排除方法。怎样识别注水肉？怎样判断自己的手机是不是水货、山寨机？

美术和历史：试分析中国古今名画家的艺术流派及风格。怎样识别名人字画的真伪？古董的识别方法。在收藏字画、古董时，怎样避免少上当？

生物和卫生：怎样通过木纹识别家具选用的材质？怎样辨别你看上的猫狗没有被焗彩色油、品种是否纯正？怎样辨别你吃的柑橘中有没有蛆虫？你喝的米粉中有没有非法转基因？“非典”和手足口病发病时的基本特征？如何预防“非典”和手足口病？人患禽流感的主要途径，怎样预防禽流感？

外语和地理：怎样通过发音判定你给自己孩子请的外教发音是标准的国际发音，而不是马来西亚式英语或葡萄牙式日语？出国旅游哪里最安全？出国经商哪里赚钱最容易？留学哪国教学质量最好、花钱又少？

化学：怎样识别加了石蜡的大米、加了敌敌畏的火腿、加了苏丹红的咸鸭蛋和辣椒酱、打了催红剂的西红柿、打了膨大剂的猕猴桃、用硫黄熏过的银耳、用硫酸铜加工过的木耳、用福尔马林泡过的海参和鱿鱼？鸡蛋内有无三聚氰胺家庭简易检测法。

这所学校不收听课费，老师们也是全义务服务，课却讲不下去了。缘于一位5岁多孩子的母亲拿着化学课堂笔记，问化学老师：我听您的讲座6年了，老师您第一次讲，给婴儿喂进口奶粉好，进口奶粉质量好，配方科学，过了一段时间，老师您说进口奶粉中有二噁英不能喝，要喝就喝国产的。后来，你又说国产奶粉不能喝，喝了会营养不良，免疫力低下，严重的会成为“大头娃娃”，甚至死亡。再后来你说别喝进口奶粉，碘超标影响甲状腺功能，还是喝国产名牌，国家免检放心。最后你又说国产名牌婴幼儿奶粉中有三聚氰胺可致肾结石、肾衰竭等泌尿系统疾病，严重者可致死。你的哪句话是真的？我现在该给孩子喂什么奶粉？再出了问题怎么办？……化学老师无言以对。

学校停办了，没有人喝奶了，小区胡师傅豆浆铺的生意结结实实地火了一把。

【作家简介】

胡文革，男，现就职于西北电建四公司，系陕西省作家协会会员，中国电力作家协会会员，作品散见于《中国安全产生报》《中国电力报》《中国能建周刊》《中国煤炭报》《国家电网报》《中国电力企业管理》《百花园》《杂文选刊》等，文学作品多次在国家级、省级、市级征文活动获奖。

因祸结缘

杨建明

有人说童林的婚姻很有点偶然性，这话不是没有根据。那是因为3年刑满之后，童林又回到原来的酒业公司重操旧业——看守酒池。临上岗之前，安全科长谆谆教导说："这是你重新开始工作，千万不能再重蹈覆辙出安全事故了！"看守酒池这活并不重，只要掌握好酒糟的温度和湿度，并把这些原始记录保存好就行了。

上班第一天，童林便早早地来到车间。约一刻钟之后，其他员工也陆续来了。小兄弟阿三对童林的到来表示热烈欢迎，唯一变化的就是行车工换了一位女性了。起初童林并没有去注意她，当她挺着胸脯"咚咚咚"地登上行车之后，阿三才告诉童林，她叫范梅，是童林服刑那年进入公司的。

"先抓北边"。随着童林的喊声，抓斗在"咯噔、咯噔"地抓着酒池里的酒糟，一斗紧接着一斗。就这样一连抓了7斗之后，她把行车吊起来靠在一边。按照规范的操作程序，她这样操作完全是错误的，没有酒池看守人员的许可，行车是不能靠在一边的。再就是从以往的规则经验来看，必须再抓一斗，余下的清扫干净，然后再加入新料入酒池发酵。然而她却不听童林的话，把行车开到一边。于是童林便伸长着脖子对她喊道："喂，把行车开过来！"可她连理都不理，一副傲慢的样子，要是以往，童林早就冲上去揍她两拳头了。可是现在不行，童林是一个刚出狱的人，今天是他上班的第一天，哪能干这种蠢事？那次吃官司就是他酒后开行车，把一老员工给撞死了，结果换来了三年的铁窗生涯。童林压着一肚子的火，连连招呼了她几声，她也没有半点反应。童林真的被她气坏了，阿三看见了，忙跑过来对童林说："你愣什么？现在的生产工艺不同以前了，她这样做并没错。”这时候范梅也开口了：“我不姓喂，我姓范！”

第一天上班就遇到了这种不愉快的事情，预示着以后的事情将更加难做。没有办法，将就着来吧。下班时，范梅从行车上走下来，这时童林看清了她，三十岁开外的年纪，一米六几的个头，白白的瓜子脸蛋上，镶嵌着一双明亮的大眼睛。此时她板着面孔从童林的身旁“咚咚咚”地走过。呦，她好厉害！

第三个星期一，童林站在酒池的边上，翻动着酒糟，行车从背后开了过来，童林心里一慌张，跌入了酒池里，头重重地碰在酒池的水泥沿上，顿时晕了过去。当童林醒过来时，发现自己躺在医院的急救室里，头上缠着绷带，头疼得非常厉害，一点也不能动。在身旁陪护的阿三告诉童林，范梅给吓哭了。听了阿三的话，童林的鼻子“哼”了一声，鬼才相信她会哭？

晚上，童林从急救室转到了病房。过了一会儿，范梅来了，看得出来，她脸上确实有泪痕。童林把身子向里挪了挪，示意她坐下。她很尴尬地坐在床沿上，没有说话。童林使劲地挤出了笑容，小声说：“不要紧。”听了童林的话，她歉意地点了点头，坐了不到半个小时，她便走了。待她走后，阿三对童林说：“范梅这人真够苦的。”童林听了这句没头没脑的话愣住了。阿三接着又说：“范梅是今年初离婚的，男的说同她感情上合不来，自从她离婚后，人变得越来越古怪了，她几乎对所有的男人都没有好感。”听了阿三的话，童林才明白，怪不得她每次从我身边走过时，她都挺着胸脯，一副目中无人的样子。

自从出安全事故的那天晚上，范梅每天都要到童林的病房里坐上个把小时，半个月后，他俩就无话不谈了。一天晚上，童林忽然连自己也不知道是什么原因，冷不丁地冒出这样几句话：“范梅，你也真够可怜的，那天我不怪你，只怪我不应该站在酒池边沿上。”她听了这话先是一愣，后又对童林说：“你呀，大意总是改不了。”接着又低下头难为情地说：“其实，我也有很大的责任，不好的心情扰乱了安全意识。”她边说眼睛边朝童林斜乜着，那里面蕴藏着只可意会的世界。童林顿时心中一热，情不自禁地伸手：“过来吧。”她走过来了，在童林的身旁坐下，泪水簌簌地流了下来。童林用大拇指给她擦去了泪水，然后捧起她的脸蛋，这下可都有幸福安全感了……

婆心段长

杨　明

早上出工前，养路工区金工长对养路工们说："今天都给我多经点心啊，待会'婆段儿'要来检查工作，咱们好好干活，注意安全，别到时候给咱庙沟工区掉了链子。"金工长特地多看了一眼自己的媳妇春玲。

"婆段儿"指的是养路工区的上级部门，铁路工务段的段长老彭，他关爱职工远近闻名，人称"婆心段长"。

金工长带着手下出了工区，去铁道线上维修作业。

八个人，七男一女，刚才金工长叮嘱完大伙后，就各自换作业服。春玲去了另一间屋，换好衣服发现弟兄们已经出发了，忙跟上去随在最后。

最前头的金工长放心不下，走着走着回了下头，心里腾地蹿起了火，喊一声："停下！"大步走到队尾，瞪住春玲。

七个男工，都按着作业规章要求统一着装，深蓝涤卡工装，前胸左右两块，背后一条横杠，三处缝缀着暗银色反光布。只有春玲没穿作业服，喜气洋洋地穿了件大红上衣。

"回去，换衣服。"金工长向后一指。

"你凶什么？不换！"春玲一拧身子。

七个男人是棒劳力，要上线路上干活的。一个女人是安全防护员，在线路边为他们瞭望过往的列车。安全防护员却不穿安全作业服，金工长头发都快气冒烟了。

"统一着装是规章制度，你不穿安全作业服，火车来时怎么办?"金工长说。

"那还不好办，俺的衣服最显眼了，像一团火一样，司机老远就能看得到。”春玲美美地一舒身段说。

“胡闹!”金工长说,“你影响安全生产,我下你的岗!”

“你敢!”春玲说,“你个没良心的,俺不换作业服为了啥?不就是为了……”春玲声音突然低下去,蚊子一样用自己才听得见的音量哼哼说,“安全生产么。”又猛地拔高嗓门:“你现在下俺的岗,晚上就别想上俺的床!”

男工们哧哧笑起来。

“别笑,都给我严肃点!”金工长回身手指像枪一样一指,差点戳到一个人的鼻尖上。

“我也严肃点?”老彭笑眯眯地说。

“婆……哦段长,您啥时来的?”金工长忙把手收回去挠起后脑勺。

“来了一会了,”老彭向不远处随手一指,“这不,听你们在开会,就赶过来参加了。”

金工长这才看见不远处停着的面包车,也看见了陪段长一起来的安全室主任老钱和职教科科长周大姐,忙打过招呼。

老彭走到春玲面前说:“咋回事春玲,为啥不换安全作业服呀?”

春玲低头卷弄衣角:“俺……”

老彭笑了:“没事,有什么原因大胆地说,要是小金欺负了你,我给你做主。”

周大姐上前搂住春玲的肩,“是呀春玲,尽管说,还有大姐呢。”

春玲说:“可不就是他欺负的么,周大姐,俺、俺有了,都仨月了。”

金工长窘得不行,这傻妞,也不知道个砢碜,啥都往外说。

老彭大笑道:“这是好事呀,我们的事业后继有人了嘛。”

春玲抬起头,鼓起勇气向养路工们身上一指,“可是,那作业服上的反光布,有辐射,对孩子有害的。”

“噢?”老彭不笑了,“你从哪知道的?有科学根据吗?”

“当然有了,”春玲说,“我姐姐亲口告诉我的,她说电视上都播了。”

金工长说：“你们这些女人真是没事吃饱了……”老彭一拦“哎——”，回头问他：“我记得，安全防护员的服装配备不止反光服这一种吧？”金工长说：“还有一种不带反光布的黄马甲，她嫌难看不肯穿。”

“春玲，这就是你的不对了，”老彭说，“你肩上的责任重大，弟兄们要专心干活，安全都在你手心里掌握呢。身为防护员，安全规章要带头遵守，对不对？”

“嗯，段长，俺穿。要像您这么说俺早不就穿了，谁像他张嘴净吐象牙。”春玲说。

“你……”

“你什么你，”老彭对金工长说，“还不回工区把黄马甲给春玲取来，还愣着干什么，跑步去！”

老彭等人随后跟着养路工们来到作业现场。检查了他们的工作，悉心叮嘱一番，才乘车回段里了。

回到段里，老彭直接把老钱和周大姐请到自己办公室，一反慈祥的常态，像金工长瞪春玲一样很严肃地看着他们。把二位看得直发毛。

老彭开了口：“安全生产不是一锤子买卖，思想工作更不是开斗争大会。像金工长那么简单粗暴的方式，很有可能给防护员造成心理情绪，带着情绪上岗，能不给安全带来隐患吗？”

“是，我回头一定狠狠批评小金。”老钱说。

“不是批评批评就能完事大吉的，想防微杜渐，首先要深入人心。”老彭又对周大姐说，“还有你们职教科，为什么能让职工相信毫无科学根据的谣言？这就是你们的失职，阵地都让人家夺去了。你们调查过没有？咱们段各工区有多少像春玲这样的女职工，有多少准妈妈？都听没听信反光布辐射的谣言？你们为什么不利用咱们自己的优势，也制作一个宣教片，用科学指导，用事实说话，让准妈妈们放心，让我们的安全规章制度不折不扣地得以实施？”

“反思反思，去做好你们的工作吧。”老彭说。

【作家简介】

杨明，男，1967 年生，从事文学创作多年，已在《青年文学》《散文》《广州文艺》《飞天》《文学界》《四川文学》《安徽文学》《鸭绿江》等全国多家报纸杂志上发表各类文学作品两百余万字。现供职于沈阳铁路局旅行服务部门，中国作家协会会员。

最好的学生

田恒民

真不想讲，讲起来就痛心。

20 年前。

我连续教了九届高三，不少同事戏谑地称呼我“教授”，现在还配了一个“助教”——学习委员，语文科代表刘清雅。

她真是我的得意高足，标准的窈窕淑女，清纯文雅，说话的声音还柔嫩清甜，特好听。她有理有节委婉得体地拒绝了很多男生的死乞白赖的追求，排除一切干扰，一心决战高考。

周日晚自习，我提前来到办公室，快二质检了，准备讲一个作文专题，调用一个网上资料时，又忍不住点一下全县一质检的考试成绩，又看了一下那些早已熟记在心的数字，刘清雅，语文 126 分，全县第三名，总分 561 分，全县 167 名，心里又重复了一遍，她是这所农村中学里唯一的一个重点金苗子……我还俗不可耐地心算了一下，她能给我多挣的银子——高考奖金。我沉醉在这春风习习、花香迷人的傍晚。

刘清雅的成绩在班里遥遥领先，但是，她并不清高自傲，相反，她还常常以平等研讨的方式，帮助向她请教难题的同学。

语文自习课，我常请她帮我讲课，效果都很好。今天我打算让她讲这一小块——“最新最好素材的搜集和调用”……

今天真是奇怪，快上课了，她怎么还没来？这不是她一贯的风格，天还忽然下起了不大不小的雨。我有点急了，这个最好的学生不来，我还有什么劲讲课，讲课还有什么意义，还有什么价值？

我想给她打电话，她家还没有宅电，也没有手机。

预备铃响了，我站在教室门口准备上课，看了一下刘清雅的空位，我的心好像也空落落的。

忽然，我的手机响了，幸好还没上课，我还能接电话——

“喂！田老师吗？”

“是的，你是？”

“你的学生被车轧了，现在送去医院抢救……”

“哪个学生？”

“刘清雅！”

“啊！伤得怎么样？可重？”

“现在还昏迷不醒！”

“可有生命危险？”

“现在还不知道！”

“呼吸怎么样？”

“还有呼吸，有点微弱……”

我安排一下自习，让班长负责讲一下我的专题讲义，就匆匆地赶往医院……

给我打电话的是本校教高二语文的郑义老师，他家就住在304省道南侧，粮站大门的东侧，有门面房，他家属就在那开粮油店。车祸就出在粮站大门口，一辆拉煤的拖挂汽车，后挂车脱钩，偏向大路旁飞驰，这时，正好刘清雅骑自行车到这，脱钩的挂车一下子就撞上去，斜轧过去了，当时真是触目惊心，惨不忍睹……腿骨、肋骨好几处骨折，内脏有伤……

我看见了躺在床上的刘清雅，脸色惨白，毫无血色。正在插氧、输液，护士还在忙配血，准备输血……刘清雅醒了，看见我，苦笑一下……我强忍住泪水，我怕在重伤者面前流泪，不吉利。

床边瘫倒一个长发散乱的妇女，满脸泪痕和灰尘，手扒着床如痴如傻愣在那里——这是刘清雅的妈。她爸在外打工还没赶回来……

那个肇事车司机，现在交警还没有追到……

第二天清晨，我正在刷牙，得到了刘清雅的噩耗，顿时泪流满面，牙也不刷了，饭也不吃了，骑个电车就朝医院跑……

现在，那样的拖挂车早已没有了。

【作家简介】

田恒民，54岁，中学语文高级教师，经有关部门推荐，为2008—2010年安徽省高考语文命题人选。固镇县诗联学会理事，固镇县作家协会理事，安徽省作家协会会员。中国诗赋学会会员。

安全回家

倪贤秀

我们公司要紧急到外地去联系重要业务，派一位李副总带队，我和另一位小刘同志随同出发。临行前，老总再三嘱咐，这次业务很重要，对公司的未来发展有利，一定要联系好，千万不可喝酒误事。

我们轮流开车，一路风尘仆仆，终于抵达。对方公司的王总热情地表示要招待我们，为我们洗尘。临行前，我们特意把车开上，到时就说开车不能喝酒，这是现在谢绝饮酒最好的“挡酒牌”。我们心照不宣，开车直奔预定好的酒店而去。

酒店很豪华，菜肴很丰盛，王总太热情了，我们刚刚坐定，他就给我们每人倒上满满一大杯白酒。我们面面相觑，露出为难的神情。李副总推辞说还要开车回去，就别喝酒了吧。王总一听笑了，他让我们放心，说一切都安排好了，绝不会让你们酒后开车。话都说到这个份上了，不喝酒也是不可能的了。

酒过三巡，菜过五味，我们的脸成了猪肝色，舌头也有点大了，都醉态可掬。李副总毕竟是领导，还知道使眼色让我们少喝点。我也十分疑惑，王总说是安排好了，可现在就他一个人，而且也喝了不少酒，看来这话只是劝酒的话，作不得真的，不可能让他送我们呀。看来，最后还得我们自己开车回旅社，路程可不近，真得少喝点。自己所在的城市现在查“酒驾”很严，一到夜晚，交警会在大型酒店必经路口设卡查验，一旦发现酒驾，立马处理，想到这里，冷汗都流下来了。

曲终人散，我们终于结束了漫长的酒宴，虽然平时酒量都不错，但架不住王总的海量，都喝得差不多了。我们起身互相搀扶着上了车，正在商量着谁最清醒，谁就开车。王总送到酒店大门口，他拦住我们，严肃地说："你们不能开车！"我们一听傻了，劝酒也是你，现在不让开车也是你，这到底是唱的哪一出呀！王总让我们等等，打了个电话，过了一会儿，我们还在疑惑的时候，来了两个司机模样的人。王总笑了，对我们说："今天真不好意思，让你们喝了不少。我说安排好了，这不，来了，他们是代驾公司的，刚才那家酒店是我们这里有名的放心饮酒餐厅，安排了有资质的代驾司机，打个电话就来，让他把你们送到酒店吧！你看，我也请了一个。"怪不得是两名司机。王总还要提前给我们的代驾买单，我们哪好意思，死活不让，道别后就让代驾司机开车。

后来我们了解到，这里开展"放心饮酒餐厅"创建活动，招募了志愿者，推进代驾服务系统建设，市民在放心饮酒餐厅喝完酒，可以电召距离最近的代驾人员。这可真不错，可以减少酒后驾车的概率，也让我们这些平时喜欢喝点小酒的人，放心地饮酒，平安地回家！

【作家简介】

倪贤秀，女，年逾花甲，文学爱好者。近年来，已创作和发表散文、诗歌、小说、评论等文学作品数十篇，参加并获得近百项文学征集活动奖项。

龙潭山下

孙云海

龙潭山是长白山余脉，形状像个龙头。据说山上有个深潭，深不见底，里面有条哗哗作响的铁链，锁着一条触犯天条的孽龙。不过他在龙潭山下工作生活了三十年，一次也没到山上去过，一是太远，二是工作太忙。

以前他在山下的养路工区当工长，领着十几个工人，每日像个磨道驴，绣花一样维修着一段铁路线和一座隧道。不过那都是过去的事了，如今他退休多年，是个闲人。

那座隧道小心翼翼从龙头底下穿过，静悄悄伸向远方，像一根飘动的龙须子。可是三年前，附近一条高铁工程开工，大张旗鼓、武武玄玄在龙的脑芯子里穿过，与既有线路并行，这让他大吃一惊。

今天，那条高铁线路开通了。

高铁列车在当地是个新鲜玩意儿，沿线村民都来看热闹，瞧新鲜，那个高兴啊。可是他的心情与村民相反，一点也高兴不起来。他发现，高铁线路没给自己带来一点好处。在工区当养路工的儿子被新成立的高铁车间调去了，家也搬进了城里，他的宝贝大孙子一步三回头地离开了他，让他的心空落落的。他知道儿子心早就长草了，早就想离开龙潭山下，去更远的城里发展。如今养路工区撤销了，公路被高铁一截两段，原来热闹的养路工区十室九空。他舍不得离开留下自己太多印记的龙潭山，也舍不得撇下躺在山上孤零零的老伴啊。

儿子一家搬走了，他一连三天没起炕，窝在炕头不愿意动弹，心里空空落落的难受。第四天，晨曦的小手刚刚抚摸窗玻璃，他就爬起来穿衣下地。他觉得自己不能再这么躺下去了，老胳膊老腿的需要锻炼，就像一架旧机器得发动起来，否则就锈死了。他来到线路边一块空地上，伸个懒腰，呼吸一下春天清新的空气，正要往远处溜达，这时他看见对面大屯子里走过来几个人，沿一条长满车前子的阡陌小路走上线路，之后沿线路向隧道走来。大屯的人他都认识，走近了他问，你们这是去哪里？他们说进城，他问怎么不走公路？他们说这高铁修的，断了原来的路，上公路得绕出十多里呢。

一列火车驶过来，轰隆隆的，带起的尘土雾一样弥漫。

他们在线路人行道上走进隧道，火车带起的旋风卷起了他们的衣服，让他们陡然变得宽大怪异起来。他在背后大声喊，注意来车，隧道里不安全。他们头也没回走进去了。

后来他发现，大屯里的人图走道近，经常有人上线路，穿隧道，这很危险。接下来的几天里，他像魔怔了，总是站在线路旁往四周看，愣愣怔怔地在想着什么。龙潭山雄伟逶迤，龙头低垂，高铁线路从龙头钻出，铺向云山衔接的天际。高铁列车像白色精灵，一列列飞出，嗖嗖射向远方。他几次走近高铁看过，线路笔直，水泥浇注的道床，没一块道砟，接触网和防护网像两堵墙保护着线路，身边的既有线路没法比。既有线上火车五花八门，有货车有客车，客车有红色的有绿色的，不紧不慢，一个个像散步的老头老太太。不过别看慢，撞人撞牲畜那是一点不费劲。他不想再看到悲剧在自己眼皮子底下发生了。

忽然有一天，他进城了。

他没去儿子家，也没去看日思夜想的宝贝大孙子，早上去，晚上回，回来时手里多了一个黄铜喇叭，一面黄色小旗。

那晚，他在园子里拔了一把枝叶坚挺的小嫩葱，劈了一把翠绿欲滴的小生菜，在酱缸里淘出一碗香喷喷的黄豆大酱，拿出一瓶老龙岗酒，在院子里摆上桌椅，月光下吃菜喝酒，好不滋润。喝着喝着，他把酒杯对着龙潭山晃了晃，遥祭了一下山上的老伴儿；喝着喝着，他的眼眶湿润了，眼圈变红了。

第二天清晨，他拿着喇叭和小旗，早早来到线路旁，看见大屯的人上线路就吹喇叭摇小旗地阻拦。大屯人不理解，说老王头啊，我们走山洞是抄近道，节省多少时间，你怎么还拦着呢？他说从隧道里过太危险，火车撞着可就家破人亡啊！大屯人说高铁断道，这里又不让走，都你们铁路干的好事儿——非逼我们绕远吗？他说绕远就绕远吧，我为了你好，你也要为铁路好。

这话他每天都要说许多遍，说得口干舌燥。又有一天，他再次进城，回来时拿回一沓红红绿绿的宣传单，大屯人再上线路他就发传单，让大屯人看。大屯人纯朴善良，他们看着看着脸就白了，脸白了后又红了，然后给他行礼，一脸羞涩地返身绕远去了。

但是大屯后面还有小屯，小屯后面还有微屯，总有人要抄近道走，想方设法从隧道里穿过。他不让，每天手拿喇叭和小旗，站在线路旁，像一个忠诚的卫士。这词不是他说的，是管这段线路治安的铁路尚警官来看他时说的。尚警官走后，他在线路旁站了很久，看白云在头顶悠闲地飘过，看龙潭山绿得发黑的森林，看一列列动车在远处箭镞般飞快闪过，心里满满的。他对自己说，你像什么？像一条爱管闲事、看家护院的老狗！说完，他自己都笑出了声。

星期天，儿子开车来了，还有他的心肝宝贝大孙子。儿子很孝顺，陪他说话，从车上拿下来水果、沙琪玛等一些好吃的。他知道儿子已经是高铁工长了，事业干得风生水起。还知道儿子白天休息，晚上进防护网里修高铁线路，这让他很惊讶。养路工作他干了三十多年，都是夜间休息，白天干活呀。

在灶间做饭的时候，儿子说："爸，我朋友的爸爸去世十年了，他妈妈寂寞，听说了你的事儿，很敬佩，要来和你一起生活。"他拉下脸，说："去，没正事的玩意儿！"儿子嘿嘿乐，说下次我就把阿姨带来。他说你敢！

儿子一脸坏笑。

晚上，他在院子里吃儿子孙子中午留下的饭菜，喝着老龙岗酒。月光下，龙潭山似乎动了起来，龙头不停地摇摆，还滴着龙涎子。他揉了揉眼睛，龙潭山又不动了。渺渺茫茫中，似乎有一个慈眉善目的老太太跟他一起站在线路旁，说你这是积德行善啊！他晃晃头，老太太就走了，消失在神秘的夜色里。

第二天，他拿着喇叭和小旗，早早来到线路旁。

火车驶来又走了，掀起的气流抚弄着他的衣服。他想起昨天儿子的话，心里竟有了份期待。

他脸红了。

【作家简介】

孙云海，媒体记者，吉林省作家协会会员，中国铁路沈阳局集团作家协会副主席，第五届中国铁路文学奖获得者。1988 年开始业余文学创作，至今已在省、市级报纸杂志发表文学作品 100 多篇，至今笔耕不辍。

一副绝缘手套

关振学

那一年春天，赵师傅从变电所调到我们电工班。

我们电工班担负着矿山几个车间厂房内的电气设备维护工作，后来矿里又把附近厂用、民用的变压器和低压线路划归给我们维修。由于工作需要，从外线班调来一名外线工，调来不久的赵师傅也做外线工。赵师傅来我们班之前，按规定进行了三级安全教育和考试，合格后才上岗。

那时我是班里的材料员，负责电工材料备件和电工仪表劳保用品的发放，二十出头的我，在班里年龄最小，干这些工作也是乐此不疲。班里有一个工具箱，专门放置各种电工仪表、绝缘靴、绝缘手套，我会根据每天的工作，打开工具箱的锁，拿出所用的仪表和劳保防护用品。

那时候矿里经常开展节能降耗工作，对散落在矿区附近的小平房住户实行用电限制，分时段供电，具体就是要求我们早晨停电，晚上再送电，这任务很自然落在外线工赵师傅的头上。

我记得清清楚楚，那天淅淅沥沥下了大半天的雨，傍晚雨才停。临下班前，我按惯例从工具箱里拿出绝缘拉杆和一副绝缘手套，交给晚间准备去作业的赵师傅。那晚和赵师傅一起参与送电作业的还有调来不久的小安子，俩人骑着自行车，带上工具和防护用品，消失在茫茫夜色中。

他俩对几处早晨停电的变压器逐个开始送电，很顺利恢复了几处变压器供电，还有最后一处变压器就在前面，他俩打着手电筒，向那个熟悉的地方赶去。

这是一台老式单相变压器，变压器台离地面有两米多高，高压侧采用两相3300伏供电，低压侧是220伏，供附近居民生活用电。高压侧安装有两个高压跌落式开关，站在地面用高压绝缘拉杆就能进行停送电操作。

这时，变压器台附近聚集了不少周围的居民，熙熙攘攘，焦急等待着快点送电回家看电视剧。赵师傅举起绝缘拉杆操作，小安子打着手电筒，赵师傅很快合上了一个高压跌落式开关，又熟练地把绝缘拉杆头部放在高压跌落式锈丝管的铁环上，只要轻轻向上一推，就会完成这次送电。然而，赵师傅这一次操作却没有成功，锈丝管"啪"的一声掉到地上，赵师傅又接连试了几次，都掉了下来。原来跌落式开关底座有一面已损坏，勉强能挂住锈丝管，但一用力向上推就会掉下来。此时，变压器台附近看热闹的人群骚动起来。

赵师傅心里一急，用手从地上拾起锈丝管，竟然爬上了变压器台，一只手拽住变压器台上的铁制拉板，一只手握着锈丝管，准备放到跌落式开关的底座上，然后再下来用绝缘拉杆推上，小安子在下面大声喊："赵师傅危险，快下来！"

话音未落，一道弧光，赵师傅的身体突然直挺挺地僵在那里，小安子慌乱中抄起绝缘拉杆用力拨打赵师傅的手，赵师傅重重地从变压器台摔了下来，小安子连忙实施人工呼吸和胸外按压抢救，有人迅速拨打了110和120电话。

救护车火速赶到了现场，医护人员检查后无情地宣告：人已经死亡！小安子扑倒在赵师傅身上号啕大哭。而那副耐压一万伏的绝缘手套，此时静静地放在赵师傅的遗体旁。

"如果当时戴上这副手套，就不会触电。"

"糊涂啊，怎么能爬到变压器台上去呢。"

"为什么不把头一个合上的高压跌落式先拉下来呢？不知道变压器线圈会返回来电吗？"

转眼32年过去了，那次惨痛的事故仍然历历在目，如果赵师傅还活着，今年应该66岁了，早就退休了。

【作家简介】

关振学，男，“60后”，鞍钢矿业工人，业余喜爱文学创作，在《冶金安全报》《中国安全生产报》《辽宁交通安全报》《辽宁劳动保障》等报刊发表诗歌、散文若干篇。

钥 匙

左 晔

“咚咚、咚咚……”一阵敲门声从客厅传来，叶子打开灯，看了看时间，夜里12点，谁这么晚了还敲门啊？

“咚咚、咚咚……”敲门声越来越大，也越来越急促，叶子被吵得心烦，连忙去开门。站在门口准备开门的一瞬间，叶子却停下了手。此时家里只有她和七岁的女儿，这么晚了，一般人谁会这么晚敲门，万一遇上坏人可怎么办？这样想着，叶子突然莫名地害怕了起来，她屏息凝神，不敢发出一点声音，生怕被门外的人听到。

“咚咚、咚咚……”外面的人还在敲门，叶子站在原地一动也不敢动。敲了一会儿，终于安静了，然后就听到一阵脚步声，最后什么声音也没了。“谢天谢地！”叶子悬着的一颗心终于踏实了。

叶子正睡得香呢，手机突然哇啦哇啦地响了起来。叶子怕吵醒女儿，连忙拿起手机，准备接，一看是陌生号，就拒接了。可是手机又响了起来，还是刚才那个号，叶子想都没想又拒接了。谁知这边刚拒绝，那边又打了过来，叶子生气地接了起来，“你有完没完，半夜三更打电话，让不让人睡觉了？”叶子没等对方反应过来就挂了电话，为了避免再被骚扰，索性将手机关机了。

第二天早上出门时，叶子看到门上贴了一张纸条，赶时间的她以为是小广告之类的，就没在意。是女儿的话引起了她的注意，“妈妈，这是对门的邻居给我们的留言。”

虽是对门住着，可是两家并不认识，平时也没什么来往，平白无故的怎么会有对门的留言。叶子带着疑惑，匆匆扫了一眼那张纸条。这一看，看得叶子，心里有些歉疚。

原来昨天晚上，对门的邻居回家时见她家的钥匙还在门上插着，怕出事，就敲门让她拿钥匙，没想到吃了闭门羹，然后又费周章问到她的电话，结果好心还落了个埋怨。最后只能将钥匙放在了小区门房让她自己去取。纸条上的最后一句话："现在的人是怎么了？连最基本的信任都没有了？"像刺一样深深地扎进了叶子的心里。如果昨天不是遇上好心的邻居，后果真的不敢想。

叶子将女儿送走后，敲响了邻居的门，手里还提着一袋水果。

【作家简介】

左晔，女，陕西省榆林市人，1981年3月26日出生，现在陕西省一八五煤田地质有限公司工作，单位内刊通讯员，发表多篇作品。从小热爱写作，大学期间曾担任校报通讯员，多次被评为校报优秀通讯员。

我说的是真话

黄旭华

几千年前，电视里见缝插针，广告在一天早、中、晚三个时间段轮番轰炸。屏幕里为食品公司做代言的当红明星卖力地表演着，努力挤出一个职业的微笑，娓娓道来：“本公司产品保证不含瘦肉精、地沟油、食品添加剂、化学色素……”

过了一阵子，电视里又出现了一个规模宏大、人头攒动的会场，一个领袖模样的人在台上一本正经地承诺道：“以后我们地球要建立长效机制，保证不再乱砍滥伐，保证不再偷猎，保证不以牺牲环境为代价发展经济，保证不使用大规模杀伤武器……”

几千年后，世界倒退到原始时期。天空灰蒙蒙的，不时下着酸雨，大地上千沟万壑，看不见一点绿色。各种垃圾充斥其间，俨然是一座大型的废物回收场。在一片断壁残垣之间，一种因服食了过量有毒有害物质变得奇形怪状的叫作人的生物聚在一起听一位长者做演讲，长者用一种极其哀痛的语调声情并茂地说道：“几千年前，地球的天空是蔚蓝色的，空气非常清新，一年四季分明。大地上有草原、森林、湖泊、高山，数不清的动物与植物，以及各种无害且可口的食物。请相信我，我说的是真话……”

【作家简介】

黄旭华，男，汉族，于2007年8月至2009年12月在新疆克孜勒苏柯尔克孜州克孜勒苏报社从事副刊编辑工作，从2009年12月调动到新疆喀什地区巴楚县第二中学担任教师工作至今。自2016年7月开始从事文学创作，在《百花园》《鸭绿江》《微型小说月报》各种报纸杂志发表一百余篇作品。

一场戏

岳秀红

李玉敏费了九牛二虎之力终于打开关着的窗户，屏住呼吸曲身轻跳进屋，再轻手轻脚往里走。灯一下亮了，刘洪飞无比平静地向他打招呼："你好，年轻人，欢迎你深夜来陪我！"

魂飞魄散的李玉敏鼓起勇气向声音来处看去，一个整整齐齐穿着旧警服的老头仰躺在沙发上，正慈眉善眼对自己笑。李玉敏心里暗暗叫苦：今天死定了，为了给生病的母亲继续治病，好不容易下定决心干第一票，居然撞到退休警察家！随即一转脑子，李玉敏决定如影视剧里一样捆绑封口退休警察就逃：绝对不能被抓，绝对不能进去！进去了，就成为真正的"坏人"，我李玉敏永远都不是坏人！

刘洪飞微笑着向李玉敏招手："快过来，年轻人，陪我聊聊天。"

李玉敏猜不出老人的真实意图，迟疑着不敢迈步。

刘洪飞继续向李玉敏招手，脸上的笑容更甜蜜、声音更温柔："不要怕嘛，年轻人，我虽然是退休警察，但一个半死不活的老头子有什么可怕嘛，过来陪我聊聊天。"

李玉敏仔细扫一整圈屋内，见没有人冲出来的迹象，就大着胆子走到老头面前。

刘洪飞拉住李玉敏的手，要李玉敏坐在他身旁。刘洪飞握着李玉敏的手说："年轻人，我一个人闷得要死，今夜你就陪我聊聊天吧。"

李玉敏没有答应老人，只闷声不响地听刘洪飞讲话："我今年七十多岁了，有儿子女儿，也有孙子孙女。他们和我住在同一个城市，可从不来陪我一次，哪怕两三个小时！我养了一只叫丽丽的猫陪我，让我容易打发日子。我的妻子也叫丽丽，十年前去世了。丽丽猫陪了我整整十年，上个月不知得了什么病也离世了，留下我孤家寡人。这一个月待得我快要发疯了，幸好你今晚来了，我终于可以和活人说说话。不然，我也就成了死人。”

稍稍停顿几秒，刘洪飞擦擦眼睛，拍拍李玉敏的肩说：“年轻人，今晚请你留下多陪我会儿，陪我多聊聊天，好不好？”李玉敏下意识点了点头。

刘洪飞不停口说：“年轻人，我猜得出来你来干什么，而且我猜得出来你是第一次干这事。这没关系的，我一样欢迎你。一个人真的很闷呀！今后你每周抽一个晚上来陪我，我和你说说话聊聊天，我一次付你四百元，好不好？钱是不多，但这样你拿得心安理得哦。这样的事，不能干，趁早收手！干多了，就收不了手，也收不了心，人就真正走上邪路了！”

李玉敏情不自禁就点了头，头点得有一种静夜的脆响。李玉敏还开口说：“好，老大爷，我一定收手，我一定每周抽一晚上时间来陪您！”

刘洪飞继续和李玉敏聊天，他没再继续编造自己身为独居老人的悲惨故事，而是摆谈自己退休前在公安局上班时接触的一些“进去的人”的真实故事。他讲他们的犯罪心理过程，他们走上犯罪道路后的非人生活，他们内心的真诚忏悔，他们重新做人后的辛酸经历……也许因为刘洪飞的口才太好，这些“进去的人”的真实故事，让李玉敏流下男儿有泪不轻弹的泪水。

刘洪飞收口，从身上的钱包掏出一叠百元钞票递给刚流完眼泪的李玉敏：“年轻人，这些共三千元，收下吧，算我提前支付给你的聊天费。你第一次干这事，肯定急需钱用。答应我，一定不要再干！”李玉敏没有伸手接钱，只是一个劲摇头。刘洪飞一只手轻拍李玉敏的肩：“年轻人，收下钱吧，这是我一位老年人的心意，帮助你救急！年轻人，你不收钱，是因为我这个老头子非常讨厌，你再不愿意来陪我聊天！”李玉敏的双眼瞬时泪涌，他一把抱住刘洪飞，颤抖着声音喊:“老大爷,我愿意!我愿意!”

李玉敏走后,刘洪飞刚关好门窗,小保姆已经从卧室出来站在他身后:“刘爷爷,您简直是演了一辈子戏的老演员!把自己说成悲惨的独居老人,感动了小偷!等刘叔一家旅游回来,我一定要告您的状!”刘洪飞转身对着小保姆呵呵笑:“小姑娘,我演这一场戏,有真有假,但挽救了一位正要误入歧途的年轻人,非常值得呀!”

【作家简介】

岳秀红,四川省作家协会会员,在《诗刊》《星星》《杂文月刊》《意林原创》《四川文学》《安徽文学》《百花园》《小说月刊》等发表小说、杂文、诗歌1000多篇(首),作品多次入选年度作品选。

冬天的早晨

李洪菊

“从家到县城要十六里，十六里，这点路要搁以前算个啥嘛。”老耿头自己嘟囔着在屋里转悠，自打去年给孙子置了房娶了妻，他陡然觉得自己真的老了。

东方还没泛出一星光亮，他就穿戴整齐，推出他的破自行车，咣啷咣啷上路了。

冬天的风很冷，路上黑魆魆的，一个人也没有。老耿头感觉鼻子尖冻得发酸，背上却开始冒了汗。他一边用力蹬车一边胡思乱想，时而潮了眼眶，时而又嘿嘿笑出了声。

“嗨！老哥来帮个忙哟！”

老耿头吓了一跳，循着话音看见前面路边一个黑影正冲他摇着双手。

走近了，那人抖抖索索地摸出烟递给他一根，说：“老哥，搭把手呗，俺刚进货回来车翻沟里了，自个咋也弄不上来。”

老耿头打眼看，是个穿着破大衣的驼背老头，脸孔看不太仔细，路东道旁沟里隐约可以看见翻着一辆电三轮。

他接了烟，夹在右手指缝里，说：“老哥，咱不服老不行喽，这么大岁数别逞能啦。”

那人长叹一声，殷勤地打着火机。

老耿头把烟噘到唇上，低头去凑火。

“你！”

“你！”

两人都愣住了。

这是一张满是褶皱的脸，右眉角上有伤口已结成不规则的痂，还有一长一短两条血流下的印痕，眼眶里窝着一双躲闪的灰色小眼睛。老耿头怎会不认得他！老耿头一时心里百味横生，他索性把烟丢在地上，转身跨上车子。

他清楚地记得，那个早上刚吃过饭，鲁猛骑着一辆崭新的大摩托进了门，大声嚷嚷着："亮子，我去县上给车挂牌，带你一块去兜风!"那时摩托车还是稀罕物，儿子自是巴不得。鲁猛是儿子邻村同学，也是要好的哥们。其实老耿一直不喜欢鲁猛，二十大几了也不说个媳妇，流里流气地整天瞎捣鼓，可儿子听不进。两人高高兴兴地开车出了门，这一走就再也没活着回来。那年小孙子才两岁。

原来回来时两个人喝了酒，在骇河桥上飞出护栏，儿子当场身亡，鲁猛在医院里又挨了些时日，最终也一命归西。当时老耿也曾到鲁家理论过，但鲁家也自顾不暇，事情就不了了之了，两家也从此断绝了往来。

说不清出于一种什么心理，走出一段路，老耿还是忍不住回了一下头。

天已经微微有些放亮了。老耿看见那个佝偻的人形正瘸拐着爬下沟坡，又把腰身猫得更低了些，双手去掀那车，一下、两下，那车似乎动了一点，又似乎没动。

老耿头忽然悲从心来，一桩桩一件件的心酸往事像过电影一样都涌上心头，他久久地立在冬天清早的风里，一动不动。

后来儿媳要改嫁，她嫁就嫁吧，可孙子必须留下，这是老耿家唯一的血脉了。从此，他这老头子就又当爷爷又当爹娘了。邻里街坊看他们爷孙可怜，这些年没少帮衬他们，可谁家的日子不要紧？他就尽量不麻烦别人，有一回自个开车拉庄稼也翻了车，困在那里叫天天不应叫地地不灵，比这老鲁头还惨……

许久，老耿头抹了把眼角的泪，还是折回了身子。

他也不说话，放了车子，和老鲁一起用力把三轮车正过来，又一个拉一个推，合力地把车从沟底弄到路上。然后两个人把散落的已是伤痕累累的橘子、苹果挨个捡到框里，搬到车上。从始至终，两人一句话也没说。

忙完了，两个人都累了一身汗。老鲁又抽出烟递给老耿，老耿头接了，两人点了烟，面朝东并排在路边蹲下。

“亏了这沟浅，不然咱俩还真弄不上来它哩。”老鲁讪讪地开口说。

“你不是还有个闺女吗，这么大岁数干吗这么拼？”老耿头突然问。

“唉，闺女身体也不好，不想拖累她。”老鲁把头埋得更低了，“能干就多干点，将来哪一天不能动换了再说……”

两人默默抽烟，半晌，从老鲁喉咙里又咕哝出几个字：“对不起！”声很小，但老耿听见了。

老耿眼眶一热，翕动了几下嘴唇，忽然大声说：“亏我早起串亲戚，不然这大冬天的你路上碰个人都难哟。”

孙媳妇昨晚生了一个大小子，他耿家又有后了，他赶早要去县医院看重孙呢。老耿没有说。

太阳升起来了，阳光洒在两个老人身上，有点冷，也有点暖。

【作家简介】

李洪菊，卫生工作者，德州市作家协会会员，中华精短文学学会会员。作品在《德城报》《德州晚报》《小小说月刊》《微型小说月报》《精短小说》《小小说大世界》等报刊发表，有作品入选《湖南2016年度闪小说精选》《中国当代微散文精品》。

塌　陷

临沂风铃

李三看着王处长的车子绝尘而去，心里松了一口气。他知道，新修的这条路验收应该没问题了。只是想想自己送出的那张金卡，不由又有些肉疼。

回到包间内，一起承包工程的几个弟兄正眼巴巴瞅着门外等他。看到李三进来，全部用疑问的目光瞅着他。李三比了一个 OK 的手势，大家都兴奋地叫起来，酒宴推向了高潮。

一阵刺耳的手机铃声响起，是小四的手机。

“啥？路塌了个坑？……和我有啥关系？……哦，还真是我和三哥修的……你怎么知道？……算他倒霉！走路都走不好！……记得出去别乱说！”小四假装漫不经心地把电话扔桌上，吸了一口烟，徐徐吐出，这才说：“大伙别看我，来！大块吃肉，大碗喝酒！跟着我和三哥干，绝对有肉吃，有钱赚！”

听了这话，本有些沉闷的局面再次热闹起来。

李三瞅一眼小四，小四忙靠近他，压低声音在他耳边说：“我一哥们路过一条咱们前两年修的那条路，正好看到一个放了晚自习的学生掉进白天刚塌陷的一个坑中，摔伤送医院了。可能惊动了媒体，哥看怎么办？”

李三听了，沉吟片刻，低声对小四说：“你明天去看看伤者，实在不行给他们点钱，让他们闭嘴。”

“放心吧，三哥。我会让他们闭嘴的。”小四目露凶光。

李三听了，沉默不语。

李三长得五大三粗，原是个小包工头，揽一些小工程来做。由于他的工程质量好，且能按期完成，很为他赢得一些口碑。他的工程越做越大，也结识了不少有权有势的人，偶尔工程不过关，送送礼就能搞定。李三的钱是越来越多，心却越来越黑。

李三拿出手机，由于怕打扰他和王处长的谈话，他手机设置静音。看到手机上不下十条老婆的来电，他庆幸自己的英明。这破娘们，天天查岗，真是够烦！

刚要放下手机，王处长来电："你怎么搞的？前年那条路你信誓旦旦说保证质量，经得起考验，怎么就出了问题？现在好了，被人捅到媒体，天王老子也帮不了你！"王处长愤愤然挂了电话，留下李三张口结舌。

李三懵了，这么一个小塌陷，怎么还惊动了王处长？

手机又响，是妻子："催！催！催啥催！这倒霉女人！"不等老婆开口说话，李三张口就骂。

"你这个挨千刀的，你修的好路！咱儿子放学经过，没看见那个大坑，连人带车摔了进去，碰到了脑壳，现在还昏迷不醒！你这个混蛋！儿子若有三长两短，我和你拼了！"

李三彻底慌了，他这才想起，儿子今年高三，晚自习回家必走那条路。

【作家简介】

陈雅萍，笔名临沂风铃、冰凝暗香，酷爱读书写字，曾在《精短小说》和《核桃源》等刊物和文学网站发表作品若干。

受 戒

于 辉

太阳刚刚露出圆圆的笑脸，线路工区的小伙子们就钻进电力工程车，习惯地戴上安全帽。车缓缓地向大门滑去，戛然停在了门口。

老耿头像往常一样，手持一截小木棍，另一手拎着串儿钥匙，一瘸一拐地踅出传达室。与往日不同，老耿头穿着焕然一新，一身早已过时又崭新的深蓝色涤卡中山装，使他看上去腿脚越发显得不利索。

望着老耿头上车费劲的样子，小刚不禁眼前浮现出第一次随车外出施工的情景：

没到过长城，就不能算来过北京；没干过线路，就不能算真正的供电人。正是抱着这种想法，电校一毕业他就主动请求来到线路工区。高空作业的惊险和刺激，驱使他那颗不安分的心，刚刚通过《安全工作规程》的考试，便再三请求随车外出施工。当穿上崭新的工作服时，竟无法按奈自己激动、兴奋的心情，恨不能立即到达施工现场，登上十米高杆之上。

那天，慢慢腾腾的老耿头不是开大门，放行。而是挺费劲挺费劲地攀上工程车，目光严峻地从前到后、由左及右扫视，最后，目光落在了小刚身上。只见他，吃力地挪动身子，来到小刚面前，不容分说，举起手中的小木棍，“啪”的一声，不轻不重地落在了小刚的头上，嘴里喊道：“把安全帽给老子戴上！”

血气方刚的小刚被这突如其来的一击，弄得蒙头转向，稍一清醒，便顿感羞愧难当，气急败坏地问道：“你……你为何敲我的头？”

老耿头理直气壮地喝道：“戴上你的安全帽！”

“这又不是施工现场，可以不戴安全帽……”小刚系统地学过

《安全工作规程》，自信比一个看大门的老头要懂得多。

“这是去施工现场的路上，此刻，戴安全帽要养成一种习惯，成为一种自然……”老耿头瞪着眼，固执地坚持道。

“《安全工作规程》上规定，施工现场戴安全帽，并没有讲施工路上戴安全帽，我坚决不戴！”小刚拧着头态度坚决地辩解道。

“戴！”

“不戴！”

二人互不相让地僵持着。最后，老耿头气哼哼地丢下一句：“有一个不戴安全帽的，老子我绝不开门放行！”说着步履维艰地走了。

主任劝了老耿头，又劝小刚。可谁也不肯让步。主任只好对小刚说：“今天你情绪不好，《安全工作规程》有规定，就不要参加今天的施工了，回头我找你谈……”

晚饭后，主任悄然来到小刚的宿舍，见小刚仍气鼓鼓地坐在床头，生闷气，便耐心地开导道：“老耿头脾气不好，但为人正直。他年轻的时候，就是因为一次违章作业，落了个终身残疾，一辈子没有成家。所以，他对违章现象疾恶如仇，有时难免表现得有些固执、偏激，大家都能理解他、体谅他，希望你也能多理解、体谅、同情他。不过，话又说回来，我们线路工区二十几年来无人身伤亡事故，也真多亏了他，哎，有些事情一时半会的也说不清楚。总之，明天，你只管戴好安全帽就是了，别忘了……”

主任望着小刚默默地点点头，放心地走了。

翌日晨，老耿头像什么事儿也未发生一样，拿着小竹棍，挺费劲地攀上汽车，眼睛扫视着每一个人。然后，挪到主任面前，举起手中的小棍子，“啪！”的一声敲在主任的安全帽上，嘴里背了一句《安全工作规程》里的条文：“安全生产，人人有责。各级领导必须以身作则，要充分发动群众，依靠群众……”

就这样，老耿头逐个敲着，一路背下去：“保证安全的组织措施——工作票制度、工作许可制度、工作监护制度、工作间断制度、工作终结和恢复送电制度。保证安全的技术措施——停电、验电、挂接地线……”那情景仿佛小和尚受戒一般，样子十分滑稽。

当来到小刚面前时，老耿头明显地迟疑了一下，然后，小竹棍轻轻地落在了小刚的安全帽上，发出清脆的响声，嘴里念念叨叨地说道：“抓安全工作要宁听骂声、不听哭声。”

当老耿头去开大门的时候，主任走过来悄悄伏在小刚的耳畔说道：“我们线路工区的安全先进单位，从某种意义上说，就是这么一棍一棍地敲出来的……”

省局党委为了照顾老同志和老弱病残者，为他们办理了提前退休的手续。今天，老耿头就要离开熟悉的工作岗位了，就要离开朝夕相处的同志们了。这是他最后一次为工区的同志们开门，他感到无限的留恋和眷恋。他早早地洗漱完毕，郑重地拿起那截小竹棍，行使最后的权利，可当他爬上车时，一下子怔住了。大家没有像往常一样戴着安全帽，而是齐刷刷地光着头，伸长脖子，虔诚地等待老耿头最后一次受戒。主任满怀深情地对老耿头说：“耿师傅，您就敲吧，使劲地敲吧，我们一定像您在时一样，时刻绷紧安全工作这根弦……”

这时，老耿头双眼蓄满泪水，高高举起的小竹棍，却迟迟没有落下。良久。“啪！”小竹棍重重落在了他那条残疾的腿上……

【作家简介】

于辉，曾用名迂回、广君等，山东省德州市平原县人。1963 年 9 月生，1980 年 12 月参加工作，一直供职于国家电网公司枣庄供电公司。1990 年开始发表文学作品，以小说、散文为主，尤以小小说创作见长，多次在全国小小说大奖赛中获奖。作品散见于《脊梁》《中国检察》《微型小说选刊》《微型小说》《时代文学》《当代小说》《青年月报》《中国电力报》《山东电力报》《山东青年报》等报纸杂志，共计 500 余篇。著有短篇小说集《最后的防线》。枣庄市作家协会会员、山东电力作家协会会员、枣庄电力作家协会主席、薛城作家协会副主席、《奚仲文学》编委。

绿色蓝图

黄可伟

阿三种完了花，蹲在路边看着身边换过的死花。他按照规划署市区绿化大纲图种植，在香港不同区域种植了美丽的花、漂亮的草，刚在上年初秋，在这条观塘道近警署位置，路中心偌大安全岛的栏杆的盆上种了长春花。阿三住在观塘，在这个香港第二贫穷的社区中，他一想到美丽的花花草草可以逗乐愁苦的居民，就自觉做了一件天大好事，自己也快乐。

仲秋来到，阿三下班后总会经过安全岛，也总会望望身旁自己有份种的长春花，起初几天，长春花还是生意盎然，叶子盈绿，他幻想来年三月，长春花在绿叶间长满粉红与白色花朵的景象，又想到路人看到自己种的花而露出笑脸。可是过了几个星期，长春花的绿叶子却垂奄萎缩下来，他看看盆子，泥土都干了，没有一丝水分，还有十多颗不知什么缺德者丢进来的烟屁股与纸巾，阿三心想，一定是天气太干，工人又洒了太少水，水分都挥发了，他赶紧在附近711便利店买了蒸馏水，按种植经验灌溉长春花。洒了点水，第二天上班时再看望长春花，花似乎有了点气息，就像向自己致意，阿三稍觉安慰。十小时后下班，阿三再看看长春花，却发觉她又垂头丧气起来，土上散着十多片掉下的叶子，比之前所见更颓唐，阿三有点点伤心，心想今早见的长春花，是回光返照，还是自己的错觉？但红灯一亮起，一排车子往前冲去，卷起一大片废气，阿三一边咳，一边明白了长春花生病了。

星期一，阿三在花圃听完规划署园艺师训话，说收到市民投诉上期种植的花草都半死不活，影响市容，要他们补种，阿三心想，花是生命，不是装饰品啊！但他还是遵照园艺师命令，在这个仲冬到弥敦道上种回凋敝的雏菊，那些换出来的雏菊死相比观塘道上的长春花更令人难过。又过了新年，观塘道上的长春花早已死去大半，剩下的茎上脱剩六七片叶子，阿三早已绝望，改行其他道路上下班。

春天终于来到，阿三这天不得不回到观塘道的安全岛上，上司早上叫他换掉长春花。去到，阿三发现死掉的长春花尸骸旁，竟然生出了一点点的野生紫花酢浆草。他突然记起，以往学种花时，师傅说过世上最好的园艺规划师，不是人类，而是其他看不见的造化。他决心放过这些小东西，让她们快活地欣欣向荣。

【作家简介】

黄可伟，1981 年出生于香港。2003 年毕业于香港中文大学中文系，2007 年获香港科技大学人文学部文学硕士，2012 年获同系哲学硕士。现为自由写作人。2014 年开始担任香港《线报》（Line Post）专栏作者，2015 年创立香港练习文化实验室（出版社）。曾获香港之中文文学创作奖、大学文学奖、青年文学奖，台湾之全球华文文学星云奖、漂母杯文学奖、梁实秋文学奖、后生文学奖、桐花文学奖、阿里山森林文学奖，深港两地短小说奖、孙犁散文奖等奖项。2016 年 5 月出版首本小说《田园志》。

一箱黄瓜

宋炳成

郝强开着三轮车刚进院门，母亲便拄着拐棍，急急火火地从屋里赶了出来，她埋怨说："郝强，你怎么才回来，我打你电话也不接。"

郝强笑着说："娘，大清早的，能有啥事这样急？"

母亲说："还啥事，今天不是定好了人家来车拉黄瓜吗？"

郝强只挠后脑勺，他憨笑着说："看这事整的，镇上开超市的老刘昨天晚上打电话，让我一大早给他送两箱黄瓜过去，这一掺和竟把正事给耽误了。"

郝强没来得及进屋，发动开三轮车就要走，却听母亲说："郝强，一时找不到你，我又不能下地，一着急，我打电话让阿香过来先去摘黄瓜了。"

这次郝强急了，他埋怨母亲说："娘，你让人家来干啥，多不担事啊。"

母亲笑着说："傻儿子，我这不是给你创造机会嘛。"

原来，阿香是给郝强新介绍的对象。阿香是邻村出了名的大美女，人又勤快，郝强是一百个愿意，可阿香没有明确答应，要相处一段时间再说。郝强顾不上和母亲争辩，发动开三轮车急急忙忙地走了。

来到黄瓜大棚，阿香已摘满了一箱。

郝强忙笑着和阿香打招呼："就这点活儿，怎么能让你受累。阿香，你歇会儿吧，我来。"

阿香说："干这点活儿累不着，正好今天不忙，阿姨打电话我就过来了。"

郝强随手抓起两个箱子，望了一眼郁郁葱葱的黄瓜说："阿香，咱们先摘棚西边的吧。"说着，郝强拎起箱子向棚西边走去。

男女搭配干活不累，两人说说笑笑地就摘了两百多斤。

刚过完秤，阿香突然想起，她最初摘的那一箱黄瓜还在棚东头放着呢，便催促郝强快去搬来。收黄瓜的也说："搬来吧，今天货不多，有多少要多少。"

郝强却笑着说："不卖了，那一箱留着自己吃。"

阿香听了，心里甜甜的，那箱黄瓜肯定是留给她的。这个郝强，还挺有心的嘛。

郝强将那箱黄瓜搬上车，拉着阿香，两人一块儿回了家。

早饭还没有做好，阿香去和母亲帮忙。郝强也没闲着，他把那箱黄瓜搬到自来水管旁认真清洗起来。

阿香看在眼里，喜在心里，嘿，这个郝强，心还蛮细的，在这儿洗好了，带回家连洗都不用洗了。

可阿香高兴了没一会儿，脸就拉长了，她看见郝强将洗好的一些黄瓜放到案板上，随手拿起刀剁碎了。

阿香耐着性子问："郝强，你这是做啥？"

郝强头都没抬，说："剁碎了喂鸡。"

阿香心里一沉，还以为是准备送给她的呢，却原来是喂鸡啊。她不高兴地说："人家两块五一斤敞开了收，你不卖，你这不是糟蹋吗？"

郝强却满不在乎地说："别说是两块五一斤，再贵咱也不卖。"

阿香纳闷极了，这个郝强缺根筋啊，她想拔腿就走，但还是忍不住问了一句："郝强，你这到底是为啥呀？难道是我把你的黄瓜弄脏了不成？"

郝强忙笑着起身对阿香说："看你，想到哪里去了，怪我没和你说，你摘的那两趟黄瓜，我前几天才打了一种新药，想试试效果，今天还没出安全间隔期呢，吃了恐怕不安全，所以人家给咱再多的钱咱也不能卖，你说是吧？"

阿香听后脸一红，笑了。

第二天，阿香让媒人捎话，说她愿意嫁给郝强。

幸福来得太突然，郝强都有点儿不敢相信自己了，他忍不住问媒人："三婶，你说啥？阿香答应嫁给我了？"

三婶笑着说："是啊，阿香答应了，她说愿意嫁给你。"

郝强听了心里还是不踏实，前几天阿香还说谈谈看呢，怎么突然就答应了呢，郝强忍不住问："三婶，阿香是怎么这么快就想通的？"

三婶笑了，说："傻小子，还不是因为那一箱黄瓜。"

郝强还是没有摸着头脑，他傻傻地问："三婶，那箱黄瓜怎么了？"

三婶说："怎么了，人家阿香说，你心地善良，能为别人着想，那箱黄瓜你宁可扔了喂鸡也不愿意拿来卖给别人，像你这样诚实善良的人，嫁给你准没错。"

【作家简介】

宋炳成，山东蒙阴人，临沂市作家协会会员，《故事会》《故事林》、郑州小小说传媒有限公司等签约作者。作品散见《小说界》《小说月刊》《微型小说选刊》《故事会》等报刊。有作品入选《中国微型小说百年经典》《微型小说一千零一夜》《值得孩子和大人珍藏的经典书系》《中学生必读经典手册》等选本。出版个人作品集两部。

放心肉

刘凤云

临近年根儿，村子里逐渐热闹起来，鞭炮声此起彼伏，可山奎老汉家里却还没有一点儿过年的气氛。

转眼到了腊月二十八，山奎老汉照旧起了个大早，先把院子打扫一遍，再打开院门，冲街西村口望了望。然后转过身，对正在熬粥的老伴说："老婆子，吃完饭你去小卖部买些酒菜来，兴许今儿子带着媳妇和孙子来看咱们呢。"虽然儿子已经有七八年没回家过年了，但老汉每到这一天都要去门口等。

老伴搅粥锅的手稍停了一下，随顺着老头子的话音说："好嘞，一会儿我就去，顺便给咱孙子买两瓶酸奶。"

"你个老糊涂，咱孙子都十二了，还喝那玩意儿?"

"哦，哦，我忘了。瞧我这记性，咱孙子都该长成大小伙子了。"老伴用手拍了拍脑门。

"那我就多割些肉，记得以前儿子回家，总爱吃我做的红烧肉。"老伴一想到儿子一口一口夹着红烧肉，满嘴流油的吃相，就满脸的幸福。

"你个老糊涂，你忘了，咱儿子儿媳妇为啥这些年都不回来过年？还不是因为你买了张二狗的猪肉。"山奎老汉想起这件事就气不打一处来。

"那个缺德玩意儿，不仅卖注水肉，注胶肉，还卖死猪肉。害得我宝贝孙子吃了我做的肉包子，上吐下泻，差点儿没丢了小命。媳妇一气之下再也不准儿子回家过年。"老伴说着说着委屈地抹起了眼泪。

"唉，都是叫钱给闹的，现在的人那，就看眼前利益，不管别人死活。以前咱老百姓自己养的大肥猪，过年杀猪吃肉，那才叫香。”山奎老汉咂吧一下嘴，回味着过去的日子。

“可不是，那时家家户户院子里都盖猪圈，一头猪养一年，吃的是野菜、剩饭泔水。你看现在的猪都吃啥？料精，添加剂。俩仨月就出栏，那肉能好吃吗？更有黑心商贩为了多卖钱，往肉里注射乱七八糟的东西，害得我宝贝孙子——”老伴越说越生气。

“唉，看来儿媳妇还是不能原谅咱们这俩老东西呀！”山奎老汉看了看静悄悄的大街，扔了手里的扫帚，回屋生闷气去了。

这时，门外响起了汽车的喇叭声，老伴儿挑门帘向外望了一眼。只见一辆小汽车停在门口，儿子和媳妇从车里下来。后面还跟着一个多半人高的孩子，手里提着东西径直进了院子，一口一个“爷爷”“奶奶”地喊着。

老伴儿进屋推了一把老头子，“快，快起来，你看谁来了？”山奎老汉也听到了喊声，一骨碌爬起来，下炕就往外跑，鞋都没顾得穿。

儿子春生看见老爹出来，“扑通”跪到爹面前，羞愧交加：“爹，儿子不孝，不该记恨二老，让爹和娘受委屈啦。”山奎老汉忙把儿子搀起来，拍拍儿子肩膀，抹了一把老泪说：“啥也别说了，回来就好，回来就好！”儿媳妇过来，一同搀扶着爹进了里屋。

山奎老汉忙吩咐老伴：“老婆子，去小卖部买些酒菜来，我和儿子好好喝几盅。对了，别买猪肉啊，吃着不放心……”

“爷爷，不用奶奶去买菜，我们都带来了。特别是猪肉，你看带了好几箱呢。”山奎老汉话还没说完，孙子小宝抢先拦住了奶奶，把装猪肉的箱子抱到爷爷面前。

小宝学着爸爸的样子，给爷爷介绍起猪肉来：“爷爷，这可是放心肉。这是滦南鑫华畜禽养殖专业合作社用中草药饲养的‘草臻香’特色猪肉，不仅口感好，脂肪、胆固醇含量少，就是患有心脑血管、高血压、糖尿病的人都可以放心吃……我爸说了，以后经常给爷爷奶奶买这家的猪肉吃，而且有空就回家，吃奶奶做的红烧肉。”山奎老汉听孙子滔滔不绝地说着，脸上早已笑成了一朵菊花。

厨房里，婆媳俩正在忙活，不多久，红烧肉的香味就在屋子里弥漫开来，连同久违的欢笑填满了整个农家小院。山奎老汉悄悄钻进地窖，拿出了多年不舍得喝的老酒，今天他要和儿子痛痛快快地喝几杯。

【作家简介】

刘凤云，笔名云朵，“70后”家庭主妇，热爱文学，业余爱好写作。现为河北科技报通讯员，唐山市作家协会会员。2012年至今已有百余篇散文、诗歌和小小说及新闻稿件散见于省、市级以上报刊。一些作品多次荣获市级以上奖项。部分散文、小小说被国外的印尼《千岛日报》刊载；2015年小小说《躲》入选《2015年度微型小说》，并获河北省首届群众文学大赛三等奖。

火　警

程建华

下了整整一冬的雪，正月初六，天终于晴了，晨起，红艳艳的太阳一鼓作气跃出了东山，积雪映衬着朝霞，村庄一片璀璨，拂面而过的风儿也分外煦暖了。

半上午，姐夫一家三口兴冲冲拜年来了，姐夫骑辆崭新摩托，一路飞驰，跑得乡间小道上泥水飞溅。

姐夫在村部楼下办了个小服装厂，前些年经验不足，大手大脚的，总是亏钱，一家人过得天愁地惨。

痛定思痛，自去年开春始，姐夫放下了老板架子，起早贪黑，事必躬亲，一年下来，不仅还清了前期债务，还盈余了七八万块钱，一家人欢天喜地过了个开心年。

人逢喜事精神爽，这不，中午姐夫就有点儿喝多了，姐夫夹只香烟，挥舞着伤痕累累的双手，含糊不清地说："开厂苦呀，六月天，太阳似火，料子来了，老板就得带头卸货，打包，装车，送货，衣裳湿透了，汗水像雨水顺着衣角淌。"姐夫说着，端起酒杯，仰头又是一杯，接着说："腊月，冰冻……"

姐夫还没说完，外甥忽从外面慌张张跑进来，高喊道："爸，不晓得哪里起火了，好大的烟呐!"

姐夫一愣，喃喃道："起火了?"

一时，满桌人都跑出了门，抬头看时，却见北面浓烟滚滚，遮天蔽日，似乎火情不小。

姐夫也踉跄跄跑了出来，看了会儿，突然脸色大变，扔了烟头，说："像是村部方向起火了，莫不是？莫不是厂里……"

姐夫话未说完，姐尖叫一声："都怪你，平时说多少遍了，车间不能抽烟，你总不听，这回肯定是烟头……”

姐话音未落，姐夫已抢过摩托车，打着火，沿门前小路，歪歪斜斜冲出去了。

“回来，喝了酒，不能骑车。”姐撕心裂肺的叫喊，很快随风飘散在了空旷的村头。

“快，快报警，110。”我哆嗦嗦摸出手机。

“大舅，得报火警，119。”外甥大声提醒我。

“哦，对，是119。”我抹了抹一头冷汗。

“这里是119，请讲。”

“哦，蛟河村部楼下起火了，麻烦你们来一趟。”

“什么时候起火的？火势大吗？”

“刚起的，火很大。”

“好，让人员迅速撤离火区，消防车马上就到。”

收了电话，我从家里推出辆自行车，拼命朝村部冲去。

半路上，却见整个北面的天空都黑了，空气里充盈着一股股浓烈的煳味。

完了，肯定是服装厂起火了，这是面料烧焦的气味，姐夫这下……

正胡思乱想，呜……呜……凄厉的警报声远远传来了，片刻工夫，就见两辆红彤彤的消防车一前一后，风驰电掣般朝村部飞奔去了。

待我气喘吁吁赶到村部时，浓烟已渐渐熄灭，几个头戴白盔，身穿墨绿战斗服的消防员正在扛着水枪，认真仔细地打扫“战场”。

却是几个顽皮孩子在服装厂东边一块空地上放鞭炮，把废弃在那的几辆摩托车点着了，那些塑料外壳见火即燃，眨眼冒起了浓烟，几个孩子吓坏了，一阵风逃走了。

几个大人赶来救火，可那冲天的火苗哪是一瓢水、一桶水能浇灭的？可怜人人急得呼天抢地，却无计可施。

幸亏消防员来得及时，照那火势，再迁延会儿，说不定真要引燃姐夫的服装厂了。而服装厂一旦着火，蛟河村部及四邻八舍，怕是一个也跑不了了。

我跑上前，挨个给消防员敬烟，语无伦次道："真是，太感谢了，我，我不是报假警，浓烟太大……"

消防队长挡回了香烟，说："报警是应该的，我们119，就是为百姓们保驾护航的。"队长转身，一脸严肃地批评了几个孩子的家长，说："多少大火灾，都是一时疏忽，或一个小火星引起的，千万不能掉以轻心呀！"大人们听得鸡啄米般点头。

队长又宣传了半天的消防知识，方整装上车，雄赳赳走了。

心有余悸的众人叹息了好大一阵儿方散。

人群散尽了，我却没见着姐夫，心里很是纳闷，回头沿路去找，却见姐夫连人带车翻在路旁一块菜地里，正拱在雪窝里呼呼大睡……

姐夫醒后，赌咒发誓说他再也不在厂里抽烟了，再也不喝酒骑车了。

【作家简介】

程建华，男，1978年1月生，安徽省潜山县人。自由撰稿人。安徽省作家协会会员。鲁迅文学院安徽作家研修班学员。萧红文学院第十七届中青年作家班学员。小说散文百余篇，发表于《北方文学》《阳光》《章回小说》《奔流》《散文百家》《散文选刊》《佛山文艺》等省、市级刊物。小说曾获安徽省金穗文学奖、张恨水文学奖等十余种奖项。

老赵收礼

夏兴初

这天早晨，煤矿安监员老赵刚到井口，就见采煤工人小王边偷偷抽烟边往里走。老赵一把抓过小王嘴上的烟卷，狠狠地扔在地上，一边踩一边大声训斥："这是严重的违章，进安全学习班去！"

小王连忙点头哈腰说好话，表示以后再不违反了，求老赵网开一面。

老赵看小王很老实的样子，就缓和了一下口气："去干活吧，下班再说。"

中午下了班，老赵刚进屋，就见小王不知从哪里尾随着进门来，手里拎着一只黑色塑料袋，放到桌上，转身就走。没等老赵反应过来，他已跑远了。

老赵连忙打开袋子，不禁"啊"的一声，原来是一条中华烟。虽然以前也有违章的人被逮到后硬送他香烟，但那就是一盒，并且只值三五块钱。而这次小王却破天荒地送一条，而且是高档烟。

老赵拿起烟，看了又看，闻了又闻。隔着烟盒纸，他似乎闻到了醇香。仔细端详了一会儿，老赵把烟轻轻放到桌上，自言自语地说："我虽然喜好这一口，可再好也不能收啊，收了就是犯错误，收了就对不起安全检查这份工作，更对不起自己的良心！"老赵抽了半辈子烟，大多是两三块一包的，连五块的都很少买，更别说买中华了。四五百块一条烟，买米要买两百斤哪！

老赵立即把烟收好，然后到银行取了钱，语重心长地写了一封有关安全生产的信，和钱包好，骑自行车去了矿里。

老赵来到采煤区值班室，对值班的说："我托小王帮我买了点东西，请你把这个纸包的钱转交给他。"

晚上，老赵正要上床休息，听见有人敲门，开门一看，正是小王。只见小王红着脸，低着头，哆嗦着说："赵师傅，我错了。那是一条假烟，这是你的500块钱……我保证，以后再也不违章了，明天我就去安全学习班。"

老赵脸上一喜，心头一块石头落地，搂过小王的肩膀，直点头。

【作家简介】

夏兴初，男，汉族，"70后"，系四川省作家协会会员、四川小小说学会会员、中国寓言文学研究会会员、中国青年作家学会会员。先后在《人民日报》《光明日报》《新民晚报》《章回小说》《小说月刊》《微型小说选刊》《中国文学》《故事会》《意林》以及泰国《中华日报》、西班牙《华新报》、美国《侨报》等国内外报刊发表文学作品近500篇，曾获文化部、民政部、世界华文作家协会等单位颁发的文学奖励40余次，出版小小说集3本。

安全门卡

曹　秀

朋友电话嘱咐李兵去取一本书，因为是春节期间，一直没空。恰巧正月初七，是人日，也是彼此串门时机，于是李兵来到朋友嘱咐取书的朋友家中。当李兵到了朋友住宅楼时，发生了一点小小的意外，朋友家住五楼，必须上电梯。李兵按了按进电梯的开关一头钻了进去，电梯门随后关上了，李兵以为电梯会直接升上去，谁知等了半天一动不动。

李兵奇怪，电梯怎么不动呢？李兵又按了开关的旋钮，还是不动。如何是好？李兵有些着急了，毕竟是在电梯里，人出不来，电梯又升不上去，到底发生了什么事，为什么是这样？李兵寻找原因，可是找不到，寂静的电梯令李兵感到了一丝恐慌。大过年的，被堵在电梯里真是倒霉，奇怪的是，不知倒的是什么霉，找不到原因。

无奈，只好按了紧急状态的开关，可是按了一次又一次也没动静，到底发生了什么，该死的电梯，李兵有些恼火，又不便发作。在电梯里，恼羞成怒也没用，李兵胡乱按着开关，只要是旋钮李兵就按，管他规章不规章。在李兵胡乱按旋钮下，终于有了回声，电铃响了起来，李兵以为有人来，可惜还是没有人，连回话也没有。

更可怕的是，电梯里的灯忽然灭了，里面漆黑一团，想看电钮是不可能了，只有摸索着。可是记不住位置，哪个旋钮是有用的，哪个旋钮是没用的，李兵对此一窍不通，更不了解。看来，大过年的，李兵是有了一劫。为了自救，李兵嘱咐自己不要心慌，镇静。李兵想打电话给朋友，可是李兵不知他家的电话号码，只好打电话给通知李兵取书的朋友，他肯定知道朋友家的电话号码。就在李兵掏手机时，李兵利用手机的光按着紧急状态旋钮，终于有了回应。

李兵不松手，铃声响彻电梯，而且传得很远。还好，有人说话了，喂，就这一声喂，让李兵抓住了机会。李兵说电梯不升不降，到底发生了什么事，帮个忙。话音未落，电梯里寂静了，没有人说话了，又是漆黑一团。

这次漆黑一团李兵不怕了，因为有人声了，只要有人就会来救李兵的。李兵继续按旋钮，哪怕没有回应他也按。李兵知道对方不愿意来，既然如此，李兵只有继续按。李兵听不到声，对方会听到，只管按，按。

十几分钟后，终于有人来了，是保安，听到了李兵的呼叫声。

保安把电梯打开询问李兵一番，李兵一一回答，算是解除了他的怀疑。李兵告诉他到哪个朋友家，在几楼，电梯为什么没升上去，当一切怀疑变得信任后，他说了一句，上楼是用卡的。

一句话让李兵蒙圈子了，李兵说我有几年不到朋友家了，不知道用卡。

卡也没有，电话号码也不知道，这是串的什么门？

保安甩下一句话走了，李兵只好走到五楼，敲开朋友家门，讲述了一堆刚刚发生的事。

朋友也笑了，你打个电话，我把你提起来不就了事了吗？

李兵恍然大悟，一切结束了，而李兵感到一张安全门卡如同隔世之感。

【作家简介】

曹秀，中国作家协会会员、中国散文学会会员、中国文字著作权协会会员。其创作观：忠诚国家，忠诚人民，忠诚家庭，忠诚自己，写出喷射真实的文学作品。

朋友惹的祸

范 进

“朋友啊朋友，你可曾想起了我，如果你正享受幸福，请你忘记我……”

做记者的就是忙。姚嗝的屁股刚搁到酒店的椅子上，他的手机就响了起来，铃声就是臧天朔的《朋友》。

接完电话，姚嗝再三跟我打招呼：“老兄，你们先开始，我去去就来。儿子的一个老师宴请教育局局长，让我去敬杯酒捧个场子。”

“不，我们大家等你！要知道，今天的饭局你是主宾。”我死死拽住姚嗝的手，“我请过来作陪的都是有头有脸的老同学、老朋友，你可也要给兄弟我一个面子啊!”

“好的，我速去速回。”姚嗝抓起桌上的汽车钥匙，一阵风似的跑出了包厢。我叫服务员拿来两副扑克牌，安排大家边“掼蛋”边等姚嗝，“饭前不掼蛋，等于没吃饭。”

今天请姚嗝吃饭，是为了补他一个人情。最近我的汽车要年审，可两年时间违章记录已经十二个，需要缴纳罚款两千多元。“好歹我也是在外面混的人，交钱事小，但公然被罚多没面子。”姚嗝是报社跑政法条线的记者，从街头的普通交警到公安局局长，说起来个个熟悉。我一个电话不由分说把“光荣而又艰巨的任务”交给了姚嗝。

新交通法规实施后，要想撤销违章记录非常困难，必须公安局一把手局长签字同意。姚嗝帮的这个忙，让我在老婆和朋友面前赚足了面子。

就在我们“掼蛋”双方都打到 A 难分难解时，姚嗝脸红脖子粗地回来了，看得出来，他已经喝了不少酒。我们赶紧扔掉手中扑克牌围着姚嗝团团坐。

“兄弟，你怎么这么快脱身的?”我一边给姚嗝斟酒一边关切地询问。

“嘿，我找了个借口，说总编等我回去连夜赶写头条稿件，然后端起酒壶‘拎壶冲’连冲两壶，一壶是单独敬教育局局长，一壶是一块敬桌子上其他人，都是一饮而尽……”

我竖起大拇指，“兄弟，你绝对够朋友!”我先干为敬，姚嗝端起酒杯也是“吱”的一声底朝天。他朝我摆摆手，“对我来说销个红灯记录什么的小菜一碟，刚才的一幕才危险呢……”

原来，姚嗝在儿子老师那边喝了近半斤酒后，竟然是开车往这里赶。不巧的是，今晚交警部门统一行动查酒驾。市中心的十字路口，站了一排交警，姚嗝眼看车辆掉头是不可能的了，他就索性把车往路边一停，随手抓起个照相机，主动向带队的胖交警走去，“我是报社记者，你们宣传处处长说局长指定我报道一下今晚的行动。”姚嗝说着就端起相机“咯嗒咯嗒”拍了起来。

“记者同志，辛苦您了!”姚嗝转身要走的时候，胖警察还在一个劲地挥手……

“要是我们其他人碰到这个情况，估计今天晚上就回不了家了。”我们大家纷纷举杯为姚嗝“压惊”。

一场酒，一直喝到夜里十二点，急得酒店的服务员哭丧着脸一个劲地盯着我看。姚嗝一边打着酒嗝一边拉开车门，“估计交警清查行动结束了，我也该回去了。”

送走所有朋友后，我回头到吧台结账，一箱子酒三千多元，菜近两千，可我口袋里一掏，带的钱不够。于是我打电话叫老婆立刻送钱来，越快越好。

估计也就十几分钟的路程，可我等了将近二十分钟也不见老婆人影。就在我急得团团转时，手机响了，“老公，我闯红灯了，和对面过来的一辆车撞上了，他也闯了红灯……”

十字路口，惊魂未定的老婆一看到我就哇地哭了起来，我连连安慰她，“都怪我催得太急。”对方车辆的挡风玻璃撞烂，驾驶员已经被急救车送到医院包扎。

“老公，要是对方有个三长两短，交警部门会怎么处理？要不要趁交警还没赶到，先找人打个招呼？”老婆的话一下子提醒了我，我连忙掏出手机，拨通了姚嗝的手机，可一直无人接听。

“老公，你听，哪里来的音乐声？”老婆一边支起耳朵一边把我拽到被撞坏挡风玻璃的车辆前，一首熟悉的老歌从驾驶员座椅上的手机里传来：

“朋友啊朋友，你可曾记起了我，如果你正承受不幸，请你告诉我……”

【作家简介】

范进，男，47岁，盐城市作家协会副主席，盐阜大众报报业集团经济部主任。

紧急预案

张治乾

校车又出事了，死了三个，伤了七个，其中两名重伤在送往医院途中不治而亡。

事件惊动了谭校长，第一时间召开校委会，讨论“1·10”校车侧翻事故的紧急处理措施。校长说：“虽然校车的管理权在公交公司，但毕竟载的是我校学生，死伤的是我校人员，我们不得不引起高度重视，所以我们要启动紧急预案，给上面一个交代。”

分管安全的林副校长说：“我们交代什么？钱他们挣，人他们拉，出了事还有交警队，我们着什么急？别没事找事！”

分管教学的李校长对林副校长的话极力反对，说：“虽然校车我们管不了，但学生是我们的，出了事我们应该给家长一些安慰。”

吴书记一直听着，似乎没有想发言的意思，但校长却提了名：“请吴书记谈谈看法，该怎么处理比较合适。”

吴书记说：“这件事我知道就行了，至于怎么处理那是校长的事情，现在是校长负责制嘛！校长说了算。”

校长说：“不管是谁的责任，等组织去认定和处理，但我们目前要做的就是赶快将事故的经过和严重程度以书面形式上报教育局。”

校务办公室王主任不敢怠慢，立即起草了一份《关于我校校车发生侧翻造成重大人员伤亡的报告》，派人星夜送到教育局去。

教育局办公室夏主任接到报告，惊得张大了嘴巴，半天才嘟囔着说：“怎么又出事了？”他连文件批分处理单都顾不上填就给局长送去。

局长正忙着接待县上年终工作考核检查组，一看学校送来的报告，气急败坏地吼道：“怎么搞的？在这个节骨眼上出事，成心和我过不去。”

他把学校送来的报告往办公桌上一扔说：“上次的事故，我们刚刚糊弄过去，这回看来是糊弄不过去了，毕竟是死了人。打报告吧，把责任推清楚，这回的先进算是泡了汤了，安全工作可是一票否决制啊！”

夏主任心领神会，他返回办公室，将学校送来的报告复印了几份，然后加了个文头，一份“关于呈送《关于我校校车发生侧翻造成重大人员伤亡的报告》的报告”的文件迅速送到县人民政府办公室，还给市教育局递了一份。

教育局的报告很快转到分管安全和教育工作的两位副县长手上，分管安全工作的常副县长马上批示：上报市人民政府，加送市安委会和教育局。分管教育的秦副县长也在第一时间做了批示：安全工作重于泰山，人民生命财产不容侵犯。建议立即上报市政府和省教育厅，并立即成立事故调查组，妥善处理善后事宜。

政府办公室秘书将教育局送来的报告复印了几份，然后加了个文头，一份“关于呈送《教育局〈关于我校校车发生侧翻造成重大人员伤亡的报告〉的报告》的报告”的文件，迅速送到市人民政府办公室，还给省教育厅递了一份。

分管安全的常副县长还是没能等到上面的指示，就去了事故现场。那里已经聚集了上千人，受害者家属哭声恸天，肇事者躲在交警后面瑟瑟发抖。一切矛头指向公交公司，惩罚肇事者的呼声一浪高过一浪。常副县长急忙让银行先给公交公司贷款一百万元，支付死亡者的赔偿金和受伤者的医疗费，人群方才散去。

谭校长看事态逐渐平息，便溜回学校，刚一进门，校务办公室王主任递上一份文件，他打开一看，是教育局关于转发《县人民政府办关于转发〈市人民政府关于进一步加强校车安全管理的通知〉的通知》的通知。

他算了一笔账，自从打报告的报告的报告到接到通知的通知的通知没有超过二十四小时。

【作家简介】

张治乾，男，回族，宁夏彭阳县人，现居吴忠市红寺堡区。中国少数民族作家学会会员，宁夏作家协会会员，吴忠市作家协会副主席。

神探鸿奇

宋梅花

只一盏茶的工夫，鸿奇放在车里的五条烟、一套名牌衣服和手机，通通和他玩儿起了消失。

鸿奇报了案，但三个星期了，还没抓住那个可恶的小偷。

鸿奇说，车门和窗都锁好了呢，不知怎的那车窗玻璃就被人撬开了。更奇怪的是，一个月后，在夜总会玩儿的鸿奇，竟然看到了那个小偷公然穿着他的衣服正在和美女喝酒，这还了得！

鸿奇迅速给派出所打电话，小偷被当场抓住，鸿奇破案有功，受到派出所奖励两千元。鸿奇乐了。

拿着钱请了阳戏剧团的演员们在小区里唱了三天三夜阳戏。鸿奇出名了，谁都说他是火眼金睛，是神探呢。

经过这件事，鸿奇也对破案感兴趣了。时常在家研究那些个与破案有关的侦探书、侦探电视，入迷着呢。

这天，小区田嫂快九十岁的公公身体还好，但已有轻微的失忆症。每天都要绕环城线公路绕小城一周才回来，这天就走掉了，晚上快10点还没见回，家人急坏了。

不光报了警，还跑到鸿奇家要他帮忙找。说是不管花多大代价，活要见人，死要见尸。

鸿奇问清情况后，骑着摩托车一溜烟就出发了。四小时后，老爷子就被鸿奇找着了。原来老爷子不在城内，走错方向，往乡下方向走了，鸿奇找到老人时，老人正站在夜色中和一些围着他的人们不知所措。

大家都说鸿奇还真是当侦探的料。鸿奇笑笑说：“我只不过独辟蹊径，大家都在城内找，我在城外找罢了。”

鸿奇连破了两件案，成了小区人茶余饭后的热谈。鸿奇的楼下是麻将馆。

一日鸿奇在家正看《狄公》。忽听楼下稀里哗啦一阵带叫骂声的乱砸。鸿奇一下弹跳起来往楼下跑去。

原来是退休了的李局长输了钱不服气，说对家耍老千，把桌子掀了凳子甩了，麻将也砸得满地打滚。老板娘在一旁哭丧着脸，份子钱还没收到，这桌子板凳都被砸了。这生意做的！

鸿奇静静地站着听了会儿，蹲下去帮着把麻将子一个个从地上捡起来。

旁边人一看，也帮着收拾起来。不一会儿，地上便干净了。鸿奇对大伙儿说："都别走，我看看麻将子。"

鸿奇把麻将一个个翻过来，四个一摆放。不一会儿，桌子上多出一个幺鸡一个五坨。

大伙儿一看，明白了，都把眼光投向李局长的对家。

那人不好意思地把手伸进口袋儿，把袋儿里的钱全掏出来……自此，鸿奇楼下的麻将馆再没发现耍老千的事。鸿奇又成了小区的美谈。

小区的治安越来越好了。过完年，鸿奇被居委会叫到小区联防队当队长去了。

鸿奇高兴极了，成天开着个电动巡逻车，在小区里开进开出，神气着呢。

【作家简介】

宋梅花，湖南省张家界人。热爱文学，在报刊上发表多篇文章。近几年，致力于小小说创作，已发表了多篇小小说。

平安社区轶事

丁运时

老王刚从市某局局长的位置退下来那会儿，可能是当领导时间长了，很不习惯无所事事的退休生活。所以当社区居委会刘主任找上门来，动员他竞选社区业主委员会主任的时候，虽然老王对物业呀、业委会呀一窍不通，听说只要有一定组织能力和必要工作时间、热心公益就够主任资格，他自诩担任领导职务多年，现在精力旺盛，应该没大的问题，所以也没有多推让就慨然应允了。

老王居住的地方是位于新开发的一个社区，交房时间不长，大家彼此都不太熟悉，业委会又咎待成立，以便加强平安社区建设，管理好千头万绪的物业管理的事宜，有居委会推荐，又听说老王在某局干局长多年，水平能力很高，也就没有人说二话。在经过一番操作之后，业委会的班子搭建起来了，老王顺利地当选了主任。

当了新的领导，老王的感觉是——“味道好极了”！别的不说，退休后就“人走茶凉”再不登门的小舅子，听说老王又当了业委会主任，屁颠屁颠又提着礼物上门了，说是祝贺老王踏上新的征程，其实是看能不能推荐个物业公司来社区。老王说考虑考虑。

很快，这个夏天，老王在业委会中就强力推荐了小舅子介绍来的物业公司，业委会共五名成员，都唯老王马首是瞻。既然老王发了话，其他人问了些情况，了解了一番，明面上没啥问题，也就同意了。于是，老王代表社区全体业主和物业公司的老板黑皮签了服务协议，社区第一任物业公司算是成功引进来了。签字的那天晚上，小舅子又喜滋滋地登门拜访，走的时候留下一个厚厚的信封。老王推辞不了，只好收下，心里犯嘀咕，这样会不会犯错误，夫人连忙给他宽心，哎呀，这又不是当什么政府官员，怕什么，再说，不总得有个物业公司吗，不是这个，就是那个……

秋天来了，黑皮的物业公司开始的时候还像模像样，可后来不知是不是摸准了社区业委会的脉，服务质量每况愈下，而且物业费还时不时地涨价，威胁业主不交钱就停水停电。有业主反映到业委会，老王总是推诿，拿“天下乌鸦一般黑”来搪塞，甚至还威胁，你觉得这个物业不好，没准换个更差的呢？于是，社区里就有了风声，说是老王肯定拿了黑皮的钱。老王不是不知道，装着没听见而已，他还是用当领导时的老一套，对居委会和房管局的领导毕恭毕敬，过节还送去礼品，汇报工作时他充分发挥官话套话水平高的优势，讲得像大干部作报告，从气势上就让人屈服，没人敢说他不称职不胜任。

花无百日红。一转眼已经是冬天，社区暗流涌动，据说有人挑头，说老王独断专行，不听人言，收贿赂引进了个“黑物业”，拿业主的钱私下送礼，组织业委会成员旅游等，串联业主联名反老王。老王先没在意，多年的经验让他首先感觉是“权力斗争”，你看，那个挑头的不就是原来一个单位的老李头吗，哼，在单位就和我过不去，到现在还这样？后来，有人拿了本《物业管理条例》给他看，他这才知道还有“经20%以上的业主提议，业主委员会应当组织召开业主大会临时会议”这一条，怪不得要串联签字，原来是想凑齐20%以上的业主开会罢免我呀。老王惊出一身冷汗，他连忙安排业委会成员一一拜访业主，承诺改进物业服务，还让黑皮适当收敛一些。黑皮也怕老王这个靠山倒了，还算积极配合。经过一番紧急地协调，“倒王”的人群终于没有达到20%，老王的位置又坐稳了。

这边稍稍平稳，那边黑皮又出了“妖蛾子”，他跟老王打了个招呼，居然把社区的公共停车位出租给社会上的车辆，还把社区的通道等场所也划出停车位让社会上的车辆停放，收取的停车费全塞进了自己的腰包。这下外来车辆和外来人频繁出入社区，严重影响了社区的安全，损害了业主的利益，导致民怨沸腾，业主群起而攻之，老王如坐针毡，感觉不妙。果然，没过多久，法院法官送来了一纸诉状，原告是老李头，他告业委会老王侵占业主利益。房管局、派出所、居委会听说也都来过问，让老王做出解释。老王焦头烂额，通过学习法律法规，他知道了法律是严谨的，不是好玩的，这可糊弄不过去了。他把自己关在家里，什么人也不见，埋头翻看几本法律书，有《物权法》《物业管理条例》等，越看越害怕，后悔没早点吸收这些法律知识，完全是盲人瞎马，在业委会主任的位置上不懂法，不守法，搞得自己很被动，就说老李头告状吧，明明条例上有规定，受侵害的业主有请求人民法院予以撤销业委会决定的权利，可自己却认为这是"权力斗争"的延续。他把自己一桩桩、一件件任职以来的事与法律相对照，越来越忐忑不安，汗如雨下……

这天社区门口特别热闹，业主们一边看着什么，一边指指点点，热闹地讨论着。仔细一瞧，嘿，原来墙上贴着一份老王写的深刻检查，内容是回顾了自己当主任以来的工作，检讨了自己不知法不懂法，还违法违规办了些错事，他已经改正过来了，比如退还红包，自己出钱填补上不合理的费用支出，辞去黑皮物业公司等，他请求辞去业委会主任职务，但如果大家原谅他，他一定认真学习法律，改弦更张，以真正的公益之心来干好工作，打造平安社区……

后来，社区果真换了一家规范负责的物业公司，物业服务上了一层台阶，业主非常满意。老王因为诚恳认错得到了大家的原谅，老李头也撤了诉。从此，老王一改原来的官架子，变得勤政亲民，加强了安全责任意识。因此，在业委会尤其是老王的管理和服务之下，社区越来越安全且宜居了，前不久，老王还作为"十佳平安社区暨业委会主任"受到表彰呢！

【作家简介】

丁运时，男，作家协会会员。十三岁开始发表作品，多年来，曾在各地报纸上如《中国青年报》《中华读书报》《光明日报》《工人日报》《新民晚报》《羊城晚报》等发表诗歌、小说、散文、评论等文学作品数百篇，达数十万字。

莫 莲

萧作振

一想到儿子血肉模糊躺倒路边的样子，莫莲心急如焚，不由自主地拧一把手中早已拧到底的油门，摩托车就要飞起来了，耳边风声嗖嗖，她要千里奔驰，赶往现场，儿子是她的一切，她不能没有儿子！

“您不是叫我们放心在外做事吗？说孩子有您照看不会有事的吗？”她不住地念叨着。

“睡觉之前，是的，就是睡觉之前，您向我反复保证的啊！”

昨晚睡觉前，莫莲和婆婆通了电话，告诉她说自己买了一辆摩托车，干起了送外卖的行当，婆婆当即惊讶地问：“送外卖？就是那种在摩托后座绑个方箱子，往别人家里送吃送喝的活儿？”

“是的，就是那行当，现在的城里人都懒得自己做饭，网络又便捷，在网上一点，吃的喝的都送到手上了。”

没等莫莲说完，婆婆打断了她的话，“你别说了，别看我们这里闭塞，我在镇上见过的，那可不是女孩子干的活啊，我看那些小伙子们都像赶鬼似的，风风火火，把手机架在摩托前面，边赶路边和人说话，可不安全了，我有好几次都差点被他们刮上了呢，你可不能干这个！”

婆母一番话说得莫莲心里热乎乎的，赶忙拿话来安慰，“不要紧的，我注意安全就行了，出门在外，谋个事做真不容易，能谋个收入高点的事就更不容易了，您放心啊！”

“你这孩子，总是像个野小子，一定注意，这摩托车出事可不是闹着玩的。”口气中，听得出无限的怜爱与无奈。

每次通话，孩子是重点，婆媳心照不宣。

婆婆先是夸赞了孩子一番，然后说作业多，心痛孙子读书累，“我看到别人家都用电动三轮车接送孩子，那车子也不贵，我把平时省下的钱，再加上秋后卖了棉花稻谷的凑上，也买了一辆，快多了，为孩子省下多一点休息的时间，多好！”

“啊！您买电动车了？您能行吗？”这会轮到儿媳妇惊讶了！

“没事的，现在村村通公路，这水泥路修得窄倒是窄了一点，比起那坑坑洼洼的土路强多了，八里多的路程，一会儿就到了。你是没看见，每到放学时间，那学校门口摆得满满当当的，都是老头老婆子开的电动车，有的接一个，有的接两三个，热闹得很呢！”婆婆在那一头说得高兴，却看不见儿媳妇满脸凝重。

“您可要小心，以前路不好，您骑自行车，虽说是慢一点，人也累些，但危险就小多了，您年岁也大了，突然弄个快速的，我怕您掌握不了呢。”话虽然婉转，但那担心是非常明确的。

“不要紧不要紧，我慢点开，你放心啊！”婆婆明白儿媳妇的苦心。

婆媳两人你嘱咐过去我叮咛过来，丈夫拿着手机打着哈欠从里间出来，“说什么呢，一说起来就没完！”

莫莲这才想起时间不早了，婆婆也该休息了，才挂了手机。

“真是距离产生美，要不是分开这一两千里，哪能这么亲热？”

“真是用词不当，什么叫‘距离产生美’？再说，我们儿时不亲热？”莫莲心不在焉地回过丈夫一句后，陷入久久的沉思。她实在不放心啊，想起前些年因公公卧病在床拉下了些饥荒，自从公公去世后，小夫妻双双来到这个沿海城市打工，留下婆婆带着幼子在家，骨肉分离，无限的牵挂啊！好在眼下孩子已上学了，闲不住的婆婆一面负责接送孩子，余下的时间就侍弄房前屋后那几亩土地，婆婆刚才说为了让孩子多些休息时间，她又何尝不是为了她自己能多些时间在地里忙活呢？婆婆说人家送外卖的小哥几次差点刮倒她，岂能保住不是她自己不懂得避让呢？莫莲自己就有好些次因为那些骑电动车的老头老太太不懂交通规则，不知利害，横穿马路，险些出事的经历。所以，她越想越害怕，辗转反侧，难以入眠！

摩托车仍在一路飞驰，耳边的风声仍在嗖嗖，嘴里也还在念叨着。是怎么得知儿子躺在路边，那血肉模糊的场景是怎么进入的眼帘，又是怎么决定千里走单骑？她全然记不得了，只记得一个“快”字，她要快点见到她的宝贝儿子！

飞驰的摩托不知越过了几多艰难险阻，飞过了多少山川河流，忽然一条大河横亘于前，还好，有桥！正要上桥时，只见桥头立着一块木牌：此桥已断，禁止通行！透过那断开了一丈多宽的口子，眼望对岸，心急火燎。怎么过去呢？头脑中忽然闪现电视上有人驾车飞越黄河的镜头，人家黄河都能飞越，我为什么不能飞过去？来不及多想，调转车头往回驶出百十米距离，突突突加大油门，飞速冲上缺口，摩托车载着她腾空而起，飞向空中，“儿子啊，我来了！”

奇怪的是飞在空中的摩托车却迟迟不见下落，这可怎么办？她急得在空中乱喊乱叫起来！正在她就要陷入绝望之际，忽然觉得有人轻轻推着她，温情喊着她，“你醒醒，你醒醒啊，怎么了？做噩梦了？”

她慢慢睁开迷茫的双眼，胸脯一起一伏地喘息着，看着眼前的丈夫，恍若隔世，想着刚刚发生的一切，是那样的真切啊，她不敢肯定是刚才在做梦，还是现在在做梦，口中喃喃地说道：“我在做梦吗？”

“是的，你是在做梦……”话没说完，他也觉得这话可是有点没头没脑了，我怎么知道她是在做梦呢？

【作家简介】

萧作振，1953 年出生，湖北省作家协会会员、武汉市作家协会会员、天门市作家协会理事。2006 年由作家出版社出版散文集《悠悠沉湖情》，该书在中国散文学会组织的 2012 年全国散文作家论坛征文大赛中获“图书奖”；长江文艺出版社 2016 年 5 月出版长篇小说《霜雪寒梅》、2017 年出版散文集《静静的牛蹄河》；长篇小说《漂泊的银手镯》入选湖北省作家协会第二届“长篇小说重点扶持计划”，在各级报刊发表作品百余万字。

折翅的白天鹅

李振华

出了那次车祸以后，我再也不开三轮摩托，在家待了一段时间，决定南下投靠在深圳保安办玩具加工厂的表哥打工。那次我坐错了车，在龙华住了一宿。晚上，我想去理个发，走遍了大街小巷的发廊，门口站着拉客的都是些袒胸露脐浓妆艳抹的摩登女郎，我听说过那里面的情况，只身在外，不敢贸然进去。后来在汽车站旁边发现一家小理发店，里面摆设朴实无华，就两张座椅加一面镜子。见没有顾客光临，我便试着走进去，一个十八九岁的跛脚姑娘艰难地从屏风里面走出来。

“理发吗？请坐。”满面春风，给人一种少有的温暖。

“多少钱？”我说。

“理完后，您觉得值得多少就给多少随您便。”她微笑着。

我坐下，从前面的镜子里一看，她那白皙透红的脸模子俨然就是歌星白雪！在她给我围围脖时，镜子里的她神色突然一变，纤巧细嫩的手有些发抖，并情不自禁地惊诧：“你……”

立刻，两年前可怕的一幕同时出现在我的眼前……

那一次，我开着三轮摩托从县城少年业余舞蹈学校门前经过，突然前面来了一辆大卡车，我把龙头一拐，撞破了一只白天鹅的舞蹈梦！……

想起这些，我已无地自容，尽量克制自己不让眼泪溢出眼角。

然而，镜子里的那位歌星“白雪”立即镇静下来，说：

“对不起，昨天我没休息好，动作有些失态，请您别介意！”

我木讷地坐在那里，任她熟练地给我理、修、吹、胶。完了，我掏出 100 元，她很快找我 50 元。

我说："小韦，不用找了，我欠您的太多，一辈子也还不起！"

她坦然地说："其实，我们都不要自责！既然太阳也有黑点，人世间就不可能没有遗憾！要紧的是，我们都要有勇气忘记过去，才有勇气面对未来！——您走好，希望下次再为您服务！"

这是我刻骨铭心的邂逅。我回忆那些过往，眼泪唰地流了下来。我虽然尽我的能力弄得家败如洗给她进行了必要的补偿，但我身体健壮，我可以用我今后的努力重建家园，可她，不仅因我失去了舞蹈梦，甚至失去了一条健康的腿！……

此时，我不知道该怎样面对她，我只有蹲在地上号啕大哭……

【作家简介】

李振华，湖南东安人，曾任湖南《科技导报·新市场》周刊执行主编，现任舜峰诗词协会秘书长，《舜皇山文艺》季刊执行主编，《东安科苑》执行主编。

木脑瓜开窍

朱闻麟

在我很小的时候，长辈就说这孩子脑子木，一点也不开窍，遇事总喜欢钻牛角尖，也转不过弯来，照这样将来定会吃大亏。听多了这样的话语，我心里一直暗下决心要改，可效果却不理想，直到长大后娶了老婆，和她相处一段时间后，她也这么说我是死脑筋。

记得有一天，老婆破天荒地让我去买点小菜，我想小事一桩就去了。没想到市场里有那么多的东西，转了两圈后也不知要买什么东西，只得回到市场外面，找了个公用电话问老婆，我应该买什么东西才算是小菜。我听得出，老婆在那头笑，说就买点肉骨头吧，回来好做汤。听到指令后，我直奔肉摊上，买了两斤肉骨头就回了家。

进门把骨头给老婆，老婆提着骨头随口问了句，多少分量啊?我说整两斤，老婆说肯定没那么多，一定是被宰了。现在肉价这么高，你得回去一趟，到公秤处称一下，把多收的钱给倒回来。第一次买菜就遇上这等事，我自然不乐意，说算了算了，下次我去买个方便秤。说罢，我真的去买了一小巧的电子秤，从此后，不论是自己还是老婆去买菜，总带在身上，人家卖菜的一看到我拿出电子秤，就会很主动地往我刚买的菜袋子加上一点，说是送的。

看到这样蹩脚的表演，我心里就想笑，这哪是送啊，分明是看到我手上的法宝，这才把不足部分给补足的。

尝到了电子秤的甜头后，我的木脑子里就多了一个想法。在生活中，常会遇上这样或那样的窝心事，与其被动受气，还不如主动出击。为此，我动员老婆，开始对那些存在着被暗算吃暗亏的事情进行盘点，看是否也能买上些必用的检测工具，这样不仅能随时买到合格的东西，还能吃得安全些，也算是防患于未然。

自我防范措施正式实施后，为了防止吃到有毒的蔬菜和含石蜡的大米，我特地去请教了曾经教过我化学的中学老师，老师听后是连连摇头，我不知他是对不法商家还是对我的问题，不过随后的态度是出奇地好，原因是他也不太清楚用什么方法能及时检出有害物质来，自己一直是买些高价的米和有虫儿咬过的蔬菜，自我感觉好货总会安全些，不是有过这样一句话嘛，一分价钱一分货。

在回家的路上我想开了，这米的价格还不是与卖相有关联的，上了石蜡后的米是光光亮亮的，看着就舒服，价格就会贵一些，这样的话，我那化学老师肯定就会买了；而那蔬菜有虫眼更不代表无毒啊，或许看到有虫害后再打的药水，这样的菜就更毒了。所以一定要有检测工具才好。

想着想着一抬头，正好看到路边有块卫检所的牌子，我的眼前一亮，这不是解决问题的最佳地方嘛。我进去一咨询，当即得到了明确答复，他们是有这样的专业设备的，只是价格不菲，一般都是检测部门用的，从未听说有私人购买的。看我态度明确，那人把商家留下的名片给了我，让我自己去联系。

回家说服老婆，当真把那设备买回了家。有了设备后，买米买菜总得跑几趟，先是取少许的样品回来，通过设备检测合格后再去买。开始时老婆还怨声载道，但看到很多食品检出毛病来，她也慢慢地习惯了。而且这几趟的市场也不是白跑的，不仅让我们吃到了放心菜，也让老婆大人把体重给降了下去，看到这个结果，她满意极了。

这么多设备就自己一家使用很是浪费，我突然有了个主意。经过艰苦的说服工作，老婆辞去了原本很舒适的工作，还贷款买了辆面包车，把这些年来买的所有设备都搬到了车上，让她每天把车停在农贸市场的门口，做起了有偿检测业务。

虽说市场里有公平秤，也有免费检测，可他们的检测设备与我们车上的设备相比，那就是小巫见大巫了，即便是收费来检测的人还是络绎不绝。

看到每天有大把大把的钱进账，老婆一个劲地夸我，木脑瓜终于开窍了。

【作家简介】

朱闻麟，男，1968 年 12 月生，江苏昆山人。中国民间文艺家协会会员、中国散文家协会会员、江苏省作家协会会员、江苏省微型小说研究会理事、苏州市民间文艺家协会理事、苏州孙武子研究会理事、昆山市民间文艺家协会主席、昆山作家协会理事、昆山鹿城清风文艺公社理事。先后在报纸杂志发表作品 600 多篇 200 余万字，近 100 篇作品入选各类年选本，多篇在国家级征文中获奖。出版个人专集 13 本。

小区义务安全员

王海清

自从小区李大爷去年在楼下散步，被楼上的一个方便袋砸在了头上，险些丢了命，住了近一个月的院，总算捡回了一命。可整个小区安全意识提高了，走路出门都小心翼翼的，都把安全放在了心上。

虽说那座楼找了近一个月，也没找到是谁丢的，可物业发狠话了，再要找不到人来承担，没办法，只有整座楼的业主全部都来承担责任。

李大爷是安平政府退休干部，一辈子老革命了，凡事都看得开，在病床上拉着老婆的手说，这次我要是不行了，咱可别讹人家，虽说是咱占理，可那丢东西的人也不是故意的。

话虽这么说，可物业保安不干，非得找出是谁丢的方便袋。

就在大家一致地非要找出那个丢方便袋的人的时候，李大爷的老伴忽然想起来了，这方便袋竟是自己家的。

原来，在一个周日的时候，老李老伴做了一桌子老李爱吃的，其中就有海鲜和咸鸭蛋，由于没有吃完，冰箱又没有空间了，老伴随手就放进了塑料袋里，挂在窗外的露台小钉上，也就是春季风大，几阵风之后，塑料袋里的物品较重，几下子就被风吹掉，恰巧老大爷从自家楼下路过，不偏不倚落在了大爷的头顶，还好是斜落下来的，只是振动了一下，这就是老大爷伤得不重的原因。

老李老伴来到了保安室，说方便袋是她家的。大家都像一块石头落了地，尤其是那栋楼的居民，再也不用背黑锅了。

老大爷安然无恙地出院了。

老伴自此一直在自责中度过，对安全特别敏感，在谁家放置的东西物品，只要有那么一点点安全隐患，老伴都要提示大家，尤其是风大天气，老李老伴主动到各个楼下看一看，看见谁家的物品放置不适当，她会走入这个住户，明确告诉他们，把物品摆正放好，或者拿在屋里。总是告诫人家，一时疏忽会酿大祸的。

老李一看老伴这么专心地对待小区安全，怕是脑袋出了神经性问题，可老伴说，咱都活这把年纪了，能有什么神经问题，只是觉得一天天平安就好。老李一听也在理，至此，每天的晨练，改成了安全巡视。

时间一长，人们给老李两口一个义务安全员的绰号。

一天，老两口正在小区九楼前走着，往楼上一看，一户窗口冒着呛人的烟，老李和老伴几步赶到楼上，打开房门一看，这家住户正在炒菜，由于是小女孩一人在家，煤气点燃之后，去看电视，险些酿成悲剧。

比如，谁家漏水了，谁家的墙皮要脱落了，谁家不经常在家了，这些细节事情，等等，老李老伴两口子都掌握得非常清楚，为小区避免了一次又一次的安全事故，做到了未雨绸缪的防范。

如今，小区老人在老李两口的带动下，都成了小区义务安全巡视员，既为人们做着贡献，又有了自己的乐趣，小区至此安全了，平安了，没有发生一起安全事故，这多亏有老李“吃一堑长一智”的教训，又有义务排查隐患的决心，真该为他们点赞！

【作家简介】

王海清，吉林市人，20世纪60年代末出生。曾任银行职员、国企文秘等职。作品散见《中国黄金》《林中凤凰》《自强文苑》《中国魂》《诗歌月刊》《陶山》《古峡文学》《衡水日报》等刊物，散文、诗歌多次获奖，其中诗歌曾获2017年中国襄阳诚信征文一等奖。

校园安全无小事

付广芹

这几天，单位小王的心情就像这窗外的天气一样：乍暖还寒。

本来嘛，唯一的宝贝儿子开始上幼儿园了，其丈夫是一名标准的空中飞人，天南海北地出发，一年四季在家待的日子屈指可数。因为双方父母年龄已大，帮不上忙，小王自己一手把儿子带到上了幼儿园，就近找了一家校办企业，虽然薪水不是很高，但是她很珍惜这份工作，任劳任怨。幼儿园离单位不过500米，每天放学的时候，小王就可以把儿子先接到单位，等她一起下班。可是，美好的小日子就在这几天起了波澜……

全市范围内开展了一场轰轰烈烈的纪律作风整顿活动，包括方方面面，以前的规章制度不再是挂在墙上应景的啦！该用的都要用起来啦！该严格的都要严格起来啦……

小王犯了愁：儿子放学的点要比她下班的点早二十分钟！这二十分钟说长不长，说短不短，可是宝贝儿子该去哪里呢？不能顶风作案接到单位，也不能天天请假啊！这不是三天两天的事，即使领导不说什么，自己也觉得不好意思。那辞职不干？就为了这二十分钟，显然也不划算。小王的心绪乱成了一团麻……

中午下班的时候，厂办公室的李主任喊住了她："小王，你等一下，我和你说点事。"小王心里咯噔一下，"莫非要辞退我？""别紧张，没啥事。厂里研究决定让你们这些人提前半小时下班，可以接接小朋友。毕竟这都是祖国未来的栋梁，校园安全无小事，只有这样，你们才可以更加安心地工作。哈哈哈……"在李主任爽朗的笑声中，小王的心中忽然亮堂起来了！

小题大做

林文钦

“丁零零……”周一上班后几分钟，电力设备厂严厂长办公桌上的电话就响了起来。

“早上好！”他熟练地拿起话筒。

“小严吗？我是老魏。”话筒里传来市供电公司魏总经理的熟悉声音。

“老领导好。”严厂长马上致意之后，就毕恭毕敬地在耐心聆听着。

“我有一个亲戚在你厂工作，因为忘记了戴安全帽而被安全员取消进场施工资格。你看能不能通融通融？不就是一顶安全帽吗？这也太小题大做了吧！”魏总软中带硬的语气，令他有点措手不及。

“好吧。我去处理一下。”严厂长接到指令后赶快把手头的工作收拾完毕，就与厂办主任一起下楼去。

一见到严厂长，安监部小施就详细汇报了事情经过。原来魏总那亲戚不但不戴安全帽进入施工现场，而且还在电力设备厂的禁烟标记前多次抽烟并不听劝阻。要他纠正，他还扬言“谁也不能把我怎的”，一派有恃无恐的架势。于是……

一旁围观严厂长与小施的职工们，都对那魏总亲戚漠视电力法规，藐视安全权威的做法表示不满，都支持小施的做法。如此一来，严厂长却感到不好办了：“事实说明小施的做法是对的，但我是魏总他一手培养，又亲自提任到厂长这个位置上来的。俗话说：‘人情难却。’要不……”他犹豫了起来。

“不行，我不能违背自己的管理誓言。”严厂长眼前马上浮现出刚接手电力设备厂工作时的慷慨陈词：“管生产，必须管好安全。既然我全面负责了安全生产，就希望大家全力支持我。在执行安规上，我一定处以公道……”想到这里，他下定决心要借题发挥，小题大做了。

严厂长随即把厂党办的宣传干事、工会干事找来，让他们和小施商量，以此为契机开展一次大张旗鼓的“知安规、守安规”教育活动。还亲自撰稿表扬安监部小施管得好，痛陈不守安全规章的危害性。

厂办主任见厂长动真格的，便好心相劝：“严厂长，你这样做后惹怒了市公司的魏总如何是好?”

严厂长毫不迟疑地吐露心声：“要保证电力生产，就得管好安全。如果不得罪少数人，就要得罪广大的职工群众。我宁愿听到骂声，也不愿听到哭声。”义无反顾的他相信自己这样做是对的，他更坚信老上级最终也会支持他的做法。

过了几天，严厂长又接到了市公司魏总的电话，耳边传来老领导那亲切的声音：“小严吗?”在心理上，严厂长已做好了挨批的准备。

“小严呀，这件事你处理得非常正确，我严肃批评那个不守安规的亲戚了！管安全生产必须要坚持原则，任何人错了，都要按安全规章来处置，不得徇任何私情！以后的管理都要如此办，我会大力地支持你!”

听完上述一席话，严厂长非常激动地说：“谢谢魏总的理解与支持……”

【作家简介】

林文钦，男，“70后”，中国作家协会会员。作品散见《人民日报》《文学报》《中国作家》《小说林》《小说选刊》，著有文集《一个人的星空》《时间旅程》，获孙犁文学奖、当代小说奖。

傻瓜另传

谢家雄

“有人吃菌啦！有人吃菌啦！”巷子深处，一个叫声跑了出来，渐近渐响，震得人们的鼓膜痒痒，心也跟着痒痒：谁吃菌啦！这可不是闹着玩的。大家心里嘀咕开了，都觉此举实在不可理喻。

循声，大胡同、小巷道涌出许多人，汇在一起，像水流向着声源方向流去——你可千万别不以为然，那时的人还未吃过菌，能不稀奇吗？

顺着声源，水流流到一扇门前，大家一瞧，是傻瓜，这下，大家都觉得可理喻了。傻瓜其人，呆头呆脑，见人总不住地傻笑，呵呵半天也说不出一个之乎者也。大概她娘生养他时哪里出了点岔子，做事总与别人迥异，不左就右，不傻才怪。

此时，傻瓜正把从林中采来的菌小心地洗着，宝贝似的，生怕不小心把它们弄碎了。那菌在他的手上翻来覆去，那菌大概就是现在我们所叫的青头菌。傻瓜在众目睽睽下，不动声色地干着自个儿的活儿。

人愈聚愈多，把小院撑得像个大气球，随时都会破，可谁也没在意，齐刷刷的目光，死死盯住傻瓜的一举一动，一改从前从不拿正眼看傻瓜的习惯。盯着，死盯着，他们生怕落下一丁点细枝末节——他们的脖子像被一根绳扯拉着，往上长，往上长，还在往上长；他们的眼睛一眨也不眨，红红的眼球就快从眼眶里蹦出来：屏着气，屏住气，他们担心傻瓜长出翅膀，飞了；或生出铁头，钻入地下，不见了。

勇士仔细端详着锅里香喷喷的菌，心里别提多高兴，忍不住骄傲地扫了一眼四周的脸。他夹起一块往嘴里一送，很享受地嚼着：

“还不错，还不错!”这块还未下肚，又舀起一勺，往口里塞往嘴里灌，摇头晃脑地嚼，眼睛半睁半闭地品：“不赖，不赖，真不赖!”几下子，一锅菌一扫而光，他还喃喃着：“美味，美味，比肉好吃，比肉好吃，就是太少，太少，没尽兴。”

众人咽着口水，满屋清香荡漾，不过还是有人幸灾乐祸地静等着事态的发展，悲剧的诞生，结果都大失所望地散了。也许，明天，后天……他们在等待，他们在期盼。

在众人提心吊胆的目光下，在众人幸灾乐祸的目光下，傻瓜照样采菌煮来吃。他说：“山上有那么多好吃的，不吃怪可惜!”大家看得出，傻瓜越来越壮，红光满面的，干起事来干净利索，恰似一阵轻风，风过处，香飘十里，大家悬着的心终于放下。有人想采菌来吃，只是怕大家笑自己是傻瓜；有人偷着采菌来吃，他们跟着傻瓜，傻瓜采什么来吃，他们就采什么来吃。果然感觉不一般，味道好极了。人们的观念越来越明朗，都感叹从前见到菌还踩一脚的做法太荒唐，太暴殄天物，有那么多好吃的，任其在山上烂掉，真傻。

后来，傻瓜又采来一种新的菌，那菌有着漂亮的外衣，鲜艳夺目，那菌风韵光彩照人，妩媚极了，让傻瓜不由想起，春天花园里的那位美丽姑娘，煞诱人，连好菌吃尽的他也忍不住直咽口水。他迫不及待地煮来吃了，如同往常样。这次，他却中毒了，一个伟岸的身影轰然倒在了饭桌上。人们都说：“菌是能随便乱吃的吗？真是傻瓜。”于是，再也没人吃这种菌，大家都称它为毒菌，见了就避开。

几天后，又传来消息，东头的王大也中毒了，要了小命。大家研究来研究去，其原因竟是菌炒生了，围观的人群作壁上观，都说：“真傻，菌能随便炒炒就吃。”于是，大家总结出一个理儿，菌要多炒炒，真正熟透才能吃。既很想吃蛇肉，又怕被蛇咬，大家炒菌时的那份小心劲儿就别提了。

没几天，西头的李四也中毒了，正捏着蜻蜓呢！大家挺纳闷，为啥，菌都是吃过的品种，以前谁也没药着，今天李四却药着了。

原来，李四把各种菌混在一锅炒了。人们搀着李四，埋怨道："李四，李四，你真傻，菌能乱七八糟一起混着炒来吃?"

听着这一个个噩耗，吃过菌的人有些心神不宁了起来，千万别出事，千万别出事，虽然鱼和熊掌不可兼得。数天过去了，数月过去了，没出任何不良反应，人们暗自松了一口气，胆子也大了不少，还别说他们就好这一口：菌是吃上瘾了，戒也戒不掉，只是人们择菌炒菌时更小心、更小心了。

后记：后来，撇开傻瓜和一些人的不幸不说，人类还真总结出一套食用野生菌的知识。

【作家简介】

谢家雄，男，汉族，1973 年清明生，小学教师。首届全国十佳教师作家。中外散文诗学会会员、玉溪市作家协会会员。出版散文诗集《湛蓝时空·谢家雄散文诗》、诗集《现世》，另著有长篇散文《上帝咬过的苹果》。

一颗糖的解救

蒋小爱

小刘是我们村里出了名的流动“作业者”，遵照毛主席的作战方针——“打一枪，换一个地方”。

小刘是我的好朋友，他的职业与他的姓对上了号，“流”得让我都受不了，更别说他的老婆。可他就喜欢这个职业，我笑他是教育的候补者——“代教品”。

小刘是我们村的老高中生，也是一个有志青年，在他的再三坚持下，父母砸锅卖铁让他复读了五届，总是以几分之差与大学失之交臂。可他的梦想还在激烈地燃烧——当一名“带编的老师，端上亮堂堂的金饭碗”。失学后，他哪儿也不去，每天待在家里看书，说要考什么“教师资格证”。有一天，村里小张的老婆怀孕了，经检查要卧床保胎，急需一个人充当她的职位——代课。我得知这个消息，第一时间就想到了小刘，认为他是最好的人选。果真，小张的老婆与校长商量，同意了。小刘临时代教三个月，我把这一消息告诉小刘，小刘满口答应，没提半点条条框框。也许乐意做的事情是不需要条件的。小刘就这样当起了——“代教品”。这一代就不可收拾，今天王老师手术住院需要请假，明天朱老师腰疼需要修养。小刘在家随时待命，第一个冲上去的就是他。有些需代教一个星期的、有些一个月的、三个月的……

现在提倡生二胎，小刘就从没空闲过，心里乐滋滋的，老婆对他也变换了脸色。

几个回合，小刘从农村的村小打到乡中心小学，去年春季，他猛突，打进了县城的一所小学。但还是编外的“代教品”。

学校换了新校长，一个校长最大心愿就是学生、老师平平安安，不出意外事故。这个新来的校长也不例外，大会小会讲安全。自己每天排查学校安全隐患，发现一处，处理一起。班主任的《每天放学五分钟安全教育》《班主任守则》，安全这块必须每天有文字记录。校方每周进行检查。因此，学校一直平安无事。

一天中午，一位学生一手拿着一小包糖果，脸色苍白，嘴唇发紫，匆匆跑进班主任办公室，一手抓住班主任的手，另一只拿糖果的手来回指着自己的喉咙，已经说不出话来。班主任意识到事情的不妙，马上向校长打电话报告，校长马上要她通知家长，校长再拨打“120”急救电话。

说时迟，那时快。小刘正从门口经过，一看这情景，马上冲上去，把这位学生的头压到最低处，右手在他的后颈部用力地拍打，一下，两下，三下……巴掌就像燃放的鞭炮啪啪作响，一直到“哐当”一声，一颗圆溜溜的金黄色的糖粒从这位学生的喉咙中滚了下来。小刘举在空中的手才停止拍打，他的手还在不停地发抖，好久才回过神来，把这位学生拉坐在凳子上，小刘这时像泄了气的皮球，一点力气也没有。只见学生眼眶卡出了泪滴，脸色慢慢由白转红，嘴唇开始由紫变白……接着，校长马不停蹄地跑来了，家长慌忙赶来了，“120”的急救声越来越近……

校长赶来时，班主任还沉浸在事故中，冒着冷汗，身体发抖，说话断断续续，脸色比刚刚被救的学生还难看。校长听小刘说完当时的情景，夸刘老师“流”的学校多，见识多，经验也多。

被救的学生是县领导的独生孙，他家已丝线吊葫芦，九代单传，一家人感激不尽。去年冬天的教师招考中，小刘终于考进了在编教师的岗位，获出了亮堂堂的“金饭碗”。教育局授予新校长“好百乐”的光荣称号。

【作家简介】

蒋小爱，笔名含羞草，教师，大专文化，《南国作家》理事，《新扬帆》副编辑，邵阳市作家协会会员，邵阳县作家协会会员。

2017 年“全民微信乐”大赛中获佳作奖，2018 年“阳光剑桥杯”大赛中获三等奖，担任过网络文学编辑。有小说、散文、诗歌散见于《中国妇女报》《河南工人日报》《湖南日报》《开心作文》等报纸杂志及网络媒体。喜欢用文字折射生活，丈量时光。

谁的方向盘丢了

周太舸

这天，我接了一个电话，是一位大学同学打来的。

同学说："今天开车来你的地盘，你的地盘你做主。"

我回应："有朋自远方来，不亦乐乎。今晚多找几个兄弟陪你，不醉不散。"

电话那头，同学嘎嘎地笑了："当年你可是我手下败将，想报当年之仇的话，咱俩就对喝。单独把我喝翻了，才算你酒量有长进。"

同学说得没错，当年我是谈酒色变，沾酒即醉。但我毕业后长期战斗在酒场第一线，是"酒精"考验面不改色心不跳的主儿。为了显摆我酒量的长进，我没有找任何人陪。

当晚，同学随我进了如归酒楼，如归酒楼是小城有名的酒楼。同学一副雄赳赳气昂昂的样子，我的心里则虚得慌，我的酒量有长进，万一同学的酒量长进更大呢？

殊不知，小杯换大杯，红酒换啤酒，啤酒换白酒，一番番豪饮下来，同学的舌头明显大了。

舌头明显大了的同学去了趟洗手间，我尾随其后，主要想看看同学是真醉还是装醉。同学刚一进去，就听见一位妙龄女郎尖声惊叫，大骂流氓。静了几秒钟，只听同学说："骂啥？谁是流氓？我也是女人，女人难道不能进女洗手间？"妙龄女郎扭着腰肢边出来边说："别怪我看走了眼，你长得挺男人的。"

回到酒桌，同学说："我进错洗手间了，幸亏我随机应变。看来你的酒量长进不小，把我都喝醉了。"

我笑笑："你喝醉了？笑话！能醉你的酒还没有生产出来呢，我俩接着喝。"

同学摆摆手："我真醉了，不能再喝了。"边说边把杯口朝下捏在手里。

我从同学手里夺过杯子，又满上："你这是谦虚，过度的谦虚等于骄傲，懂吗？"

又一杯白酒下肚，同学说："我已经感觉到头重脚轻，翻江倒海了，确实不能再喝了。我认输，向你告饶，行吗？"

我装着生气的样子："多年不见，一醉方休，方显同学情深，别再装醉了。"

同学这回没有把酒杯捏在手里，我顺利地给满上了。这杯白酒下肚，同学起身摇晃了一下。我说："你真会装醉。"同学说："谁说我醉了？我出去一趟，咱俩喝个通宵。"

同学迈着东倒西歪的步子出去，我仍尾随其后，主要想看看同学出去干啥。只见同学来到楼下背光的角落里，哇哇地进行了"现场直播"。"直播"的气味传进一只瘦骨嶙峋的狗的鼻子里，狗当然不会放过这顿美餐，赶紧跑来有滋有味地享用。同学结巴着说："亲，快点'光盘'哈，越光越好。否则，我那同学看到了，多没面子。"狗光了"盘"，走路的步态趔趔趄趄。同学癫狂似的笑着，胡乱说着狗不经醉之类的话，摇摇晃晃又回到了酒桌。

同学的"直播"，让我有了胜利的快感，我决定乘胜追击。同学像英勇就义那样昂首挺胸，抬起脖子把一杯白酒吞了，"咚"的一声倒在地板上，又慢慢爬起来叫嚷着决战到天亮。我提起瓶子又要倒酒，一旁的美女服务员朝我摆摆手，又指指同学。我会意了，只好作罢，到吧台买单。

买单出来，同学已摇摇晃晃往停车场走。酒驾？我吃惊得不浅，忙不迭地劝同学别到我的住所，就住酒楼算了。可同学死活不肯，硬说没醉。无奈，我摇摇头，叹口气，将同学扶上了车。

车上，同学朦胧着眼摸索半天，发觉不对劲，便打电话报了警。不一会儿，警车赶到。民警说："请问，车上什么重要东西丢了？"

同学说："方向盘。"

民警哑然失笑："你坐在副驾驶座位上，当然没有方向盘。都醉成这个样子了，还能开车?"原来，我见同学执意酒驾，故意把同学扶上副驾驶位，然后坐上驾驶位，趴在方向盘上，打算在车上过夜。说老实话，我也醉得不浅。

"我没醉，我这同学才醉了，连自己的座位都找不准。"听民警这么一说，同学笑了，边说边推攘我，"不会开车别占方向盘，还是让我来。"

民警严肃地说："你难道想人亡家破？如果执意酒驾，方向盘就真丢了!"

忽然间，我的酒意被吓醒了一半。我那么执意劝酒，要是酿成了惨祸，简直不堪设想。丢方向盘的不是同学，而是我。

【作家简介】

周太舸，本名周太科，四川小小说学会会员、南充散文学会会员。有小小说、散文、报告文学多篇见诸《四川文学》《微型小说选刊》《小小说选刊》《中国教师报》等。有小小说、散文在全国性征文比赛获过等级奖。小小说《亲爱的坏牙》入选《2013 中国小小说年选》（花城版）；小小说《远行》入选多地中考试题，入选青少年智慧阅读丛书；散文《记忆深处的川北哭嫁歌》入选小学生课外读物；散文《升钟湖印象》入选《南充日报》60 周年副刊优秀作品选。

安权要当老总

闫建军

安权是安家村的农民，每次同学聚会，看到不少同学不是经理就是老总的。他也不安分了，一心想要当老总。

那天，安权忽然看到河套里的沙滩眼睛亮了，马上要开春了，城里建筑工地要大量用沙子了，当老总的机会来了。

于是，他跑回村里，先是找来自家亲戚来挖沙子，沙子越挖越多，人手不够，他就又招收了不少村民，挖的挖，筛的筛，几天工夫，粗沙细沙成了山。安权又盖起了简易棚子，为省钱，先是买来了废弃的采沙船、翻斗车，经过一番维修，喷漆，旧貌变了新颜。

这么干中不中？

咋不中！自己家地头谁不让？安权瞪大了眼珠子。

那采沙船让不让使？

那咋不让？咱自己买的！又不上道拉货，谁不让？安权犟道。

这老旧机械要是不让使或出点事故咋整？这么大的事肯定有人管！

安权犟是犟，一琢磨心里也没了底。于是，第二天一大早，他就骑上自行车蹬了两个多小时的崎岖山路，终于到了镇上。镇上管事的说，这事还没遇到过，按理说在自家承包地头挖沙子挣点钱也不是什么大事，不过，在河套里挖沙子八成有人管吧？再说采沙船可能要检验合格吧？你还是到县里问问吧，整准成了再干吧。

安权心里更没底了，这到底让不让干啊？去县里要走好几十里山路啊，来回得一两天！安权一想，得，这么大老远的偏僻山旮旯谁来管？你不问更好，上边不知道，你若主动去问，上边不让干咋整？安权就回到村里领着大家继续干了起来，而且是越干越大。

到了年底，一切太平，安权的沙场生意不错，安权的心终于落地了，他便挂上了“安权沙场”的大牌子，安权就美滋滋地当上了老总。开始的几天，大家叫他安总时，他心就怦怦跳，脸有些红，不好意思看着对方。时间长了，他也就习以为常了，觉得这老总也不是那么难当的。

一年过去了，由于安权的沙场沙子价格低，沙子又是水沙，无杂质，质量好，来买沙的人就越来越多了，经济效益就递月增长，安权也是越干越有经验，越干越有胆量，他精打细算，再次扩大了生产，盖了几十间简易厂房，从二手市场又买来了不少机械设备，生产量一下增高了。

一天，来了几位干部模样的人，问，谁是老板？工人们异口同声地说，这是我们老总。来人就问，你啥时开的沙场？安权有点慌，说，去年啊。来人说，我们是沙石管理站的，你得交沙石管理费啊。安权长叹出一口气，赶紧问，多少钱？我们交！来人掏出一个小本子，看了看，说，你干了一年多了，得全补上，一共五千元。安权着急地问，交了钱就没事了吧？来人看了看安权，说，对呀，不过明年还得交。中中中，我们交。于是，安权急忙交了钱，几个人坐车走了。

几天后，又来了几位干部模样的人，问，谁是老板？工人们异口同声地说，这是我们老总。来人就问，你啥时开的沙场？安权有点慌，说，去年啊。来人说，我们是水资源管理站的，你得交水资源管理费啊。安权长叹出一口气，赶紧问，多少钱？我们交！来人掏出一个小本子，看了看，说，你干了一年多了，得全补上，一共六千元。安权着急地问，交了钱就没事了吧？来人看了看安权，说，对呀，不过明年还得交。中中中，我们交。于是，安权急忙交了钱，几个人坐车走了。

又是几天后，来了几位干部模样的人，问，谁是老板？工人们异口同声地说，这是我们老总。来人就问，你啥时开的沙场？安权有点慌，说，去年啊。来人说，我们是交管所的，你们运沙车没有证照，你要交罚款。安权长叹出一口气，赶紧问，多少钱？我们交！来人掏出一个小本子，看了看，说，根据你的车台数，非法无照运营罚款一万元！安权着急地问，交了钱就没事了吧？来人看了看安权，说，对呀，不过要及时补办手续。中中中，我们交。于是，安权急忙交了钱，几个人坐车走了。

总算都过去了，安权心里落地了，他起早贪黑地大干起来，场子收入高了，工人们腰包鼓了。

晚秋时节，为了冬季多储存沙子，安权启动了所有机械，河里采运，岸上筛选，大家干得热火朝天。这天的深夜，忽然采沙船冒起浓烟来，随着一声巨响，火光冲天，船机体爆炸了，正在采沙的十几名农民工下落不明，顷刻间沙场大乱。

转天一早，县里的事故调查组就来到了安权沙石场，由于沙石场未经许可，属非法作业，采沙船技术质量不合格，属报废机械翻新，机体安全隐患大，引起火灾爆炸，加之车库违规存放大量汽油，造成火灾联营，死5人、伤15人，属重特大事故。安权被当场羁押。

调查组又相继追究了相关部门的只收钱忽视安全监管的责任，主管领导被撤职，相关人员被追究了刑事责任。

【作家简介】

闫建军，黑龙江省作家协会会员、郑州小小说文化传媒签约作家、绥棱作家协会副主席。

1981年开始发表文学作品。在《党建》《北方文学》《百花园》《四川文学》《小说月刊》《小说选刊》等百余家报刊发表小说、散文、剧本、报告文学等数百件作品。

救 人

巴 山

冬夜晚饭后，小玲一家正围聚在取暖炉旁其乐融融。突然，后院的水池边传来急切的呼救声。

正上小学的小玲心急火燎地对家人说：“快去救人，肯定有人掉到水池里了！”

“我知道！”当局长的小玲爸先瞪了一眼小玲，然后不失领导风度地对大家说：“别急，在紧要的危急关头，我们尤其需要镇静；千万别惊慌失措，惊慌失措反而容易将事情办糟。下面我们先召开一个紧急会议，研究一下今晚救人的问题。首先大家讨论一下救人的意义，救人的目的，然后再确定营救的方案和营救的具体细则。”

当经理的小玲妈率先发言道：“我们是不是先估算一下今晚救人这笔生意有多少赢利？赢利少了我们就不做。”

正读大学政治专业的小玲哥发言说：“不，我认为先得查清楚所救之人是好人还是坏人，值不值得我们冒险去救。”

小玲急切地打断大家说：“你们别讨论了，再讨论恐怕人就没气了。”

小玲爸赶紧制止道：“小孩子懂个啥，没你说话的份，你到一边去吧。”

小玲只好气鼓鼓地出去了。

小玲妈又说：“还有，如果生意谈成了，我们还需要与落水者或者其家属签订一个合同，否则，难保以后不扯皮。经济问题尤其来不得半点疏忽。”

小玲哥说：“还有个问题也要讨论，即使现在救上来的是好人，根据辩证法原理，事物都是发展变化的，好人难保以后不会变成坏人。假如救上来的人以后变坏了，我们岂不做了一件蠢事。所以我觉得应先看看那个人档案，考察他有无变坏的可能。”

……

小玲爸呷了一口茶后说：“你们说得都很有道理，不过，我认为不管怎么说，人命关天，就目前的形势讲，安全是压倒一切工作的头等大事，如果安全出了问题，一切成绩都要实行一票否决。今晚这事毕竟是出在我们家的，如果处理不好，我们谁也逃不掉干系。即使这个人是坏人，也该由法律来审判，所以，这人我们还得救，还必须救。先前的讨论就告一段落，下面我们就开始研究营救措施和方案，请大家就这个问题继续发言——”

“好，首先我来谈谈我的意见，”小玲妈说道，“我觉得营救方案的大原则就是如何将成本压到最低限度，所以我建议先到实地去考察一翻再制定救人方案细则。”

“我同意妈的建议，”小玲哥说，“根据马克思主义实践论原理，理论来源于实践又运用于实践，只有从实践中得来的理论才是真正指导实际工作，毛泽东同志所说的从群众中来，到群众中去就是这个道理。”

……

最后，小玲爸总结发言道：“今晚我们的会开得很热烈，大家发言也非常踊跃，都谈了各自的意见，而且都很有见解，尤其小玲哥能将书本上的理论知识运用在实际工作中，更值得大家学习。所以说呢，今天这个会议开得很成功。听了大家的发言，下面我总结三点，第一，目前我们工作的重中之重就是救人，救人是摆在我们面前的头等大事，其他一切工作都可以放一放，一切都要围绕救人这工作服务。救人工作是一件非常紧急的事，一要抓紧，二要抓好，绝不允许丝毫的疏忽和麻痹大意。在这个工作中，人人都要行动起来，绝不允许有人投机取巧、偷懒耍滑。第二，正因为工作紧急，所以今天晚上我们要做好不睡觉的思想准备，连夜奋战，争取顺利完成这项任务。第三，就是工作安排，小玲哥负责到后院水池边实地考察，考察后拿出一个详细的营救方案，必须明天早晨将方案交我过目。虽然时间紧，任务重，但必须认认真真完成好；小玲妈负责营救所需一切费用和工具，当然也需要先实地考察后再进行核算和准备，也必须连夜筹备好，不得有误；我嘛，就坐镇指挥，我会一直将手机打开，你们有什么问题及时向我汇报……”

正在这时，小玲风风火火从外面跑进来大声吼道：“你们还在干什么呀？是爷爷掉到水池里了，爷爷都没动了，看样子怕是死了……”

“啊，死丫头，你怎么不早说？”全家三个壮年人箭一般冲向后院的小池……

【作家简介】

巴山，本名彭明凯，四川大竹人，文学学士，四川省作家协会会员、中国散文学会会员。《读者》签约作家，《内蒙古文学》杂志顾问。发表作品300余万字，著有《爱河泛舟》《不应有恨》《滴水看海》《你是我的影子》等多部小说、散文、诗歌专集。有作品入选中学生课外阅读文选。曾获梁斌小说奖、孙犁散文奖等。

网友留言

鞍钢集团矿业公司鞍千矿　关振学：写完《一副绝缘手套》，心里一阵酸楚，这是我亲身经历的一场事故。曾经以为事故离我很遥远，但残酷的事故让我愕然，幡然醒悟。重视安全就是家庭幸福，就是关爱企业，就是孝敬父母，更是敬畏他人和自己最为宝贵的生命。

雨来我撑伞："安全"这根弦时刻都不能放松。每个人都渴望有一个幸福、温馨的家庭，每个人都希望有一个健康的身体，每个人都希望快乐地生活，然而，各种安全事故却时有发生，给许多人带来了极大的痛苦和不可弥补的损失。

沂水县诸葛镇　邢涛：在这忙碌的时代，还有人坐下来写小说，而且还是安全题材，这真是令人惊喜，令人感慨！还未读完，就已经很有感触，小说有生活，接地气，像《老魏小魏》《一副绝缘手套》可以看出作者来自一线，语言朴实，感情真挚，都是凡人琐事，却胜过"高大上"。安全小说大赛，不仅是安全人的大事，也是小城小小说界的一缕清风！期盼大赛继续，祝愿越办越好，更期待全社会关注安全！

Comfortable with Clouds：安全是什么？对于一个家庭，安全意味着和睦；对于一个企业，安全意味着发展；对于一个人，安全意味着生命！拥有了安全，不等于拥有一切，但没有安全就一定没有一切。对于我们而言，多一份遵章，就多了一份安全的筹码，将拥有人生的幸福。没有了安全，再健康的躯体也在劫难逃，再丰厚的物质也会变得一文不值，再丰沛的精神源泉也如无本之木。小家安则大家安，小家全则大家全，世界你我他，安全在大家，遵安、守安、护安、保安，才心安、体安、平安且永安。

候鸟：生命是有限而宝贵的，我们要珍惜自己的生命，保证安全。只有人人安全，才能有企业的安全，因此，绝不能把安全当作一种时尚的摆设，“说起来重要，干起来次要，忙起来不要”。人间万物，生命是最可贵的，一个人的生命不仅属于自己，还属于亲人、属于社会。忽视安全，把自己的生命和生产设备当儿戏的人绝不是一个好丈夫、一个好妻子，也绝不是具有主人翁思想的好职工。当你告别家人，走向各自的工作岗位时，请别忘了身后母亲的叮咛、妻子的嘱托、孩子的呼唤，为了您和家人、他人的幸福，请时刻牢记安全，因为它是我们的保护神。

淡然若兰：祝贺大美高庄、仁和高庄承办的沂水县第二届安全小小说大赛圆满成功，祝贺每位获奖老师！作品我全部看了一遍，尤其喜欢曹春雷老师的作品《老魏·小魏》，细细品味，对老魏无私的大爱所感动，文章构思巧妙，把老魏这位安检人员代表的形象，描写得入木三分，安检人员认真工作、严格执法、一视同仁、大公无私的形象跃然纸上，耐读耐看。仔细想想，我们的生活，离不开这些安全工作者的辛勤工作和无私奉献，向老魏致敬，向所有的安监工作者道一声您辛苦了！同时期待第三届比赛快快到来，为读者带来更好的饕餮大宴，真诚地期待着……

山东昆达生物科技有限公司　阮洁：2018 年安全月又到了，这是我成为公司专职安全员的第二个安全月，今年的主题更加通俗易懂，贴近实际，“生命至上”体现出对生命的敬仰，安全工作中首先保证的是一线工人的生命和健康，是凭良心做的事，可能会不被理解、可能会遭人非议、可能会得罪领导……有再多的可能也是在有

“生命”的前提下发生的，所以我觉得“值”，“安全发展”体现的是经济社会的本质，“发展”是在“安全”的前提下进行的，在我日常的工作中也同样是为企业做贡献，虽然不是提高产量或者节能降耗，再或者开拓市场，但是发现和制止违章作业、违章指挥，避免一次次事故的发生同样是一种贡献。为坚守在一线的工作者们点赞！

沂水县道托镇安监办　阮学竹：自从事安监工作多年来，以如履薄冰的心态对所监管的每个经营场所都认真对待，以忠诚的事业心强化每位员工幸福平安，以高度的责任感督导企业安全发展。沂水县第二届安全小小说大赛成功举办，98 篇佳作入围文集，篇篇精美，寓意深远，期待阅览。让我们齐声高唱：生命至上，安全发展。祝愿祖国繁荣昌盛！祝福人民生活美满！

广东亚美工业园美国 3M 集团宇通电子厂 A：作家胡湘云的小说《提前交付的订单》一文述及的事项，对所有的公司和单位，特别是对制造型工厂来说，有极大的启示，值得我们深思。

山东省沂水县沂河商城　韩薇：我觉得没有什么比安全更重要了。每天我都在祝愿，希望自己的家人平安，希望自己的职员平安，希望所有的顾客平安。其实，光有美好的祝愿是不够的，还要有从细微处入手的那种实实在在的行动……